JN145695

新たなるトニ・モリスン

その小説世界を拓く

風呂本 惇子・松本 昇・鵜殿 えりか・森 あおい 編

金星堂

序にかえて

鵜殿　えりか

一九七〇年に最初の小説『青い眼がほしい』を出版して以来、作家トニ・モリスン（一九三一年―　）は休むことなく定期的に（三年〜六年間隔で）長編小説を世に問い続け、二〇一五年には『神よ、あの子を守りたまえ』を上梓した。小説以外にも、二〇一一年には演出家ピーター・セラーズ、音楽家ロキア・トラオレとのコラボレーションで戯曲『デズデモーナ』を発表した（戯曲執筆は初めてではなく、これまでにも『夢見るエメット』（一九八六）、オペラ『マーガレット・ガーナー』（二〇〇五）の脚本を書いている）。そうした作家の旺盛な創作活動を反映するかのように、海外でも日本でも数多くのトニ・モリスン研究がなされてきた。海外では、この数年間で、モリスンの作品全体を論じた研究書に限っても、ヴァレリー・スミス著『トニ・モリスン――寓意と想像の文学』（二〇一二）、ジャスティン・ベイリー著『トニ・モリスンと文学伝統――美学の創出』（二〇一三）、イヴェット・クリスティアンセ著『トニ・モリスン――倫理的詩学』（二〇一三）、テッサ・ロイナン著『トニ・モリスンと古典的伝統――アメリカ文化の変容』（二〇一三）、同『ケンブリッジ・トニ・モリスン入門』（二〇一三）、イヴリン・ジャフ・シュライバー著『トニ・モリスンの小説における人種、トラウマ、ホーム』（二〇一三）、ジューダ・ベネット著『トニ・モリスンと幽霊のクィアな快楽』（二〇一四）等、多くの質の高い研究書が出版されている。日本においても、一九九六年から、藤平育子、大社淑子、吉田廸子、加藤恒彦、森あおい、戸田由紀子、鵜殿えりからによる研究書が出版されている。これらの著作や数多く発表されている研究論文等から、今日内外のモリスン研究が高度なレヴェルへと高まっていることが実感される。また日本では、すべての小説が大社淑子らにより翻訳されている。

前述の単著書に加えて、英米圏（特に合衆国）では多くのトニ・モリスン研究論文集が出版されてきた。モリスンが一九九三年にノーベル文学賞を受賞する前後は特に、そしてそれ以後も優れた論集が上梓されている。モリスンの全作品を扱ったものに限ると、初期には、ネリー・Y・マッケイ編『トニ・モリスン批評論集』（一九八八）、ハロルド・ブルーム編『トニ・モリスン』（一九九〇）、ヘンリー・ルイス・ゲイツ・ジュニアとK・A・アピア編『トニ・モリスン――批評的展望、過去、現在』（一九九三）、ナンシー・J・ピーターソン編『トニ・モリスン――批評・理論的アプローチ』（一九九七）、ネリー・Y・マッケイとキャスリン・アール編『トニ・モリスンの小説教授法入門』（一九九七）、リンデン・ピーチ編『トニ・モリスン』（一九九八）等があり、多くの執筆者陣容から研究の裾野の広さが感じられる。二〇〇〇年以後も、デイヴィド・L・ミドルトン編『トニ・モリスンのフィクション――今日の批評』（二〇〇〇）、マーク・C・コナー編『トニ・モリスンの美学――語り得ぬものを語る』（二〇〇〇）、ジャスティン・タリー編『ケンブリッジ必携トニ・モリスン』（二〇〇七）、ジェイミー・L・カーレイシオ編『トニ・モリスンのフィクション――人種、文化、アイデンティティを読み書く』（二〇〇七）等の論文集が出版されている。これらの他、『モダン・フィクション・スタディーズ』を初めとする各種文芸雑誌がモリスン特集号を組み、また、『ソロモンの歌』や『ビラヴド』をはじめとする個別の小説に関する論文集も多く出版された。

日本では、前述したように研究論文が数多く発表され、研究書も出版されているにもかかわらず、モリスンの全小説を対象とするようなモリスン論文集はまだ現れていない。モリスン研究の活発な日本においてこのような論集が是非とも必要であろうと、四名のアフリカ系アメリカ文学研究者の考えが一致し、本書を編集することとなった。モリスンの全作品を取り扱い、なおかつ、新しい批評的観点を取り入れた論文集を作りたいと考えた。というのも、作家モリスン自身が、つねに新しい問題意識を新しい技法を使って問いかけ続けているからである。「新しい」ということに関して、現在八十五歳である年齢が何ら障害になっていないことは言うまでもない。文学テクストを、そのものによってではなく、年齢のような外的要素によって判断しようとする誤謬は、モリスンに関する内外の書評・批評で時折見うけられるものである。作家の創作活動に対応するだけでなく、同時に、過去の作品を新しい視点から見る必要もある。というのも、批評は、特に同じ国、同じ言語による批評は、一つの批評的水路をいつの間にか作り、均質的な読みへと方向づけしがちだからである。

人種差別への異議申し立て、アフリカ系アメリカ人共同体の探究、アフリカ系アメリカ人のルーツもしくはホームの探究、アフリカ系アメリカ人の歴史の語り直し、アフリカ系アメリカ人への差別に由来するトラウマおよび恥の問題など、モリスン文学の批評には似通ったテーマ的傾向があることは確かである。どの批評も様々な論点から論じてはいるものの、全体を眺めると視点が似通っているようにも感じられる。あたかも批評家たちが皆同じ目的地を目指しているかのようである。このことは、作家と同じ国に住み同質の社会・文化の中にいると、否応なくそのように水路づけられてしまうということを意味しているのだろう。ここに外国文学を研究することの大きな意味がある。アメリカ、英語圏、もしくはヨーロッパの研究者が考えもつかないような分析や解釈が、日本の研究者にできるのではないか。当のモリスンがそう意図したにせよしなかったにせよ、テクストがそのように示しているということを違う文化的背景をもつ批評家・研究者が示すことができるのではないか。そのことはモリスンのテクストの正当な評価に結局はつながるのである。そのように考えたこともこの論集を出版する理由の一つである。

さて、計画当初は、本論集を「歴史」、「ホーム」、「性」という三つの大きな柱に分類しようと考えた。それらがモリスン文学研究において、以前からある中でも新しい切り口なのではないかと考えたからである。それらの柱の下、できる限り若手研究者でありかつ長期にわたりモリスン研究を行ってきた研究者に執筆を依頼した。しかし、その後、これらの柱ごとに明確に区分して論じることは難しいということがわかり、三本柱の編集方針を転換した。例えば、「歴史」のテーマにはアフリカン・アメリカンの「ホーム」のテーマがどうしても絡むし、また、モリスンのテクストから「性」のテーマだけを切り取ることも難しい。『青い眼がほしい』から最新作『神よ、あの子を守りたまえ』に至るまでのモリスンの十一の長編小説と一つの短編小説、一つの戯曲、一つの文学論をすべて網羅しているという本書の特徴のため、英語圏で出版されたモリスン論集の構成を踏襲する形にはなるのだが、やはり出版年順に並べることにした。結局こうした方が読者にとって読み易く、またモリスン文学の特徴を十全とはいかなくてもわかり易く伝えることができると考えたためである。各章の執筆者がそろうと、コラムや年表も加えることになり、バービー人形の肌の色、モリスンが編集した『ブラック・ブック』(一九七四)、『デズデモーナ』によって読み直しを行ったシェイクスピア劇『オセロー』のアメリカ上演事情等、それぞれの分野の専門家がコラムと年表を執筆し、本文と同じくらい読み応えのある内容となった。

第一章『青い眼が欲しい』論では、ハーレム生まれのアフリカ系アメリカ芸術家ノーマン・ルイスとモリスンの関係を論じる。ルイスは抽象表現主義絵画の黎明期に絵画と社会的テーマの結びつきを探究した画家である。彼の絵『奪われた人々(家族)』がモリスンの最初の小説『青い眼がほしい』執筆に大きな影響を与えたであろうことを検証し、さらに『青い眼』に現われる様々な色彩豊かな表現がルイスの表現主義手法を彷彿させるものであることを示していく。絵画と小説という新しい切り口が見られる論考である。

第二章『スーラ』論では、『スーラ』の同性愛的解釈はすでに知られているが、この小説は単に同性愛という枠組みには収まりきらず、多様な身体のエロス的可能性を探究するものであることを検証する。テネシー・ウィリアムズの戯曲『バラの刺青』がこの小説の題辞《エピグラフ》として使われていることを手がかりに、主人公スーラが単独で性的存在となる性的自由を希求していたと考察する。セクシュアリティに関する新しい観点が提示されている。

第三章『ソロモンの歌』論では、モリスンの「ハウス」と「ホーム」の概念を説明し、モリスンがすべての作品において一貫して、人種差別に満ちた「ハウス」ではなく、愛に満ちた「ホーム」を追究してきたと論じる。『ソロモンの歌』では、メイコンの「ハウス」とパイロットの「ホーム」が二項対立的に描かれ、主人公ミルクマンがパイロットから引き継いで「ホーム」の担い手となる過程を分析している。

第四章『タール・ベイビー』論は、このあまり注目されてこなかった小説を、モリスン文学において重要な位置を占める作品として位置づけ直す試みである。『タール』では黒人民族主義とポスト公民権運動世代の対立が描かれ、「真正な」黒人のあり方とは何かという問題が提起されていた。その後の小説『ビラヴド』、『ジャズ』に描かれた民族の過去へと遡及するベクトルと、『パラダイス』に描かれた新しいアフリカ系アメリカ人の可能性を追究するベクトルの、二方向へと分岐する分岐点を示す小説と位置づけている。

第五章は「レシタティフ」について論じる。キャシー・カルースのトラウマ論に基づいて、モリスン唯一の短編小説「レシタティフ」における登場人物のトラウマを分析する。トワイラとロバータのマギー／母へのトラウマ記憶をアメリカの時代背景に関連づけて考察し、それぞれの時代を通して二人のトラウマ記憶が再生産されて行く過程を追いつつ、最終的にマギー／母が悪意の指示機能から解放され、二人の主人公が和解へと至る様を辿る。

第六章『ビラヴド』論では、登場人物の自己解放のプロセスに着目し、彼らがアイデンティティを構築する上でヘーゲルの言う主人と僕の対立関係をいかに超克しようとしたかを検証する。また、セサが逃亡途中に出会う少女エイミー・デンヴァーをトリックスターと考え、エイミーの創造的言語行為が黒人白人の二項対立的な関係性を攪乱してゆく様を考察する。

第七章『ジャズ』論は、モリスンが文学評論『白さと想像力』で展開するアメリカ文学における「闇」の究明を手がかりにし、この本と同じ年に出版された小説『ジャズ』に描かれた時代背景を、アフリカ系アメリカ人の視座から照射し直すことを目的とする。この小説においては、視覚（写真）と聴覚（ジャズ）が駆使され、見えない存在・聞こえない存在をいかに闇の中から回復するかの試みがなされていることを検証している。

第八章『パラダイス』論では、モリスン批評ではほとんど見られない「環境批評」の観点から、この小説の中に描かれた自然環境に着目し、ルビーの町に潜む不安を「汚染」というキーワードから読み解いてゆく。本論では特に助産師や薬剤師であるローンやコンソラータ、すなわち医療・薬品・助産の技術を持つ女たち――歴史的に魔女として迫害されてきた女たち――に焦点を当てている。

第九章『ラヴ』論は、アメリカ南東部の特産品であるアトランティック・ブルー・クラブというカニに着目するという斬新さを見せる。小説中に現われる雌ガニの表象と、実際の雌ガニの生態をあわせて読み解くことにより、これまで「無垢な処女」のイメージで捉えられていたアメリカ南東部海岸地方を、アフリカ系アメリカ人の社会的経済的歴史と黒人環境主義文学の文脈において捉え直している。

第十章『マーシイ』論では「旅」の表象について考察する。『マーシイ』では、ヨーロッパからアメリカへの移住の旅、アメリカでのジェイコブの旅、フロレンスの旅、中間航路の旅等様々な移動の経験が描かれている。そうした様々な移動を分析することにより、十七世紀後半のアメリカで人種、民族、階級、ジェンダーが複雑に交差する様を考察する。

第十一章『デズデモーナ』論は、冒頭で触れたセラーズとトラオレとの協働により上演された戯曲『デズデモーナ』についての意欲的な考察である。この劇は、シェイクスピアの悲劇『オセロー』を、夫に殺害された妻デズデモーナ、奴隷バーバリー、デズデモーナの母親ら女たちの声をとおして語り直させる試みである。『デズデモーナ』において物語が複雑に再構築されているさまを、フェミニズム、ポストコロニアリズム、人種の観点から分析している。

第十二章『ホーム』論では、朝鮮戦争の帰還兵フランクの視点から語られるこの小説において、語り手と作者が別人格であることが明確にされ、フランクの終始変わらぬ暴力性が浮き彫りにされる。戦時下での弱者への残虐行為を糾弾する作者の立場が明らかにされるとともに、その暴力性が育まれた背景にあるアフリカ系アメリカ人家庭の特殊な環境における兄妹間の性の問題が追究されている。

本書の最終章となる第十三章『神よ、あの子を守りたまえ』論は、この小説について日本で最初に書かれた論文である。モリスンは『青い眼』以来ずっと機能不全の母親たちを描いてきた。本章では、『神よ』において、こうした母たちを補完する「母代わり」の存在、「アザーマザー」に焦点が向けられていることが指摘され、暗い現実世界を描きながらも新たな可能性を模索し提示し続けるモリスン文学の魅力を伝えている。

各章においては、作品名、人物名、事象の呼び方等は可能な限り統一をとったが、論の内容に関しては個々の執筆者の個性と知見を尊重している。絵画、セクシュアリティ、歴史、トラウマ、環境批評、フェミニズム、ポストコロニアリズム等多様で新しい切り口から、モリスン文学を多面的に読み直すことができ、その新たなる側面と可能性を提示することができたのではないかと思う。『青い眼がほしい』、『ビラヴド』等人口に膾炙した小説はもちろん、短編小説「レシタティフ」や戯曲『デズデモーナ』等あまり知られていなかったりまだ翻訳されていない作品について論じ、さらには近年発表された小説『ホーム』（二〇一二）や『神よ、あの子を守りたまえ』についても取り上げ、モリスン作品を網羅的に論じることができたことはたいへん嬉しいことである。この日本で初めてのモリスン研究論文集がさらなるトニ・モリスンの読者を生み出し、今後も質量ともに優れた研究を促してくれることを期待したい。

目次

第一章　『奪われた人々（家族）』と抽象表現主義への応答
――『青い眼が欲しい』とノーマン・ルイス

宮本　敬子

はじめに

一九八一年三月三十日、五〇歳のトニ・モリスンは『ニューズウィーク』の表紙を飾った。「トニ・モリスンのブラック・マジック」と題された数ページにわたる特集記事は、モリスンの経歴とそれまでに出版された四作品を紹介し、黒人女性作家の時代が到来したことを告げている。ランダム・ハウス社の編集者であったモリスンが、トニ・ケイド・バンバラ、ゲイル・ジョーンズ、アンジェラ・デイヴィスなどの黒人女性作家の作品や、アフリカ系アメリカ人の歴史と文化の記録を収集した『ブラック・ブック』（一九七四）を出版し、一九七〇年代の文化的覚醒の一翼を担い、作家としてのみならず、編集者としても大きな役割を果たしたことが述べられている。その記事において、マンハッタンのアパートでソファーに座るモリスンの写真と共に掲載されているのが、彼女の物語にインスピレーションを与えたというノーマン・ルイスの絵『奪われた人々（家族）』（一九四〇）である。[1]

ハーレム生まれの黒人芸術家ノーマン・ルイス（一九〇九―七九）は、アメリカの抽象表現主義の画家として知られている。ハーレム・コミュニティ・アート・センターにおいてハーレム・ルネサンスの彫刻家オーガスタ・サベッジの主催するクラスに参加し、ニューヨーク近代美術館に通って美術を学んだ。この時代の多くの芸術家がそうであったように、ジャクソン・ポロックと共に公共事業促進局の連邦美術計画に参加し、一九三〇—四〇年代の初期の作品では、大恐慌時代の人々の生活を社会派リアリズムの手法で描いている。（スチュワート　一六三）

『奪われた人々（家族）』（図1）は、貧しい家族の立ち退きの場面を描いたものだ。画面中央には身を寄せ合いうつむいて座る二人の女性、右側にはタバコを手にピアノに寄りかかる男性が描かれている。彼らはアパートから追い出され、ビルの屋上に家財道具と共に佇んでいる。暗闇の背景に並ぶ建物の窓や、画面中央のくすんだ青い衣装の一部に浮かぶ格子柄が、彼らが貧困に囚われ、どこにも行き場がないことを示しているかのようだ。肩を抱かれている女性の青い衣装は、彼らの悲しみ、不安、憂鬱を映し出している。左端の空のカップや背後に積み上げられた皿は、おそらくは食物が欠乏していることの暗喩である。ルイスの絵がモリスンのどの作品のインスピレーションとなったのかは記されていない。しかし初期四作品のうち、この絵を見てすぐに思い浮かぶのは『青い眼が欲しい』（一九七〇）であろう。時代設定はまさにルイスの絵が描かれた一九四〇年であり、舞台は大恐慌後の不況と貧困に苦しむオハイオ州の小さな町ロレイン、そして物語はルイスの絵のように家を失った家族の話で始まる。

（図１）
Norman Lewis (1909–79)
The Dispossessed (Family), 1940
oil on canvas, 36” x 30”/91.4 x 76.2
The Harmon and Harriet Kelley Foundation for the Arts.
© Estate of Norman W. Lewis; Courtesy of Michael Rosenfeld Gallery LLC, New York, NY

モリスンが『奪われた人々（家族）』を見た時期は定かではない。モリスンが学生や教員としてワシントン・ＤＣとニューヨークで過ごした時期（一九四九—六四年）、ルイスの個展やグループ展は、ニューヨークを中心に年に数回のペースで開催されている。モリスンが母校のハワード大学で教鞭をとっていた時期（一九五八―六四年）、ルイスの個展がワシントン・DCのバーネット・エイデン・ギャラリーにおいて（一九五八年十―十二月）、またグループ展『アメリカン・アートの新しい展望』が、ハワード大学ギャラリー・オブ・アートにおいて（一九六一年三―四月）開催されている（キャンベル 二五四―六二）。モリスンの「あとがき」によると、『青い眼が欲しい』は一九六二年に書き始められているが、彼女が勤務先の大学で開催された美術展において、ルイスの絵を見た可能性は極めて高いと考えられる。ロメール・ベアデンやジェイコブ・ローレンスなど、ルイスと同時代のアフリカン・アメリカン・アートに造詣の深いモリスンが、ルイスの抽象表現主義芸術にも通じていたことは想像に難くない。[2]

ヴァレリー・スミスも指摘しているように、『青い眼が欲しい』には、語り手の子ども時代である一九四〇年代の視点と、成人してからの一九六〇年代後半の視点が存在し、「二十世紀アメリカ文化の二つの時代が並置されている」（一九）。すなわち小説には、舞台である一九四〇年当時の社会的・文化的状況が描かれているが、そこには当然のことながら、小説が執筆された一九六〇年代の状況、すなわち公民権運動やブラック・パワー運動などに対するモリスンの応答も反映されている。一九六〇年代という同時代を生きていたルイスの芸術に、モリスンはどのように応答しているのだろうか。本稿では、『奪われた人々（家族）』が『青い眼が欲しい』にインスピレーションを与えたという仮説を出発点に、初期の社会派リアリズムから抽象表現主義へと向かい、一九六〇年代に至るルイスの絵画が、モリスンの小説執筆に与えた影響を考察してみたい。

一　『奪われた人々（家族）』から抽象表現主義へ

『青い眼が欲しい』冒頭の「秋」の章が始まって間もなく、語り手は「家なし」になることと、「追い出される」ことの違いを次のように述べている。

人生を生きていく上に、家なしになるほどこわいものはないとわたしたちは教えられていた。あの頃、家なしになるぞというおどしが、しばしば口の端にのぼった。それが恐ろしくて、ありとあらゆる行き過ぎが手控えられた。［中略］人は博打をしても家なしになるし、飲み過ぎても家なしになる。［中略］地主から家なしにされることは、別問題だった――不幸なことではあるが、当人にはどうしようもない人生の一面だと考えられた。自分の収入を自分で決めることはできなかったからだ。しかし、怠けたあげく家なしになるとか、自分の血族を家なしにするほど無情になること――それは、犯罪的行為だった。

追い出されることと、家なしになることとは違う。追い出されたのなら、どこか他の場所に行けばよいが、家なしにされたのだったら、行き場所はない。その区別は微妙だが、決定的だった。（一七）[3]

ここで「家なし」になったとされるのは、ブリードラヴ家の人々である。「立ち退き」のシーンを描いたルイスの『奪われた人々（家族）』は、大家によって「追い出された」のであり、家族の無情や犯罪的行為によって「家なし」になったのかどうかは定かではない。しかし、ルイスの描く家族が、寄り添い、肩を抱き、手を取っているようすから、少なくとも「追い出された」悲しみと苦痛を分かち合っており、そこに家族の「無情」を読み取ることは難しい。父親の放火で「家なし」となり、一時的に家族離散となったブリードラヴ家では、（ピコーラを預かったクローディアの母が嘆くように）両親共に他所に預けられている娘を気遣うようすはなく（二五）、最終的には娘を虐待し心身ともに崩壊させてしまう。モリスンは、ルイスの「追い出され」ながらも寄り添う家族の肖像を、なぜ「家なし」になって崩壊する家族の物語として描いたのであろうか。

ルイスの絵とブリードラヴ家を比較すると他にも対照的な点が見えてくる。美術批評家のルス・ファインによると、ルイスの絵のピアノは「文化的風景の一部」であり、「経済的困窮のさなかにあってもアフリカン・アメリカンの家族にとって音楽が重要であることを示している」（三二）という。『青い眼が欲しい』においても、語り手クローディアの家庭では、母親の歌（ブルース）が悲しみや苦しみを昇華し、困難な人生を生き抜く支えとなっている場面が描かれている（二五―二六）。しかしブリードラヴ家では、居間にアップライトピアノがあるにもかかわらず、「幸せな酔っ払い」が「ピアノの前に座って〈あなたはぼくの太陽〉を弾いたこともない」（三五）と述べられている。また、ルイスの描く家族は肌の色合いがさまざまである。ルイスの人物画の特徴は肌の色合いがつねに異なっており、それはハーレムの「人種的多様性と複雑な社会的・政治的流動性」を暗示するという。中央の少女の顔は影になっているため、半分が茶色で半分が白くなっているが、この二色に分かれた顔は、アフリカの仮面から着想を得たもので、芸術をとおして人種の融合や人種のカテゴリーを超越することを探求するものだ（スチュアート　一六八）。一方、モリスンは、この少女を真っ黒な肌のピコーラへと変え、より悲惨な家族へと書き換えている。白人主流社会の美の規範を内面化した共同体において、黒い肌の持ち主であるブリードラヴ家の人々、とりわけピコーラが、その黒さと貧しさゆえに差別的な扱いを受けるようすが描かれるが、青い眼を望んだピコーラとこの青いドレスを着た少女とをつなぐものは、おそらくこの青い色であり、それは悲しみ、憂鬱、ジャズのブルースを象徴している。

インスピレーションを受けながらも、より悲惨な家族を創造したモリスンは、ルイスの『奪われた人々（家族）』の社会派リアリズムを楽観的なものとして批判しているのだろうか。確かに『青い眼が欲しい』の執筆された一九六〇年代の社会的・文化的状況から見ると、一九四〇年に描かれた『奪われた人々（家族）』は、肯定的黒人像を探求したハーレム・ルネサンスの遺産を引き継いでいるように見えるだろう。しかし一九六〇年代のルイスは、抽象表現主義によって活発に創作活動をしており、モリスンと同時代に生きる芸術家でもある。ここではまず、一九四〇年代から六〇年代に至る文化的・社会的状況への応答という観点からルイスの経歴を概観し、同時代に生きる芸術家としてモリスンとの関係を明らかにしてみたい。

社会正義にコミットした黒人画家として、一九三〇年から四〇年代のルイスは、資本主義と人種主義に抑圧された人生の経験を社会派リアリズムの手法で描いた。しかし一九四〇年代初めには、中央に大きな人物を配置する絵によって、抑圧的社会状況に取り囲まれた個人や家族の意識を呼び起こそうとする志向を捨て、社会派リアリズムから抽象表現主義へと表現形式を模索している。その理由のひとつは、アフリカ美術の影響である。一九三五年、ルイスはニューヨーク近代美術館で開催された『アフリカン・ニグロ・アート』展に通い、アフリカ美術を模写しながらデザインの原理を独学し抽象表現を学んだ。ジェフリー・C・スチュアートはルイスの初期の絵画に抽象画への傾倒がすでに現れていることを指摘しているが（一六八）、抑圧的環境に生きる人々についての社会派リアリズムの絵とされる『奪われた人々（家族）』もまた、そのような一枚と言えるだろう。画面中央の二人の女性の輪郭は揺らぎ、色によって溶け合い、肩を抱く女性の顔面が隣の女性の髪へとつながっている。またドレスの青い色は輪郭を超えて広がり、二人の間にはドレスの模様と思しき格子柄が浮かび上がっていて、絵の表面の形象下に抽象的形態の動きや戯れが見てとれるのである。

ルイスが抽象表現主義へと向かったもう一つの理由は、同時代の多くの芸術家と同様、連邦美術計画という国家のスポンサーによって、アメリカ黒人の経験をさまざまな制約を受けながら創作することの限界である。ルイスはそれを「ステレオタイプへの抵抗」と称して、「ステレオタイプに対する効果的な反撃は自分の領域で優れた作品を残すこと」であり、「大きく成長したいと望んでいるあらゆるアメリカ黒人は、『アフリカ的表現』、『ニグロ的表現』、そして『社会派絵画』などの名前によって示される限界に直面しなければならない」（ウッド　九九）と述べている。

抽象表現主義は、具象や認知できる形象からルイスを自由にし、また芸術におけるヨーロッパ中心主義や、伝統的西洋の考え方や振る舞いからの決別を可能にした（スチュワート　一七一）。抽象表現主義は、直感的で主観的なヴィジョンこそが普遍的な芸術を創造できると考えていたが、アメリカの抽象表現主義を決定づけたのは、「政治的表象の拒否」であった（ウッド　九八）。ルイスは、美的関心がイデオロギー的主題に優先するという抽象表現主義の考えを共有していたが、芸術における政治的主題を避けながらも、それがリンチや貧困などの社会問題を芸術によって表現することに失敗していることには不満を抱いていた。やがてルイスは政治的な主張はないと言いつつ、人種的主題をもつ作品を創作するようになる。

例えば、『ハーレムが白くなる』（一九五五）という作品では、白い抽象的な人影らしき形象の群れと、それらを覆い隠し見えにくくする白い霧のようなものが描かれている（図2）。ハーレムに雪が降っている風景のようにも見えるが、「白人居住者が多かった時代を映し出すハーレムの姿」（パットン　一七五）、「一九二〇年代に白人がハーレムのジャズクラブに押し寄せているようす」（ウッド　一〇〇）、「多くの白人主流派集団のなかで黒人がアイデンティティを失うようす」（ベアデン、ヘンダーソン　三二四）など様々な解釈が可能な抽象画である。抽象表現主義の絵画は通常タイトルをつけないが、ルイスはタイトルによって社会的・政治的言説を呼び起こす可能性をもたせると同時に、そのテーマにとらわれてはおらず、抽象表現主義と社会的意味との間のデリケートな緊張関係を巧みに保っているのである。ロメール・ベアデンとハリー・ヘンダーソンによる「白人主流社会における黒人アイデンティティの喪失」という解釈は、白人中心主義的価値観を内面化している共同体を描いた『青い眼が欲しい』にも通じる主題であろう。

ルイスは、ニューヨークにおける抽象表現主義に萌芽期から関わっていたにもかかわらず、美術界の人種差別のために、同時期の他の白人アーティスト、ジャクソン・ポロックやウィレム・デ・クーニンのようには商業的成功を収めることができなかった。一方、抽象表現主義は黒人の経験を表現するにはふさわしくないものとみなされ、黒人を捨て去ることだと批判されていた（ウッド　一〇一）。しかしながら

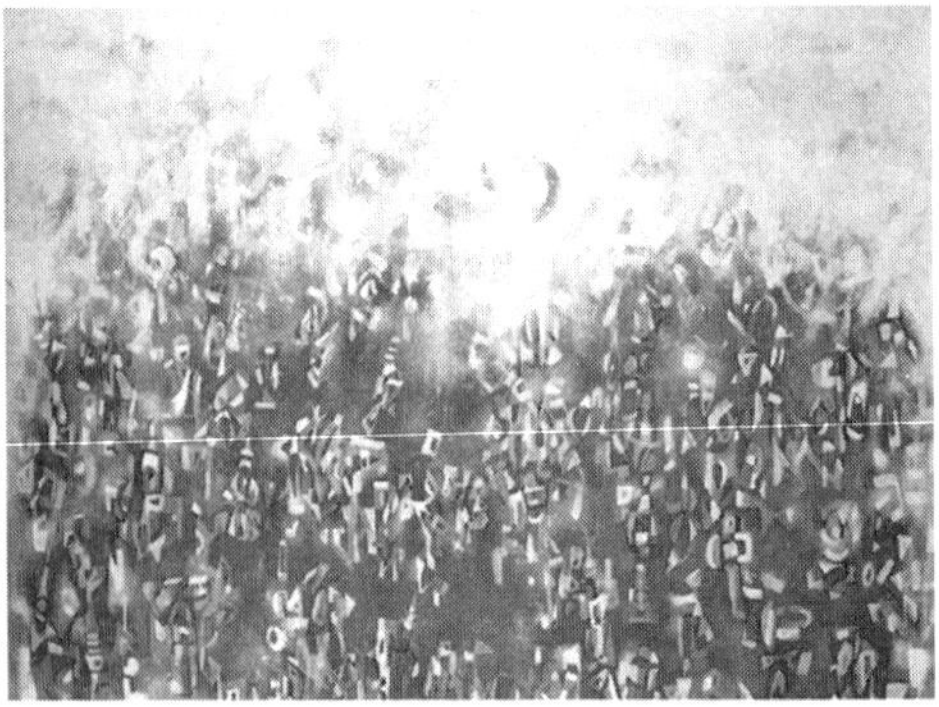

（図 2）
Norman Lewis (1909–79)
Harlem Turns White, 1955
oil on canvas, 50" x 64"/127.0 x 162.6 cm
signed and dated. Private Collection;
© Estate of Norman W. Lewis; Courtesy of Michael Rosenfeld Gallery LLC, New York, NY

一九六〇年代、ルイスは抽象表現主義の画家として活発に創作活動をし、社会的テーマをタイトルによって暗示するという手法によって、『アラバマ』（一九六〇）、『美しきアメリカ』（一九六〇）、『クー・クラックス』（一九六三）、『行進』（一九六四）などの作品を次々と発表している。サラ・ウッドによると、ルイスが社会的テーマを示すタイトルをつけたのは、「鑑賞者との創造的対話」のためであり、さらには「芸術家と鑑賞者の社会的結びつき」を探求するためである（一〇三）。

この鑑賞者との創造的対話の探求は、『青い眼が欲しい』を執筆中のモリスンにも通じるところがある。一九五〇年代後半から六〇年代、ルイスが抽象表現主義と社会的テーマとのバランスを模索し、鑑賞者との創造的対話を求め

つつ創作していた時期、モリスンはその時代を「黒人の生活におけるすさまじい社会的変動の時代」と呼び、その「政治的風土」が『青い眼が欲しい』を生み出す「語り」へとつながったと述べている（「あとがき」二一二）。モリスンは小説の冒頭の文「秘密にしていたけれど」について詳細に説明しているが、何よりもそれが生み出す「読者とページの間の親密さ」「唐突で即刻生まれる親密さ」が「わたしにとって重大であると思われた」と述べ、「人種の特徴をそなえながら人種から解放されている散文」の例として冒頭部分を解説している（「あとがき」二一一―一三）。

以上のように時代への応答という観点から眺めると、モリスンとルイスの共通項が浮かび上がってくる。『青い眼が欲しい』のインスピレーションとなった『奪われた人々（家族）』は、一九三〇年代後半から四〇年代にかけて、ルイスが連邦美術計画という国家プロジェクトの要請するステレオタイプへの抵抗を探求し、芸術における西洋（白人）中心主義からの自由を求め、抽象表現主義へと向かう兆しがすでに現れていた作品である。第二節では、『青い眼が欲しい』もまた、白人主流社会の美の規範からの解放を模索し、一九六五年の国家プロジェクトとして行われた「モイニハン報告」における黒人ステレオタイプへの抵抗を示していることを明らかにしたい。また、すでに述べたように、ルイスもモリスンも共に鑑賞者との創造的対話を探求しているが、モリスン自身はルイスの絵画とどのように対話しているのだろうか。第三節では、『青い眼が欲しい』において、ルイスの抽象表現主義絵画の影響がどのように現れているかを考察してみたい。

二　黒人ステレオタイプへの抵抗——モイニハン報告への応答

『青い眼が欲しい』が、一九六〇年代における美の政治学への応答であることはよく知られている。モリスンによると、当時のブラック・パワー運動における「人種的美しさの再評価」が、「美しいと主張しなければならない必要性」について考えさせたという。モリスンはまた別のエッセイにおいて、「ブラック・イズ・ビューティフル」というスローガンは、「身体的美しさの追求に価値を認める」白人の考え方を受け入れて反転させたものにすぎず、「人々の価値を身体的外見に帰す」人種本質主義的なものとして批判している（『マージン』四〇—四一）。モリスンの関心はむしろ「人種的な自己嫌悪」が共同体と個人の心にいかに深く根を下ろすかに向けられている（「あとがき」二一〇）。モリスンが、一九四〇年におけるアメリカ白人大衆文化、とりわけ一九三〇年代のハリウッド映画を、白人主流社会の美の規範を人々に内面化させる文化イデオロギー装置として取り上げていることは、批評家たちの共通認識である。しかしながらここでは、『青い眼が欲しい』執筆中の一九六五年に発表された国家プロジェクト「モイニハン報告」と小説との関係を考察したい。「モイニハン報告」は、黒人貧困家庭ステレオタイプを流布したことで知られるが、ブリードラヴ夫妻の人物造形が、そのような黒人ステレオタイプ表象に対するモリスンの抵抗であったことを確認しておきたい。

ピコーラの母、ポーリーン・ブリードラブの人物造形には、ハリウッド映画が深く関わっている。モリスンはステレオタイプを媒介し、人種的偏見を生産、消費するハリウッド映画こそが、ポーリーンを最終的に変貌させ「黒人乳母」やそのヴァリエーションである「強い黒人女性」の人生へと導く大きな役割を果たしたことを明らかにしている。南部から中西部への移住は、ポーリーンを根無し草にし、孤立させるが、彼女を決定的に変えたのは、ハリウッド映画への逃避と耽溺である。ピコーラを妊娠中の彼女は、孤独や夫との諍いから逃れるため映画館に通い、しばしハリウッド製の夢にひたる。「ロマンティックな恋愛という想念に加えて、彼女は別の概念——肉体の美しさ——を教え込まれた。おそらくは、人間の思想史の中でも最も破壊的な概念」（一二二）と語り手が述べるように、ポーリーンはロマンスと白人の美を理想として内面化し、「映画による教育のあと、人の顔を見ると必ず、銀幕から吸収した絶対的な美についてのある範疇にあてはめてみる」（一二二）ようになる。ハリウッド映画によって植えつけられた白人主流社会の美意識や価値観によって、ポーリーンは自分の娘よりもメイドとして仕えている白人家庭の幼女を溺愛する「黒人乳母」となり、酒乱の夫との喧嘩を繰り返しながら、生活のために一家の稼ぎ手として働く「強い黒人女性」になったのである。

『青い眼が欲しい』執筆の背景には、この「強い黒人女性」というステレオタイプの存続と強化に大きな役割を果たしたモイニハン報告として知られる調査報告書『黒人の家族——国家行動のための論拠』（一九六五）がある。この報告書は、統計資料を駆使しながら、黒人社会における離婚や別居、女性世帯主と婚外子出生などの増加の実態を明らかにするものであったが、白人中産階級の価値観を前提とし、母子家庭や婚外子出生などを黒人の劣等性の問題とみなす人種主義的立場をとり、また多様な男女や家族のあり方を否定する父権的・家父長的社会を是認していた。J・ブルックス・ボウソンによると、ブリードラヴ家の状況は、モイニハン報告によって広く流布された「黒人貧困家庭を非文明的で病理的なもの」とする人種・階級ステレオタイプを反映しているという（二九）。

しかしながら、公表直後から人種差別的・性差別的であると激しく非難されたモイニハン報告に対して、当時シングルマザーとして子育てをしつつ『青い眼が欲しい』を執筆していたモリスンが無関心、無批判であったとは考え難い。モイニハン報告は、黒人女性に「家母長」というレッテルをはり、性差別・人種差別にまみれた黒人女性像——

「強い黒人女性」――という神話を流布したことで知られる。報告は、アメリカ黒人社会の「母権性」が黒人男性を去勢しているとして、黒人男性が家長として家族を養うことができず社会の底辺に留まっている原因は「強い黒人女性」にあるとするものだった。ブリードラヴ夫妻は、表面的にはまさにこの「強い黒人女性」と一家の大黒柱となれない「去勢された黒人男性」の典型的カップルである。このことを意識してか、モリスンは、ピコーラ・ブリードラヴの家庭を「典型的なものではなく、特異な状況」と述べ、「ピコーラの場合の極端な状況は、平均的な黒人の家族や、語り手の家族とはちがって、おもに自他共に傷つけ合う家族のせいである」と断っている。またモリスンは「ピコーラの崩壊に力をかした登場人物を非人間的にはしたくなかった」と述べ、ブリードラヴ夫妻の人物造型に苦心したことを説明している（「あとがき」二一〇）。モリスンは、モイニハン報告を参照しつつ、ブリードラヴ夫妻をこのステレオタイプから解放しようとしているのである。

　ブリードラヴ家の悲惨な状況が描かれ、小説の半ばを過ぎたあたりで、初めてポーリーンの過去が語られる。モリスンはポーリーンの章において、彼女の人生を語る語り手の声と、ポーリーン自身の声という二つの声を用いることによって、彼女の人生を歴史的・社会的文脈において語ると同時に、「黒人乳母」や「強い黒人女性」のレッテルに隠された彼女の内面をも明らかにしていく。幼い頃、足を怪我し、貧困とニグレクトのため十分な治療が受けられず、軽度の障害が残ったこと。また足の障害ゆえに差別されて内気な少女となり、家事労働をしながら成長したこと。仕事を求めてのアラバマからケンタッキーへの家族の移住。障害のある足にキスをしてくれたチョリーと出会い、大移住の波にのってオハイオ州ロレインに辿り着いたこと。北部の文化に馴染むことができず、南部の田舎者であるために疎外され、孤独感に苛まれ、夫との関係が狂い始めたこと。ハリウッド映画に耽溺し、消費生活への欲求から働きに出たこと。出産時に動物のように扱われるという屈辱。熱心な教会員になることによって、共同体に居場所を見出し、皮肉にも夫との不幸な関係が教会での彼女の立場を補強したこと。メイドとして働く白人家庭の世界を自分の真実の世界と考え、惨めな現実を思い起こさせるピコーラを愛することができないこと。貧困、大移住、人種差別、黒人共同体内での差別意識（地域差別、障害者差別、貧困者差別）などの歴史的・社会的文脈において彼女の経験が語られていくが、そこにはモイニハンの主張するような「母権制」はどこにもなく、彼女を導いてくれるような「強い黒人女性」も「家母長」もいない。ポーリーンが強くなったとすれば、それは、白人社会だけでなく黒人共同体における差別構造をも生き延びるために、強くならざるを得なかったことが明らかにされている。

チョリーは、生まれて間もなく母親にゴミ捨て場に置き去りにされ、両親を知らずに育つが、少年時代までは大叔母の愛情と南部農村の伝統的で緊密な共同体によって守られていた。チョリーが共同体の保護を離れて放浪者となるきっかけは、性的初体験において白人に見世物にされるという衝撃的で屈辱的な出来事である。この事件はチョリーにとって「半分思い出すだけで、無数の他の屈辱や敗北や気分を削がれた事件がどっとよみがえり、心はさわぎ、自分でも驚くほどの悪行に走ってしまう」（四二）とあるように、トラウマとなってチョリーの人生を支配している。銃を突きつけられ性交を強要される場面で、白人の大男がかざす「懐中電灯の光が徐々に彼の内臓にまで入り込む」（一四八）とあるように、モリスンはこの出来事をとおして、チョリーを去勢したのは「強い黒人女性」ではなく、白人による暴力であることを物語っている。

この事件の後、故郷を離れたチョリーは「危険なほど自由」な放浪者となり、「三人の白人の男を殺したこともある」（一五九）無法者となり、ついには自分の娘を一度ならず陵辱する。しかしながらチョリーは、そのような黒人男性に付与されがちな暴力的で性的脅威を感じさせる悪漢ステレオタイプとはほど遠い人物となっている。ピコーラの凌辱場面において、モリスンは「白人によるチョリーの『強姦』と彼自身の娘に対する強姦とを結びつける」ためにチョリーの男性的な攻撃行為を「女性化」(「あとがき」二一五)したという。チョリーが「憎しみを向ければ身の破滅をまねく」白人ハンターではなく、「彼の失敗、彼の無能を目撃した」(一五一)ダーリーンを憎んだように、チョリーのピコーラに対する陵辱は、自己憎悪が弱者に向かっていく負の連鎖を明らかにしている。テッサ・ロイナンが分析するように、チョリーによる娘の陵辱は「人種的・性的な権力濫用の必然的連鎖」(四三)として、より広い政治的文脈に置かれているのである。

三　『青い眼が欲しい』とルイスの抽象表現主義的描写

ポーリーンとチョリーを黒人ステレオタイプから解放し、二人の人生を人間的なものにしているのは南部の故郷の思い出であろう。モリスンはルイスの絵画に応答するかのように、二人の過去に抽象表現主義を彷彿とさせる場面をさまざまに登場させている。

抽象芸術は、現実の対象の再現を意図せず、色、形、量感など造形要素それ自体のもつ可能性を追求する芸術であるが、モリスンのテキストにも、色彩や形状に対する言及や、対象を造形要素そのものに分解する断片化のイメージが多出する。それは物語冒頭、石炭屑拾いから戻るクローディアとフリーダが見とれる夕暮れの光景が「消えかけている製鉄所の火が鈍いオレンジ色で空を明るく染め［中略］黒に囲まれたその色のかたまり」(一〇)として描かれ、また風邪をひいたクローディアが自分の吐瀉物に「緑色がかった灰色で、点々とオレンジ色が混じっている」(一一)不思議な美しさを見出す場面などにすでに現れている。とりわけ断片化のイメージは、物語の主題である白人主流社会の美の規範に対する応答として現れる。それは、クローディアが白人中心的美意識を受け入れられず、「世界中の人が可愛いというものの正体を見届ける」ために「青い眼に黄色い髪を持ち、ピンク色の肌をした人形」を無機質な部分へと分解する場面（二一）であり、また「自分の美しさを知ろうとせず［中略］他の人々の眼だけをみて暮らしていた」（四七）ピコーラが、醜いと信じる自分の身体を、指、腕、肘、足、首、胴体などの部分に分けながら次第に意識から消し去っていくが、最後に眼だけが残ってしまうという場面（四五）などに見られる。さらには物語の七つのセクションのエピグラフとなっている『ディックとジェイン』のテキストに描かれた白人中流階級の規範的家族の風景も、物語が進行するにつれて、視覚的な大文字の羅列へと分解されている。

抽象表現主義的描写が最も現れているのは、ポーリーンの南部の故郷の記憶である。ポーリーンの記憶は、色彩と形状に関する表現で印象づけられている。子どもの頃、ポーリーンは「いろいろなものを配列することが好きだった。いろいろなもの――缶詰を作るときの棚の上の広口びん、踏段の上の桃の種、棒、石、木の葉――を幾つかの列に並べること」であり、持ち運びのできる複数のものを見つけると「その大きさ、形、色の度合にしたがって何列かのきれいな列に組み立てた」。「彼女は自分が何を取り逃がしたのかは知らぬまま――絵の具とクレヨンを取り逃がした」（一一一）と語り手が述べるように、ポーリーンにはアーティストとしての才能があったことが示されている。彼女の故郷の至福の感覚は、色彩にあふれたイメージとして彼女のなかに残っている。少女の頃、野原を駆け巡り皮膚に染み付いた潰れたコケモモの紫、母親が作ったレモネードの黄色、闇に流れ飛ぶコフキコガネの緑の筋。チョリーとの出会いも、「故郷のきれぎれの色がみんな集まったような」色彩の戦慄が湧き上がった記憶として語られている（一一五）。

色彩にあふれる至福のイメージは、ポーリーンの語りの最後において、チョリーとの夫婦生活の思い出に再び現れる。体の奥深くにある「あの小さな色の断片」が漂い、「コフキコガネの光が描くあの緑色の筋、腿を滴り落ちたこけもの紫、母さんのレモネードの黄色が体のなかをやさしく流れ［中略］体のなかがみんな虹色になってしまう」（一三一）絶頂感として官能的に表現されている。彼女の過去の物語が、色彩や形状の配列に夢中だった子供時代の話で始まり、大人になっても「体の奥深くに残った色の断片」の話で結ばれているように、ポーリーンはルイスの抽象表現主義を最も想起させる人物となっているのである。

一方、チョリーの南部の記憶には、抽象表現主義的手法というよりも、ルイスの個々の絵画とそのテーマを彷彿とさせる場面が登場する。それは彼の人生を方向づけたと言ってもよい思春期の衝撃的な出来事であり、近隣の少女ダーリーンとの初体験を白人に見世物にされた場面である。野生のぶどう園と月明かりの松林のなかのランデブーという叙情的な場面は、銃をもった白人のハンターの登場により、突然、恐怖と暴力の場へと急展開する。この場面の描写は、「ぶどうを投げるとき、肌の黒いほっそりした少年の手首が空中にト音記号を描く」（一四五）、あるいは「月の光を浴びたダーリーンが［中略］D字型に体を丸めていた」（一四六）などの形状の表現を除いては、抽象表現主義的とは言えないかもしれない。しかし、二人が浴びる「月の光」の強調（一四六、一四九）、白人のかざす「懐中電灯が月のように彼の尻を照らす」や「月と懐中電灯の光のなかの、顔を覆ったダーリーンの両手」（一四八）などの表現は、月をタイトルとした、一九五〇年代半ばから一九六〇年代初期のルイスの抽象表現主義絵画を想起させる。『朝の月』『輝く月』『月明かり』（一九五四）『月の狂気』『月に照らされた森』（一九五六）『青い月』『月の光によって』（一九六〇）『月光のそばで』（一九六二）などのシリーズは、自然のテーマと社会的背景（公民権運動）を暗示するテーマとを融合させたもの（ファイン　七二）で、人種差別の狂気と月を重ね合わせたモリスンの修辞と近似している。さらには、この場面の急展開と、木綿のドレスの白、ぶどうの紫、松林の緑、そしてはためく青いリボンなどの色彩は、ルイスの『イヴニング・ランデヴー』（一九六二）という絵画（図3）を想起させる。この絵では、深い緑を背景に、揺らめ

（図 3）
Norman Lewis (1909–79)
Evening Rendezvous, 1962
oil on linen, $50^{1/4}$ x $64^{1/4}$ in.
Smithsonian American Art Museum

くような白と赤紫の叙情的で繊細な線が描かれ、その上を青い絵筆の線が踊るように交差している。そのタイトルから、一見したところ、恋人たちが森で月夜のパーティーを楽しんでいる光景に見えるのだが、画面に近づき、人物と思しき白い形象に目をこらすと、彼らが皆リンチのために集まっているクー・クラックス・クランであることがわかり、見る者に衝撃を与えるのである。

チョリーの人生の転機は絵画的表現によって描かれている。ダーリーンとの事件がチョリーを父親探しの旅へと向かわせるが、その伏線となっているのが、故郷の村で、たくましい黒人男性が家族のために西瓜を割る場面である。モリスンはここで、西瓜と黒人というステレオタイプ的な組み合わせを、ハーレム・ルネサンス期の芸術家アーロン・ダグラスの壁画を思わせる英雄的男性像へと書き換えている。父親を知らない少年チョリーは、「両腕を松の木よりも高く差し上げ、その手に太陽よりも大きい西瓜を持ち上げ」「両手で世界を支え、それを大地に叩きつけ、赤い内臓をぶちまけて、その甘くて温かい中身を黒人に食べさせようとしている」（一三四）神か悪魔かと見紛うばかりの男性の姿を目の当たりにし鳥肌が立つのを感じる。チョリーの英雄的父親像への期待が幻想に終わることは、チョリーに「淫らなほど甘い、大地の臓物」（一三五）を味わせたこの西瓜割りの場面が、ハーレム・ルネサンス期の芸術運動が抑圧した黒人の身体性と官能性を前景化していることからも暗示されている。チョリーはそれまで頼りにしてきたブルー・ジャック老人が「泥酔した女たらし」であり、もはや代理父的な役割を果たせないことに気づいて故郷を出るが、探し出した父親は、サムソン・フラーという力強い名前とは裏腹に、自分よりも背が低く頭の禿げた博打打ちであった。チョリーを借金取りの遣いと思い込むフラーに対し、チョリーは息子であることを証すすべもなく愕然とする。この出来事が彼の人生に新たな展開をもたらしたことは、その直後、チョリーが「赤ん坊のように」公道で粗相をし、「胎児のような格好」（一五七）をして桟橋の下に身を隠し、糞尿にまみれた身体を川で清めるという、アブジェクトと再生のイメージによって暗示されている。

その後のチョリーは「音楽家が楽器によってしか表現できない」屈辱、悲しみ、暴力に満ちた経験を経て、無法者となる。チョリーの「危険なほど自由な」生涯は「音楽家の頭のなかでだけ首尾一貫したものになる切れ切れの断片」（一五九）として表現され、「曲がった金色の金属」「白と黒の長方形の鍵盤」「ピンと張った皮」「木製の共鳴箱にこだまする弦」などの楽器の部分的イメージが並べられる。彼の人生は「赤い西瓜の芯、あぎ袋、マスカット、尻を照らす懐中電灯、紙幣を握ったこぶし、密閉ガラス瓶にはいったレモネード、ブルーという名の男」などの断片的イメージによって表現される。モリスンは「音楽家だけが［中略］チョリーが自由であることを感じ取り、知るだろう。危険なほど自由だったことを」（一五九）と語っているが、さまざまなイメージを並べるコラージュのような手法は、音楽的というよりも絵画的だ。このような手法は、「純粋な眼の音楽」と評されたルイスの初期の作品群、『音楽家たち』（一九四五）（図4）、『ベーシスト』（一九四六）、『ジャズ音

（図4）
Norman Lewis (1909–79)
Musicians (aka Street Musicians), 1945
oil on canvas, 25 3/4" x19 3/4"/ 65.4 x 50.2 cm
signed and dated. Private Collection;
© Estate of Norman W. Lewis; Courtesy of Michael Rosenfeld Gallery LLC, New York, NY

楽家たち』、『ジャズ・バンド』（一九四八）などを思い起こさせる。ルイスは社会派リアリズムから実験的な抽象表現へと向かう時期に、ジャズ音楽をテーマとし、楽器やミュージシャンの形象をコラージュのように部分的に描いた抽象画を数多く残しているのである（ウッド　一〇三―一四）。

おわりに

ノーマン・ルイスは、アフリカ系アメリカ人初の抽象表現主義の画家であったにもかかわらず、白人主流の美術界において商業的に成功することなく、亡くなったときにはほぼ無名であったという。その芸術が再評価されたのはごく最近のことであり、二〇一六年にノーマン・ルイスの芸術の全貌に迫る初の回顧展が、フィラデルフィア、フォートワース、シカゴで開催されたことは記憶に新しい。モリスンは、ルイスが亡くなった翌々年に『奪われた人々（家族）』を『ニューズウィーク』で紹介した。モリスンによると、『青い眼が欲しい』の最初の出版は、ピコーラの人生のように「退けられ、取るに足らないと片付けられ、誤解され［中略］立派な出版をされるまで二十五年もかかった」（「あとがき」二一六）と述べているが、ルイスの芸術も同じような道を辿ったといえるだろう。

しかしながら、アフリカ系アメリカ人芸術家の間では、静かなコール・アンド・レスポンスが続いていた。モリスンがルイスの絵を紹介した八年後、黒人女性芸術家メリンダ・ムア・ランプキンが『青い眼が欲しい』（一九八九）というファブリク・コラージュを発表している（図5）。タイトルが示すように、この作品は明らかにモリスンの小説を参照しており、半分白く半分茶色の顔は、一見すると、白人優越主義を内面化したピコーラの二重意識を表現しているかのように見える。しかしこの顔が、ルイスの表現した人種を超えて変容する顔でもあることは、女性の服の左部

（図 5）
Melinda Moore Lampkin,
The Bluest Eye, 1989
Fabric collage, 16 x 20 in.
© Melinda Moore Lampkin

分が、ルイスの絵の少女の服から浮かび上がった格子柄になっていることによって暗示されている。ランプキンのコラージュされた女性の表情は穏やかであり、モリスンとルイスに共通する悲しみやブルースを象徴する青い色は使われていない。おそらくランプキンは、ルイスの『奪われた人々（家族）』にインスピレーションを受け創造された『青い眼が欲しい』を読み、モリスンとルイスの両者と対話をしているのであろう。アフリカン・アメリカンの創造的再読行為は、時代を超えて現在もなお続いているのである。

注

1　この記事では、もう一枚の絵、ロメール・ベアデンの『ミスター・ジェレマイアの夕陽のギター』（一九八一）も紹介されている。制作発表時期から判断すると、ベアデンの絵が『タール・ベイビー』のインスピレーションとなったことがわかる。

2　ルイスの伝記的情報および作品分析に関しては、スチュワート、キャンベル、シャノン、ウッドを参照した。モリスンとローレンスの関係については拙論を参照。二〇一五年四月八日に『ニューヨーク・タイムズ・マガジン』に掲載されたインタビュー記事によると、モリスンのトライベッカにあるロフト・アパートメントのほとんどの壁には、彼女の息子で画家であった、故スレイド・モリスンの「抽象画」がかけられているという（ガンサー）。

3　『青い眼が欲しい』からの引用は大社淑子訳を参照し、文脈に応じて手を加えたものである。

引用・参考文献

Baillie, Justine. *Toni Morrison and Literary Tradition: The Invention of an Aesthetic*. Bloomsbury, 2013.

Bearden, Romare, and Harry Henderson. *A History of African American Artists from 1972 to the Present*. Pantheon Books, 1993.

Bloom, Harold, editor. *Bloom's Modern Critical Interpretations: Toni Morrison's* The Bluest Eye. Updated Edition. Infobase Publishing. 2007.

Bouson, J. Brooks. *Quiet As It's Kept: Shame, Trauma, and Race in the Novels of Toni Morrison*. State U of New York P, 2000.

Campbell, Andrianna. "One World or None: Hints of the Future in Norman Lewis's Abstract Expressionism." Fine, pp. 221–32.

Fine, Ruth, editor. *Procession: The Art of Norman Lewis*. Pennsylvania Academy of Fine Arts, U of California P, 2016.

Ghansah, Rachel Kaadzi. "The Radical Vision of Toni Morrison." *New York Times Magazine*, 8 April, 2015, http://nyti.ms/1N8eJUs.

Patton, Sharon F. *African American Art*. Oxford UP, 1998.

Morrison, Toni. *The Bluest Eye*, 1970. Plume, 1994.『青い眼が欲しい』大社淑子訳、早川書房、一九八一年。

——. *What Moves at the Margin: Selected Nonfiction*, edited and with an introduction by Carolyn C. Denard. UP of Mississippi, 2008.

Rainwater, Lee, and William L. Yancey, editors. *The Moynihan Report and the Politics of Controversy*. MIT Press, 1967.

Roynon, Tessa. "Sabotaging the Language of Pride: Toni Morrison's Representations of Rape." *Feminism, Literature and Rape Narratives: Violence and Violation*, edited by Sorcha Gunnie and Zoë Brigley Thompson. Routledge, 2010.

——. *The Cambridge Introduction to Toni Morrison*. Cambridge UP, 2013.

Shannon, Helen M. "Norman Lewis: Presence and Absence in the Exhibition History, 1933–1980." Fine, pp. 233–70.

Smith, Valerie. *Toni Morrison: Writing the Moral Imagination*. Wiley-Blackwell, 2012.　木内徹、西本あづさ、森あおい訳『トニ・モリスン――寓意と創造の文学』彩流社、二〇一五年。

Stewart, Jeffery. C., "Beyond Category: Before Afrofuturism There Was Norman Lewis." Fine, pp. 161–92.

Weinstein, Philip. "'Dangerously Free': Morrison's Unspeakable Territory." *Toni Morrison: Memory and Meaning*, edited by

Adrienne Lanier Seward and Justine Tally, forward by Carolyn Denard. UP of Mississippi, 2014, pp. 7–18.
Wood, Sara. “‘Pure Eye Music’: Norman Lewis, Abstract Expressionism and Bebop.” *The Hearing Eye: Jazz and Blues Influences in African American Visual Art*, edited by Graham Lock and David Murray. Oxford UP, 2009, pp. 95–119.
鵜殿えりか『トニ・モリスンの小説』彩流社、二〇一五年。
舌津智之「破壊と創造――『青い眼がほしい』にみる逆説の諸相」『抵抗する言葉――暴力と文学的想像力』藤平育子監修、南雲堂、二〇一四年。
宮本敬子「大移住をめぐるコール・アンド・レスポンス――トニ・モリスン『ジャズ』とジェイコブ・ローレンス『マイグレーション・シリーズ』」『アメリカン・ロードの物語学』松本昇、中垣恒太郎、馬場聡編、金星堂、二〇一五年、二七九―二九六頁。
吉田迪子『トニ＝モリスン』清水書院、一九九九年。

Column

人形の系譜
――バービーからアメリカン・ガールへ

峯　真依子

『青い眼が欲しい』が発表されて以降、アメリカの少女たちをとりまく人形は、いかに変化したのだろうか。アメリカの人形で誰もが真っ先に思い描くのは、おそらくマテル社のバービーであろう。一九五九年に誕生したこの人形は、一秒に二体売れ、これまでに一〇億体以上を売り上げてきた。アメリカの人形の代名詞ともいえるアイコニックなその人形は、白人至上主義を体現しているかのようであり、なぜあえて様々な人種の子供に白人・ブロンド・青い眼の人形を与える必要があるのか?という批判がある。

ある有名な、肌の色の異なる人形を使った子供の心理実験が一九三〇年代後半と一九八五年に行われた。最初の実験では、白人の人形と黒人の人形を選ばせると、黒人の子供の六七%が白人の人形を選んだ。それから約半世紀が経った一九八五年、再び子供の自己評価についての実験が行われたが、結果は驚くべきことに三〇年代とほとんど変わらなかった。このときに六五%の子供が白人の人形を選び、また七六%の子供が黒人の人形は「見た目が悪い」と答えたのであり、この実験結果にマテル社も注目したという。

マテル社が最初にアフリカ系の人形を発表したのは公民権運動を経た一九六八年のことであり、クリスティという名のバービーの友人（という名の脇役）だった。ようやく主役級のブラック・バービーやヒスパニック・バービーが登場するのは、アフリカン・アメリカンとヒスパニック家庭の総所得が成長し購買力が高まった一九八〇年代のことである。

マテル社よりもはるかに先駆的だったのは、シンダナ・トイズというワッツ暴動のあとにロサンゼルスのサウスセントラルに設立され、八〇年代まで続いた黒人のための黒人による人形の会社である。シンダナ・トイズは、アフリカ系のみならず、アジア系、ヒスパニック系、さらには白人の人形も発表するなど、ある意味でアメリカの多様性を子供の人形の世界に体現させた時代のはるか先を行く存在だった。じつはこのシンダナ・トイズに、当のマテル社が資金提供をしていたこともあり、どうやらマテル社の嗜好性は意外にも一筋縄ではいかないらしい。

マテル社はその後、シンダナ・トイズの精神をうまくビジネスに結びつけたかのようなアメリカン・ガールを手がけることになる。教師兼児童文学作家のプレザント・ローランドによってつくられたアメリカン・ガールは、明白にアンチ・バービーとして誕生したが、皮肉にもマテル社に買収されることとなる。アメリカン・ガールの中心ラインは二つあり、ひとつは「ヒストリカル・ガール」である。フェリシティは独立戦争、クリスティンは一九世紀半ばの開拓時代、モーリーは第二次世界大戦の頃に生きた女の子といった細かい時代設定がなされ、当時の服装、アクセサリー、小物をまとった人形と一緒に本が付属する。もうひとつのラインは「ジャスト・ライク・ユー」であり、自分とそっくりの髪、眼、肌の色の人形を相当数の人形の中から選ぶことができる。アクセサリーのみならず、車椅子や歯の矯正器具まで小道具は幅広い。つまり従来のように、少女たちが現実離れした人形に自己投影するのではない。人形の方に、現実の少女たちの姿をコピーさせるのがアメリカン・ガールなのである。

二〇一六年、バービーに新しいラインが登場した。のっぽ、ぽっちゃり、小柄のバービーというように体型の選択肢が増え、さらには様々な肌の色、眼の色、ヘアスタイルが用意されカスタマイズもできる。つまり、アメリカン・ガールの「ジャスト・ライク・ユー」のコンセプトをバービーで実現させたのが、今のバービーであるといえる。だが、少女たちは、多様性や自分らしさというものを何から何までお膳立てされなければならないほど、愚かではないはずだ。少女たちが人形にたくす夢や自由は、パッケージ化された多様性さえも鋭く見破ったときに手に入るものなのかもしれない。

参考文献

ヨナ・ゼルディス・マクダナー編『バービー・クロニクル』野中邦子・実川元子・藤田真利子訳、早川書房、二〇〇〇年。

M・G・ロード『永遠のバービー』実川元子・野中邦子訳、キネマ旬報社、一九九六年。

ロバート・鈴木『不況時代の新消費者ビジネス——アメリカに学ぶニュートレンド』日本経済新聞出版社、二〇〇九年。

土方細秩子「ロサンゼルス——アイドル十人十色」『AGORA（8・9月合併号）』日本航空株式会社、二〇一六年。九頁。

第二章　バラとセクシュアリティ
――『スーラ』とテネシー・ウィリアムズの『バラの刺青』

戸田　由紀子

トニ・モリスンの『スーラ』（一九七三）は次のようなエピグラフから始まる。

「私しか知らないこの世のわたしのバラ……わたしには情熱《グローリー》がありすぎた。誰もそのような情熱を心に秘めてもらいたくないのさ。」（『バラの刺青』）

このエピグラフは物語の内容とどのように関わってくるのだろうか。「この世のバラ」とは何を指すのだろうか。ここで二回出てくる「情熱《グローリー》」(glory) とは具体的に何を意味するのだろうか。このエピグラフは、テネシー・ウィリアムズの戯曲『バラの刺青』の主人公セラフィナが発する台詞である。セラフィナが交通事故で失った夫ロザリオをいかに愛していたかを主張する場面である。ここでセラフィナが言う「この世のわたしのバラ」は、セラフィナの最愛の夫を指すが、しかしそれだけではない。「バラ」は『バラの刺青』の中で、実に多様な象徴、メタファー、モチーフとして用いられ、その中でもとりわけ「セクシュアリティ」が重要な象徴として機能している。

トニ・モリスンの『スーラ』にもバラのモチーフが登場する。主人公スーラの目元のしみが、「バラ」や、ときには

「バラと茎」として周りの人に映るのである。『バラの刺青』のように作品全体にバラが象徴として強調されることはないものの、「バラの刺青」が象徴する「セクシュアリティ」を、「性に関する観念と欲望の総体」(『後期資本主義とセクシュアリティ』五四)と定義する。「セクシュアリティ」は重要なテーマとして『スーラ』を一貫して流れている。

上野千鶴子は、「セクシュアリティ」は、性的指向(同性愛、異性愛、両性愛、無性愛)だけを指すのではなく、生物学的性、性自認、社会的性役割など、複雑に入り組んだ性と欲望にまつわる人間の活動全般を表す。メディアにおける表象によって「文化決定され、歴史決定された性幻想によって、性欲望が形成され、性実践がなされ、そして性実践が性幻想を生みだし、性欲望を生産し……というように、この三者はぐるぐるとまわりながら、その時代、その文化のセクシュアリティを再生産していく」(一一二)と説明する。竹村和子は「セクシュアリティ」を「性実践、性欲望、性幻想の三つが重なったもの」(一一一)のだ。つまり、「セクシュアリティ」は極めて文化的に構築された概念である。従来セクシュアリティは「本能」、「自然」であると考えられていたが、フーコーがセクシュアリティを歴史・文化的に構築されたものであることを解いた一九七六年の『性の歴史』以来、文化的、歴史的に構築されたものであるというパラダイムシフトが起こり、それが現在に至っている。

フェミニズムは、文化的、歴史的に決定されている近代のセクシュアリティが、異性愛主義的、男性中心的、そして性器接触を前提とする性器中心的なイデオロギーであると批判してきた。異性愛のイデオロギー、男性中心のイデオロギー、近代家族のイデオロギーに影響されることなく、その枠組みの外で、「多様な身体のエロス的な可能性を探求する」(岩波女性学事典、二九五)ことは果たして可能なのだろうか。『バラの刺青』と『スーラ』は、産業資本主義のもとで構築された近代のイデオロギーにいかに女性たちのセクシュアリティが抑圧されているかを描いた作品である。

モリスンは『スーラ』の序文において、この作品が女性の友愛と女性の自由を扱った物語だと述べている。そして

「女性の自由とは常に性の自由を意味する」(xiii) のだと。これまでにも数々の先行研究にて、『スーラ』を近代の異性愛中心主義的なセクシュアリティを批判する同性愛的作品として分析するものがでている。しかしスーラのセクシュアリティは同性愛という枠組みだけにはおさまりきらない。本論では、『スーラ』がどのような「多様な身体のエロス的な可能性を探求」(二九五) しているかを、『バラの刺青』からのエピグラフを読み解きながらみていきたい。

一 「バラの刺青」

バラは西洋において古くから愛と美の象徴であった。愛には、恋愛、親子愛、慈愛などさまざまな形の愛が存在するが、『バラの刺青』におけるバラは、異性間の性愛を表す。「バラの刺青」の持ち主は主人公のセラフィナを入れて四人登場する。しかしセラフィナのバラの刺青だけ、その性質を他の三人と異にする。セラフィナの刺青だけは、物理的に皮膚に刻み込まれたものではない。次に引用する場面は、セラフィナが友人の薬売りのアッスンタに自分の胸にバラの刺青が浮き上がったある不思議な現象について語る箇所である。

セラフィナ　ねえ!聞いて!　わたしね、身ごもったその夜にそれが分かったの!
アッスンタ　どういうこと?
セラフィナ　聞いて!　あの夜、燃えるような痛みで目が覚めたの、ここ、左の胸に!　まるで針でちくちくと突かれた感じの痛み。だから明かりをつけて、胸元をはだけて見てみたの!――そしたら夫のバラの刺青がそこに見えたのよ!

アッスンタ　ロザリオの刺青が？

セラフィナ　彼の刺青がわたしに、わたしの胸にあったのよ！　それを見たとき、身ごもったって確信したの。

（ウィリアムズ　二一―二二）

セラフィナの胸元に浮かび上がったバラの刺青は一瞬で消えてしまうが、セラフィナはそれを「もう一人のバラが自分のなかで育っている」（ウィリアムズ　二二）という懐妊の啓示だと確信する。夫ロザリオとの愛の証、結晶だ、と。よってこの「バラの刺青」は、「性と恋愛と結婚」の三位一体となった「恋愛結婚イデオロギー」の象徴として捉えることができる。

『岩波女性学事典』は「恋愛結婚イデオロギー」を次のように定義する。

恋愛を基礎とする結婚こそ唯一の正統な男女関係であると見なす、近代に特徴的な考え方。近代西欧社会は、当事者相互の恋愛を唯一正統な結婚相手の選択方法として認めるとともに、性的な関係を結婚したもの同士のあいだでのみ行われるべきものとして婚姻外の性を禁止してきた。この〝性と恋愛と結婚〟の三位一体規範を、恋愛結婚イデオロギー、またはロマンティック・ラブ・イデオロギーと呼ぶ。（傍点筆者、四八八―八九）

『バラの刺青』が書かれた一九五〇年代アメリカはこの恋愛結婚イデオロギーが好ましい家族のあり方として推奨されていた。そして本来ならば、夫を深く愛するセラフィナは、そのイデオロギーを支える理想的な妻として捉えられる。しかし『バラの刺青』ではそのように肯定的には描かれていない。

『バラの刺青』が浮き彫りにするセラフィナと夫ロザリオの夫婦関係は、理想とは程遠い。バラが「裏切り」や「秘密」という意味も持つように、ロザリオは、実は不義を働いていた。夫はカードディーラーのエステルと男女の関係になって久しく、セラフィナの信じて止まなかった夫との神聖な夫婦の絆は、すでに崩れていたのだ。それを暗示するかのように、セラフィナの「バラの刺青」が予言した理想的ヴィジョンは、夫の死と、夫との子を流産することで、実現されることはない。

夫との絆を頑なに信じようとするセラフィナの夫への愛は、滑稽に、グロテスクに、トラジコミカルに描かれている。そしてそれは同時に、性と恋愛と結婚が三位一体となったイデオロギーに収まりきらないエロスをいびつな形で表出する。「家」に閉じこもり、身だしなみも一切整えず、汚れたスリップ一枚で喪に服すセラフィナ。夫が浮気をするはずがないと周囲の噂に耳を覆うセラフィナであるが、その一方で、真相を知るため神父に夫が自分以外の女と関係を持ったことを懺悔したか否かについて激しく問いただす。教会の掟に背くことはできないと言う神父にセラフィナは襲いかかり、挙げ句の果てには「あなたは女ではない！　野獣だ！」（六七）と神父に言われる始末である。

セラフィナの亡き夫への愛情表現もまた常軌を逸している。セラフィナはカトリックの規範に背いて夫を火葬し、その灰を壺に入れてマリア像と共に自宅の祭壇に飾る。夫を神聖化し、崇拝するのだ。しかしセラフィナの夫への「神聖な」愛が強調されればされるほど、恋愛結婚イデオロギーによって抑圧されてきたセラフィナの性的欲求が前景化する。セラフィナの「バラ」はエロティックな色彩を帯びる。

『スーラ』のエピグラフで引用されたセラフィナの台詞に再度注目してみると、そこからはセラフィナの精神的な愛よりも肉体的な情欲が読み取れる。この短い引用に、「情熱《グローリー》」という言葉が二度出てくる。『スーラ』の大社訳では「幸せ」と訳されているが、この引用の出典であるテネシー・ウィリアムズの戯曲『バラの刺青』の内容を鑑みると、心が満ち足りている受け身的な状態ではなく、ほとばしるパッションを意味していることは明らかだ。『バラの刺青』の日本語訳では「生き甲斐」という用語が用いられているが、その場合、恋愛結婚イデオロギーという名誉の勲章を装いつつ、極めて情欲的な愛を意味する本音の部分が抜け落ちてしまう。次の引用は、「情熱」を欠いた女たちをセラフィナが批判する場面である。

他の女たちは情熱《グローリー》を感じることなく生きている。熱い心がないから家の中は冷凍庫のように冷え切っている。男たちはそんな彼女たちと過ごす家の中で情熱を感じないものだから、バーに行って、喧嘩して、酔っ払って、太って、浮気するのよ。妻が情熱を与えてくれないからさ。わたしは違った。わたしは情熱を絶やさなかった。わたしと夫の大きなベッドは神聖で美しかった。（傍点筆者、ウィリアムズ 六四—六五）

ここで繰り返しセラフィナが発する「情熱」という言葉は、「情欲」をオブラートに包み込んだ表現である。以前セラフィナは自分が他の女たちのように夫に精力剤を買う必要がないとアッスンタに自慢していた。自分の周りにいる女たちが夫に浮気されるのは「情熱」が欠けているからだと豪語していた。そして夫に対する愛のない女たちとは異なり、自分は夫に対して「情熱」が十分にあったと力説していた。セラフィナの愛は、極めて情欲的である。それを「宗教」のように崇め、夫との愛の営みを神聖なものとして昇華しようとするが、セラフィナが夫との愛を主張すればするほど、夫婦の神聖な絆よりも、セラフィナの情欲が強調されることになるのだ。

このように『バラの刺青』では、表面的には貞節を重んじ、性と愛と結婚の三位一体が神聖化される一方で、そのイデオロギーによって抑圧された情欲が歪な形で強調されている。結婚するまで貞節を守るべきだと、娘を家に監禁し、卒業パーティーへすら行かせようとしない異常なセラフィナの言動。挙句には娘のボーイフレンドに、娘に手を出さないとマリア像の前で誓わせる。このように必要以上に神経を尖らせることで、逆にセラフィナが男女の性的関係しか考えていないことが強調される。現にセラフィナは、体つきだけは夫に似たアルヴァロという男性に性的興奮を覚える。アルヴァロがうっかりポケットから避妊具を落とすと、セラフィナは必要以上に反応し、アルヴァロにまくしたてる。その状況は、アルヴァロの下心以上に、セラフィナの秘めたる欲求を暴き、イデオロギーに隠れた二人の本音がコミカルに表出する。セラフィナの「バラの刺青」は、恋愛結婚イデオロギーにおさまりきれない性的欲求、エロスの象徴となるのだ。

二 『スーラ』におけるセクシュアリティの探求

トニ・モリスンの『スーラ』にも「バラの刺青」が描かれる。主人公スーラの目元にあるアザである。

スーラは濃い茶色の肌色と、大きくおだやかな眼をしていた。茎のついたバラのような形をしたアザが、片側の目の上の真ん中から眉毛にかけて広がっていた。そのアザはスーラの特徴ない顔に突発的な興奮と、青い刃のような脅威を与えた。祖母とたまにチェッカーをする剃刀で切られた男のケロイドの傷跡のような青い刃の脅威を。そのアザは年々濃くなっていくが、今はまだ金色がちりばめられた瞳の色と同じだった。一定に降り注ぐ雨のような透き通った色。（五二―五三）

スーラの眼の上に刻まれたアザは、棘のついたバラのように、危険な香りを放つ、セクシュアリティの象徴である。何か突飛なことをしでかすような危険。そのアザは、見る人によってその姿形を変える。ネルの夫ジュードはそれをまむし蛇と見る。シャドラックにはオタマジャクシとして映る。そしてそれは歳とともに変化する。人々はスーラのアザからスーラ像を構築する。しかし、それら構築されたものとスーラの意識との間にはいつもずれがあり、スーラを理解している人は実際誰もいない。危険な匂いを放ち、定義を拒むバラのアザは、それが象徴するスーラのセクシュアリティもまた捉えがたい謎めいたものであることを暗示する。

先にも触れたように、これまで『スーラ』は同性愛的解釈がなされてきた。バーバラ・スミスは、『スーラ』がネルとスーラの「情熱的な友情」を描出していることに加え、一貫して異性愛中心主義に根ざした社会制度を批判していることから、この作品を「レズビアン小説」として位置づける（スミス　二二三〇―三四）。スミスと同じことをアドリエンヌ・リッチは「レズビアン連続帯」という言葉を用いて説明する。異性愛を強制する父権社会に生きる女性同士の感情的な絆である「レズビアン連続帯」が、ネルとスーラの間に成立するとリッチは指摘する（リッチ　六三）。ネルとスーラの親密な同性愛的関係があくまでも感情的な絆であるという解釈（リッチ、スミス、三杉）に対し、ネルとスーラの間には、感情的な絆に止まらず、肉体的な絆も成立しているという主張もある（鵜殿　五八）。しかしこれらの解釈のように、スーラを単純に同性愛者として位置づけることは難しい。誰と肉体関係を結ぶかは個人の性的指向と必ずしも一致しないとはいえ、実際にスーラが肉体的な関係を持つのは男性であるからだ。しかしスーラが複数の男性と関係を持つからといって、スーラを異性愛者として単純に位置づけることもできない。その理由は異性愛にせよ同性愛にせよ、愛と性の一致が前提となっているが、スーラは肉体関係を持つ男性に対して特別な感情を抱いていないため、性的指向が不明瞭だからだ。スーラは母親であるハナ同様多数の男性と関係を持つが、母とは異なり、スーラは関係を持つ男たちに特別な愛情を持っていない。親友ネルの夫であるジュードに対しても特別な感情を一切抱くことないまま男女の関係になる。スーラが唯一興味を抱く異性であるエイジャックスに対しても、「愛」ではなく「専有欲」だと後にスーラは分析している。スーラに関しては、愛と性が完全に切り離されているのだ。よってスーラを性的指向によって分類し、いずれかのカテゴリーに当てはめることは難しい。

スーラのセクシュアリティを理解し難いものにするもう一つの要因に、スーラのサディスティックな衝動があげられる。エイジャックスとの関係において、顔の肉を剥ぎ取りたくなるスーラの異常な欲求をどのように解釈すれば良いのだろうか。

エイジャックスはスーラと関わる男性の中で、初めて、且つ唯一スーラが興味を持つ異性である。スーラのエイジャックスに対する愛情表現はかなり不可解である。スーラはエイジャックスとの性交の際、エイジャックスの顔の肉を剥ぎ取り、その奥にあるものに触れてみたいという強い欲求を抱く。

セーム革であなたの頬骨のでっぱり部分を強くこすれば、黒い肌の色が少し取れるだろう。セーム皮に剥がれた黒い肌がくっつき、剥がれた肌の下には金色の肌が出てくるだろう。黒の隙間から輝いているのが見える。そこにあるのはわかっている……

そしてその金色の肌を爪やすりか、エヴァの果物用ナイフで剥がすと、金色の膜が剥がれて雪花石膏が出てくるだろう。雪花石膏があなたの顔の輪郭を形作っている。笑っても唇が目元まで伸びないのは、そのおかげ。雪花石膏が果てしなく広がる唇に歯止めをかけているのだ。

そして彫刻刀と金槌で雪花石膏をたたくと、アイスピックで氷を割った時のように割れて、その割れ目から土が見えるだろう。砂利や小枝が混ざっていない肥えた土が。あなたはその土の匂いがする。

あなたという土壌に手を深く突っ込み、土を持ち上げ、指の間からふるい落としながらその暖かい表面と、奥の湿ったひんやりした土を感じるだろう。

よく肥えた、潤った土を作るために、あなたという土壌に水をやろう。でもどれくらい？　どれくらい水をやれば土は水々しさを保てるだろう？　また、水を土壌に浸み込ませるためにはどれくらいの量の土がいるのだろうか？　どれほどになると水と土が合わさって泥になるのだろうか。（一三〇―三一）

スーラは、エイジャックスの皮膚の下にある「暖かい表面と奥の湿ったひんやりした土」に水を与えて、泥を作りたいと考える。泥を作るにはほどよい量の水と土が同時に必要となる。どちらを欠いても作れない、相補的な関係にある。土遊びの場面は以前にも登場する。スーラとネルが土に穴を掘り、一つの大きな穴を作る場面だ。この共同作業は、比喩的にスーラとネルの同性愛的関係を表していると解釈されてきた。ネルはスーラに「何も要求せず、ありのままのスーラを受け入れてくれる」（一一九）一心同体の「同士」であった。エイジャックスとの泥作りの共同作業には、ネルとの間にあった相補的な関係をエイジャックスとも築きたいというスーラの要望が現れている。

相補的で対等な関係構築のためには、一対の男女の双方が相補的な関係に置かれていることを認識する必要がある。しかしネルを通して描かれているように、一対の男女の間にある性愛は非対称的である。男性は単独で存在を認められるが、女性の場合は一対の男女の関係にあって初めて社会的存在を認められるようになる。ネルはジュードに多くの女性の中から「選ばれ」、結婚することでコミュニティの中で存在を認められ、居場所を確保する。吉本隆明の「対幻想」という概念を用いた上野の言葉に当てはめると、ネルは、「自分が相補性の片われであること」、そして「女は、男によってしか女でありえない」(「対幻想と共同幻想：対幻想論」五八)ことを体現している。スーラがエイジャックスの内部に手を押入れ、エイジャックスの土壌に水を与えることで泥を作ろうとする作業は、一対の男女の間にあるべき「対称的」な関係を要求するものである。「一対のアイデンティティ・ゲームの中での女の戦略は、相手の男に、この相補性を骨の髄まで思い知らせること」(同頁)であり、スーラがエイジャックスに自分との相補的関係を要求する泥作りは、エイジャックスの中に在るスーラの存在に気づかせることを要求することなのだ。

しかしスーラとエイジャックスとの間に「相補的な関係」は達成されない。一見すると、エイジャックスはそれまでスーラが付き合ってきた他の男性とは異なり、彼女を庇護したり、見下したりせず、二人の関係は対等かに思われる。しかしエイジャックスとの間には「対称的で相補的な」関係は初めから存在していない。スーラは常に家で待つ側で、エイジャックスは気が向いたときにスーラに会いに来る側である。また、エイジャックスはスーラから他の女性たちと同じような家庭の匂いを感じ取ると、スーラの前から姿を消す。

スーラはそれでよかったと考える。そうでなければいずれ彼の顔の皮膚を本当に剥がし、その下に本当に金箔が潜んでいるか確かめようとしただろうからだ。ここで注目したい点は、スーラが相手の中奥深くに手を入れて探し求めるものが、意外なことに、相手の男性ではないということだ。

ずっと友達を探していたけれど、女にとって、愛人は同士ではなく、また同士になれないことに気づくまでしばらくかかった。彼女が素手を差し伸べて、触れようとするもう一人の自分には誰も決してなれないのだ。
（傍点筆者、一二一）

スーラが相手の中に探し求めているのは「もう一人の自分」なのだ。スーラは、他者との関係ではなく、自己との関係に目を向けている。そしてスーラが死に際に思いをはせるのも、自己と自己の身体との関係である。

スーラは目を閉じて、風で股の間をドレスが押しつける感覚を思い起こした。四本の木の葉が木陰を作っている場所へ走って行くとき、そしてその後、土に穴を掘って遊んだあのときのことを。（一四六）

この箇所はスーラとネルの精神的・肉体的友愛関係を比喩的に描いていると解釈される場面であるが、スーラが最後に思い浮かべるのは、他者との関係において成立するものではなく、対にならずとも成立する「個」のエロスである。スーラは、性に目覚めたときのことを思い出す。風が股間をかすかに刺激するときの、また、膨らんできた自分の胸が地面に触れるときの違和感と快感を思い出す。エヴァがスーラを叱責したように、ボトムでは異性のセックス・パートナーがいない限り、個人は「性的に不完全な存在」だと考えられているが、スーラは、そのコミュニティの規範に反して、「個」としての自身の身体のエロスを求め続ける。スーラがエイジャックスを含め、相手の男性の中にもう一人の自分を見出そうとする欲求は、相補的関係を相手に求める欲求でもあり、また自分自身への欲求でもあるのだ。

エピグラフで強調される「情熱」という言葉には、「相補的な関係」から解放され、単独で完全な性的存在と成りうる女性のセクシュアリティに対する執着と謳歌が表現されている。モリスンが序文で述べているように、『スーラ』は恋愛結婚イデオロギーに抑圧された女性のセクシュアリティから解放された「女性の自由」を描いた物語である。スーラは異性愛主義、性器中心主義、男性中心主義に影響されない「身体のエロス的な可能性」を探求し続け、他者との関係に身を置くのではなく、他者との関係を絶ち、単独でも完全な性的存在となることで「自由」を手に入れるのだ。

しかしスーラの「自由」は、極めて「孤独」である。異性との「相補的な関係」においてのみ女性のセクシュアリティが成立すると考える恋愛結婚イデオロギーを内包したコミュニティの「誰もこの世のわたしのバラを理解するものはいない」（六七）し、スーラの単独で性的な存在でありたいと願う性的自由を切望する気持ちを共有する者もいない。スーラ自身も、単独で性的に完全な存在でありたいと願う気持ちを誰も理解してくれないことを認識している。社会とのつながりを断ち、完全に孤立して一人最期を迎えるスーラに、ネルは寂しくないかと尋ねる。それに対してスーラは、「孤独」であってもそれは「自分の孤独」であり、だれか他の人から与えられたものではないから決して寂しくはないと断言する。ネルやコミュニティの人々のように、与えられた人生を歩み、「生きる」ことを放棄するのではなく、スーラはこの世でまさに「生きる」ために、未知の世界に身を投じ、「自由落下」をあえて選ぶのだ。「自由」であることは「危険」を伴い、クリエイティビティを必要とする。切り株のように死んでいくコミュニティの黒人女性のようにではなく、スーラは「アメリカ杉」のように、この世で本当に「生きて」死んでいくのであって、そこには微塵の後悔もない（一四三）。

出版から半世紀近くが経とうとしている今日も尚読者を魅了し続けるスーラ。その理由は、スーラが女性として自由に生きるために戦い続けたからである。女性として自由に生きるためには、「対」となって初めて認められる存在ではなく、単身者として「生」を肯定する存在である必要がある。スーラは、女性として自由に生きるために、「個」であり続けるために、自己の身体、自己のエロスと最後まで向き合い、そこから生じる危険や孤立を自身の「生」として受け入れる。そしてスーラが死を前にして誰にも邪魔されることなく「初めて完全に一人になれる」(一四八)とき、読者はスーラの凄まじい生き様にただただ脱帽するのみである。

引用文献

Morrison, Toni. *Sula*. 1973. Vintage International, 2004.　大社淑子訳『鳥を連れてきた女』早川書房、一九七九年。

Rich, Adrienne. *Blood, Bread, and Poetry: Selected Prose*. W. W. Norton, 1986.

Smith, Barbara. "Toward a Black Feminist Criticism." *The Norton Anthology of Theory and Criticism*, 2nd Edition, edited by Vincent B. Leitzh, W. W. Norton, 2010, pp. 2223–37.

Williams, Tennessee. *The Rose Tattoo and Other Plays*. 1954. Penguin, 2001, pp. 1–113.　菅原卓訳『バラの刺青』白水社、一九五六年。

井上輝子、上野千鶴子、江原由美子、大沢真里、加納実紀代編『岩波女性学事典』岩波書店、二〇〇二年。

鵜殿えりか『トニ・モリスンの小説』彩流社、二〇一五年。

上野千鶴子「後期資本主義とセクシュアリティ」『目からウロコ』日本カメラ社、二〇〇五年、五三―六八頁。

――「対幻想と共同幻想:対幻想論」『新編　日本のフェミニズム6　セクシュアリティ』岩波書店、二〇〇九年、四八―六一頁。

竹村和子「セクシュアリティと映像表象」『目からウロコ』日本カメラ社、二〇〇五年、一一一―一三〇頁。

三杉圭子「クィア文学」『二〇世紀アメリカ文学を学ぶ人のために』世界思想社、二〇〇六年、二三四―四七頁。

Column

『ブラック・ブック』編纂の影で

木内　徹

モリスンはランダムハウス社の編集者だった一九七三年頃、ミドルトン・ハリス（一九〇八―七七）、モリス・レヴィット（一九三八―　）、ロジャー・ファーマン（一九二四―八三）、アーネスト・スミス（一九二四―　）という四人の黒人関係出版物収集家の個人コレクションをもとにしてこれを『ブラック・ブック』という一冊にまとめた。モリスンは「『ブラック・ブック』編纂の影で」というエッセイのなかで「私はこの十八ヶ月というもの、ある本の制作にずっとかかわってきた……これには四人の著者がいてスパイク・ハリスをチーフとしていた」（『ブラック・ワールド』二十三［一九七四年二月］（八九）と書き、出版までに一年半を要していることがわかる。

このスパイク・ハリスという人物が『ブラック・ブック』の主たる著者として名前が出ているミドルトン・ハリスで、そのほか三人の名前はあるが、モリスンの名は本書が出版されたときは一切載っていない。ハリスは自ら一九六四年に黒人歴史協会を設立し、黒人関係の資料を組織的に収集していた。この協会の目的は公立学校で黒人の子供達に黒人の歴史を教えるときの資料を学校に提供することで、この資料は現在ショーンバーグ黒人文化研究センターに保管されている。ハリスはその資料をもとにして二冊の本、『アンクル・スパイク――黒人歴史探偵』と『マンハッタン黒人歴史ツアー』（共に一九六七年刊）を出版している。

ハリスは一九三一年にモリスンと同様、ワシントンDCの黒人大学ハワード大学を卒業し、その後一九六五年にニューヨークのフォーダム大学で修士号を取得している。彼は一九三二年から七二年までニューヨーク州の公務員を勤めた。従って、『ブラック・ブック』編纂時には、モリスンの『ニューヨーク・タイムズ・マガジン』（一九七四年八月十一日号）のなかの「黒人史再発見」というインタビューによれば、ハリスの「コレクションは膨大なもので、彼の収集範囲は完璧だった。彼は公務員を退職したばかりで、黒人関係出版物収集家としてよく知られていた」とのことである。また、モリスンは彼ら四人は「それらをよく調べ、それについて笑ったり、泣いたりしながら何ヶ月も過ごした」（十四）とも書いている。

モリスンが『ブラック・ブック』編纂時に、資料のなかでマーガレット・ガーナーの記事に「興味を持ったのは、記者がマーガレット・ガーナーが狂ってはいなかったことに本当にショックを受けたということだった」と、このインタビューのなかで言っている。これは、モリスンはこのときすでに『ビラヴド』(一九八七)に着想していたことを示し、作品着想から出版まで十三年の歳月が流れていることがわかる。

収集家四人のうち、ロジャー・ファーマンは一九四〇年代にアメリカン黒人劇場で俳優として舞台に立ち始めたため、黒人による舞台関係の資料を収集していた。モリス・レヴィットは学校教師を退職後、スポーツ関係の黒人資料を集めていた。

アーネスト・スミスはニューヨーク州アディロンダック山地にあるレイク・ジョージ湖畔のリゾートホテルを経営する資産家で、ポート・ジェリーという店も経営していて裕福であった。スミスは、『ラヴ』の登場人物ビル・コージーのモデルである可能性がある。ビル・コージーのモデルは「コズビーショー」で知られる俳優で二〇一四年にセクシュアル・ハラスメントで女性から訴えられたビル・コズビーとも言われている。スミスは、十四歳の頃から黒人資料を収集していたため、貴重な資料を多く所蔵していた。『ブラック・ブック』の四四~四七頁の資料にはスミスのコレクションであることを示す書き込みが見える。

こうしてみると、『ソロモンの歌』、『ジャズ』、『パラダイス』など、執筆に際して黒人史に関する正確な史実を必要とする作品は、すべて『ブラック・ブック』の編纂時代に着想を得たと考えられる。ある意味でモリスン作品のすべてがここに始まったと考えると、モリスンの名がまったく付されることがなかった『ブラック・ブック』をモリスンが自作として大切にしている理由がわかる。

第三章　洞窟からハウス、ホームそして飛翔へ

――『ソロモンの歌』

山野　茂

一　「ハウス」と「ホーム」

トニ・モリスンは、エッセイ「ホーム」（一九九七）において「ホーム」を次のように定義している。「私は、人種が問題にならない世界を、テーマパークや、実現しない永遠にかなうことのない夢や、部屋がたくさんある父親のハウスとは異なるものと考えたい。それをホームと考えている」（「ホーム」三）。モリスンにとって「ホーム」は具体的な家ではなく、実際に人種問題が解消された世界を表すものである。さらに前述したモリスンの言葉は「ハウス」の意味も含んでいる。「ハウス」は家父長制のいくつも部屋のある大きな家であり、「ホーム」と「ハウス」は人種問題を軸にして互いに二項対立的な存在としてとらえられている。

「ホーム」の定義は一九九七年に示されたものであるが、人を抑圧する「ハウス」と対峙する「ホーム」像は、モリスンが『青い眼がほしい』（一九七〇）から小説『ホーム』（二〇一二）に至るまで一貫して追求してきた課題であると思われる。『青い眼がほしい』では、中産階級であるジェラルディンの美しい家が人種差別、階級差別を内包し、そこに住む抑圧された人々の非人間性を象徴する「ハウス」として描かれている。その一方で、クローディアの家は貧しい家であるが、愛に満ちた「ホーム」であることが示唆されている。

しかしながら「ハウス」と「ホーム」は常に二項対立的なものとして描かれているわけではない。モリスンはエッセイ「ホーム」で「ハウス」を「ホーム」に変えることに言及し、「ホーム」がその実現に向けての行動的、創造的な要素を持つことを示唆している。

私が人種差別的ハウスに住まなければならないとしたら、少なくとも、それを建て替え、無理矢理押し込められた窓のない監獄ではなく、泣き声も聞こえないような壁の分厚い、侵入すら出来ない入れ物ではなく、オープンなハウスで、基礎がしっかりした、それでいて窓もドアもふんだんにあるハウスにすることが重要であった。（「ホーム」四）

『スーラ』（一九七三）のエヴァが建てた「巨大な家《ハウス》」は、ジェラルディンの家とは異なり、乱雑ではあるが人の出入りが自由でいつでも食べ物が用意されており、寛大で受容性のある家である。結局エヴァは「巨大な家《ハウス》」の窓をふさがなければならなくなったが、モリスンが「ハウス」を「ホーム」に変えようとした小説上の試みともとらえることができるだろう。また『パラダイス』（一九九七）では、物質的かつ性的快楽を象徴していた「大邸宅」が「修道院」となり、コンソラータのおかげで精神的傷をかかえた女性たちの再生と自立の場となる。一方「人種が問題にならない」ことの言い換えと考えられる「ボーダレスネス」（「ホーム」九）を実現すると思われた町「ルービィ」が、町の有力な男たちによって血統が最優先され、人種差別、性差別、階級差別を象徴する町になる。結局のところ、モリスンにとって「ハウス」と「ホーム」は、どのような形であれ、そこに生きる人間の生き方・考え方を象徴するものと言えるであろう。

本論で扱う『ソロモンの歌』(一九七七)では、物理的にも比喩的にも二項対立性の強い「ハウス」と「ホーム」が描かれている。「ハウス」は主人公ミルクマンの父親メイコン・デッドが、一方「ホーム」はメイコン・デッドの妹パイロットが象徴している。本論は、まず「ハウス」と「ホーム」像に焦点をあてその特徴を分析し、その後「ホーム」の担い手がパイロットからミルクマンに転移していくことを論証した上で、諸説あるミルクマンの「飛ぶこと」の意味を解明するものである。

二　起点としての「洞穴」

メイコンとパイロットは、二人が幼い頃一時避難した「洞窟」から各々異なる道、「ハウス」と「ホーム」への道を歩み始める。さらにミルクマンも「洞窟」を捜すところから生まれ変わりの旅を始める。洞窟には原始的な住居や避難所の意味があることも考え合わせると、「洞窟」はストーリー展開の重要な起点であると言える。

まず、メイコンと妹のパイロットが「洞窟」に至る経緯をみておこう。二人は、パイロットの出産で母を亡くしていたが、働き者の父親のおかげで、「リンカーンの天国」と呼ぶ自分たち所有の農場で幸せな日々を送っていた。そこはメイコンが今でも懐かしく思い出す希望に満ちた農場であり、「ホーム」と呼べるものであったと思われる。しかし父親が殺され二人は全てを失う。一旦は産婆のサーシーに匿って貰うが、そこから逃げ出し、森をさまよっているうちに死んだ父の姿を目にし、父に導かれるようにして「洞窟」にたどり着く。

その「洞窟」で年老いた白人の男に出くわし、メイコンは恐怖に駆られて男を殺してしまう。その男が隠し持っていたのが、兄妹が別々の道を歩むことの原因となり、ミルクマンとギターの関係に大きな影響を与える黄金である。

黄金を発見した時のメイコンとパイロットの反応は重要な意味を持っている。メイコンは「生命と、安全と、ぜいたくな生活が、孔雀が広げた尾のようにメイコンの前に広がった」(一七〇)という感覚を覚える。孔雀は小説中に何度か出てくるイメージで、ギターは孔雀の美しい尾について「飛びたかったら、自分を押しつぶしているあのくだらないものを捨てないといけない」(一七八)と言い、その虚飾性、拘束性を指摘している。しかしながらメイコンは、黄金が持つ魔力にとりつかれ、自分が刺した男に「なぜだ」と死に際に訊かれたことも忘れている。パイロットに「俺たちはもう一度農場が持てるんだ」(一七一)と言い、黄金を自分達のものにすることを主張する。一方パイロットは、「それは泥棒よ、私たちは人を殺したのよ」(一七二)と言い、黄金を持ち去ることを断固拒否し大喧嘩になる。

二人の黄金をめぐる喧嘩は、物質的成功のためなら結果的に殺人も盗みも厭わないというメイコンの考え方と、パイロットの人の命を軽んずることと盗みに対する強い罪の意識を示唆している。この考え方の違いが二人の生き方を別々のものにし、二人はそれぞれ「ハウス」と「ホーム」への道を歩み出すことになる。

三　「監獄」の家――メイコンの「ハウス」

ミルクマンの父親メイコン・デッドの家は、モリスンがエッセイで言及した「ハウス」を具現する家である。メイコン・デッドは賃貸業を営む不動産業者で、その妻ルースの父は地域で「最も尊敬されている」(七〇)黒人医師であった。メイコン・デッドはルースと結婚した後ルースの家に住むようになる。それは、「一二部屋もある大きな黒い家《ハウス》」(九)である。しかし訪れる人には「御殿というより監獄である」(九)と思われている。「監獄」という表現は再び『ラヴ』(二〇〇三)で登場する。いずれも人の生を抑圧する大きな家の特徴を表現する言葉である。メイコンの大きな家の静けさは平和ではなくむしろ家父長としてのメイコンの恐怖支配を象徴している。

この家の抑圧性はメイコンによって始まったわけではなく、メイコンが移り住む前から内包されていた。というのも、元々の持ち主、メイコンの義父が、黒人でありながら黒人に対する強い人種差別意識、階級差別意識を持つ人物だったからである。そのような意識の根底には、『青い眼がほしい』のジェラルディン同様、中産階級の価値観と絡み合った黒さへの軽蔑がある。メイコンは、義父がミルクマンの出産に立ち会っていたら、ミルクマンの濃い黒色の肌を見て自分の孫であることを否定しただろう、とミルクマンに言っている。またメイコンは、義父が海外から取り寄せた高価なものを見せつけ、物質的豊かさを自慢し、メイコンに対する義父の優位性を意識させようとしていたと語る。

そのように嫌悪感を持って義父のことを語るメイコンも、自分が賃貸家屋を所有していることを拠り所としてルースに結婚を申し込む。メイコンにとって重要なのは、ルースが「町で最も重要な黒人」(二二)の娘であること、つまり「医者の娘」というブランドとそれがもたらしてくれる地位である。

この家の物質主義を如実に表すものがもう一つある。日曜日の午後に家族が乗る高級車パッカードである。この車でのドライブは、メイコンにとっては自分が成功者であることを確認するためのものであり、妻のルースにとっても家族を見せびらかす機会である。物質的成功は、見てもらう観衆を必要としている。しかし、皮肉なことに、その観客からは「霊柩車」(三二)を走らせていると思われており、メイコンのドライブも自己満足的なものでその滑稽さを露呈している。

「洞窟」で黄金に未来を見たメイコンは、起業家としては優れている。鉄道の延伸を予想して投資することを考える。また『ラヴ』のホテル経営に成功したコージー同様、人種差別や戦争も好機として金儲けに利用する。彼は資本主義の論理を信条として、ミルクマンに「物を所有することだ。そして自分が所有している物に他の物を所有させることだ。そうすれば自分自身を所有し、他の人間も所有することになる」(五五)と言い、人間関係を所有者と被所有者の関係で見ることを教える。「他の人間」とは実際は同じ黒人のことである。例えば賃貸料の支払期限延長を嘆願するギターの祖母を冷たくあしらう。成長したギターは、「お前の親父は俺たちが蒔いたものの利益を刈り取る。俺たちにはそれをどうすることもできない。あの人は白人のように振る舞い、白人のような考え方をする」(二二三)と述べ、メイコンが階級差別意識を持ち、義父と同じ人間になっていることを指摘している。

実はメイコン自身も、彼の実業家としての物質的成功と反比例して地域住民との間にできた溝が広がっているのに気づいている。夕暮れ時の家路で自分が所有する賃貸住宅を眺め、貧しい黒人のコミュニティーが共謀してメイコンをのけ者にしているように感じる。自分自身の家についても不毛であることを知っている。

それでも金儲けに執着するのは、金は力であり金を持つことは人種差別からの解放であると信じているからである。メイコンは、自分と同じ実名を持つミルクマンに「金が自由だ、メイコン。唯一本当の自由だ」(一六二)と言う。この考え方の根底には、白人に父親を撃ち殺され土地を奪われた経験がある。しかしながら、その父親を殺したバトラー家の崩壊を見届けたサーシーの言葉が、メイコンの目指すものはバトラー家が執着したものとさほど変わらない、虚飾性と非人間性を象徴する「ハウス」であることを暗示している。

あの人たちはこの場所が好きだった。ほんとに好きだった。そのために海外から、ピンクの縞の入った大理石を取り寄せ、シャンデリアを作るために、イタリアで人を雇った。それを白のモスリンで磨くためにわたしは、一ヶ月おきに梯子に登らなければならなかった。あの人たちは、ほんとにここが好きだった。そのために盗みをし、嘘をつき、人を殺した。(二四七)

四　歌のある家——パイロットの「ホーム」

メイコンの家と対極にあるのが妹パイロットの家である。それは貧しいというのではなく、虚飾から程遠いのである。ところがこの原始的な家がメイコンを引きつける。自分の家に帰る途中孤独を感じたメイコンは、絶交中であるパイロットの家から聞こえてくる歌を耳にしてその魅力に抗えず覗きに行く。パイロットの家族を見ることが心の癒やしとなり、メイコンに子供時代の農場を思い出させる。メイコンにとってもパイロットの家はまさに「ホーム」であろうが、それは窓の外から覗くしかないもので、今の地位を手に入れるために彼が捨てたものである。この描写には、メイコンが意識的に見せつけようとしていた「ハウス」と心から見たいと思う「ホーム」の対比が示されている。

初めてパイロットの家を訪れたミルクマンも、父親同様そこに「ホーム」を見いだしている。彼は、今まで感じなかった幸せを感じ、ここでの笑いや一緒にいることを楽しんでくれる人たちの存在が父にとっては逆に脅威なのだと思う。つまりパイロットの家の「ホーム」性はメイコンの中産階級的価値観を脅かすものである。後にミルクマンは、シャリマーで子供達の遊びを見ていて、「快適なものは一つもないのに快適である」（三〇〇）パイロットの家で感じた安らぎを思い出す。

その「ホーム」を生み出しているのがパイロットである。パイロットの一番の特徴は、「洞窟」のエピソードで見られた生命尊重の姿勢である。モリスンは『青い眼がほしい』以来「ホーム」の一つの特徴が人を生かし慈しむものであると認識していると思われる。パイロットは、ルースの求めに応じてメイコンに薬草を飲ませて、十五年間も肉体的関係のなかった二人に関係を持たせ、ルースはミルクマンを身ごもる。メイコンはだまされたことを知り、堕胎させようとするがパイロットが防いでくれる。ミルクマンをヘイガーから守るためにパイロットの家を再び訪れたルースは、今なおパイロットの家を「安全な港」（一三五）と見なしている。ヘイガーがミルクマンを殺さないか心配するルースをパイロットは、「死は一番不自然なことだよ」（一四〇）と言って安心させる。

パイロットの人間形成の基になるのは彼女に「へそがない」ことである。パイロットは「洞窟」を出てから一人で放浪する。しかし彼女は「へそがない」ために放浪先で疎外される。黒人青年と関係を持ちリーバが生まれるが、出産の時一番先に気にしたのは赤ちゃんにへそがあるかであった。へそがないことを知られ厭われるのを恐れて請われた結婚も断る。その後の放浪でもへそがないために疎外され続け、ついに不当な扱いに対して反発する。黒人社会からも永遠に差別されることを知った時、パイロットはその社会的慣習にとらわれない独自の生き方を探求し始める。まず彼女は髪の毛を切る。つまり男女の枠にとらわれることをやめる。そして幸福とは何か、「生きていくために何を知ればよいのか？　この世の真実とは何か？」（一四九）を考える。そうして彼女がたどり着いた哲学が彼女の「ホーム」である。彼女の「ホーム」の特徴を整理しておこう。

一つ目は、前述した命を大切にすることである。パイロットは「生きること」に不可欠な「食べること」を大切にしている。彼女は訪問者には話を始める前に必ず何か食べ物を出している。この点は、『スーラ』のエヴァが「巨大な家《ハウス》」を建てた当初大事にしたことでもある。

二つ目は、人間関係を大事にすることである。それは、「洞窟」以前の「ホーム」であった「リンカーンの天国」での体験から身に付けたものである。一方でメイコンは、パイロットと同じ農場での体験があったにも関わらず、金を通してしか人間関係を見ることが出来なくなっている。ローリー・ワトキンズ・フルトンは「［メイコン］は人間関係と引き換えに社会的地位と安全を手に入れることによって自分を裏切ってしまったことに気づく」（フルトン　一九）と述べている。パイロットは、農場での経験に加え、へそがないために受けた不当な扱いから、「苦しんでいる人々に対して、のけ者だから持てる同情心」（一四九）を身に付けている。また彼女は人間関係を修復する「生まれつき治癒力を持った人」（一四九）でもある。

三つ目は、死者に対する責任である。リーバが生まれてすぐ後に、死んだ父親が目の前に現れ、「飛んで逃げて、死体を置いていったらだめだ」（二〇八）と言われる。パイロットはペンシルベニアに戻り兄が殺した白人に対して自らも責任を感じその骨を持ち帰る。後にその骨が彼女の父親のものであることが分かるが、父から聞いた「シング」の言葉も誤解していることから、亡霊の父親からの言葉は全てパイロットが解釈しているものであり、死者に対する考え方は彼女独自のものと言える。死者に対する責任をとるという点においてパイロットは、『ホーム』のフランクとシーに類似している。フランクもシーも、子を守るために自己を犠牲にした父親の骨を丁寧に葬っている。

四つ目は、歌うことである。歌は家族に安らぎと平和をもたらすものである。スミスが自殺するときパイロットが「オー、シュガーマンは飛んでいった」（五）と歌ったが、実はそれはスミスに飛ぶことを促す歌ではない。歌は「オー、シュガーマン、私をここに置いていかないで」（四八）という歌詞が続く。スミスには家族はなかったが、パイロットの歌には自殺を思いとどまらせる意図があった。パイロットの歌にはもう一つ意味がある。ミルクマンは歌を通して自分の祖先にたどり着く。歌は歴史を継承する上で重要な役割を果たしている。フルトンは、「歌は口承による歴史伝達の役割を果たし、それはいかなる書き残された歴史の記録や工芸品よりもはるかに重要である。なぜなら歌は生き続けるからである」（フルトン　一二）と述べている。

五つ目は、パイロットの家の自然性である。ミルクマンが訪れた時、全てのものに染みこんでいる「松と発酵果実の匂い」（三九）をかぐ。後にミルクマンは自然の中で再生を経験するが、パイロットは自然を家に持ち込んでいる。

以上パイロットの特徴をみてきたが、それを「アフリカ性」という言葉で表すこともできるであろう。アシュリー・タイディーは、ミルクマンの両親とパイロットが対局にあることを「ミルクマンの両親の西洋性」と「パイロットの性格のアフリカ性」（アシュリー　五五）という言葉で指摘している。またフィリップ・ペイジは、「パイロットはミルクマンに、メイコンの物質的な考え方に対立するものとして、精神的、アフリカ中心的、自然を中心とした、直線的ではない見方を教えている」（ペイジ　九二）と述べ、パイロットの文化が持つアフリカ的な側面を指摘している。

五　パイロットの「ホーム」の限界

モリスンは小説『ホーム』に至るまで様々な形で「ホーム」の可能性を追求しているが、それぞれのモデルの限界や弱点も描いている。『ソロモンの歌』では「ホーム」の限界を示すエピソードが二つある。一つはパイロットの孫娘ヘイガーの死である。愛する孫娘ヘイガーの狂気と死は、パイロットの「ホーム」に疑問をなげかける事件である。ヘイガーの悲劇の分析はミルクマンの無責任な性格、何でも金で解決しようとする態度に焦点を当てるのが一般的である。しかしながら、ミルクマンに対する「アナコンダ愛」（一三六）に囚われ、自分を見失い常軌を逸した状態になり死に至る彼女の姿を、パイロットの「ホーム」に焦点を当てて考察すると興味深い事実が浮かび上がってくる。パイロットは、ヘイガーの葬式で「ヘイガーは愛されていた」（三一八）と言っているように、確かに愛情を持ってヘイガーを育てた。パイロットの愛は全てを包み込む愛である。

そのようなパイロットや母リーバの愛にも関わらず、ヘイガーは、他の家と異なるパイロットの家の状態に不満で、母親と祖母のことで恥ずかしい思いをしている。パイロットが物質的成功を果たしているメイコンの家の近くに引っ越して来たのは、物質欲の強いヘイガーのためであった。『スーラ』のエヴァ同様、結果的には、ヘイガーの物質欲を満たすことがパイロットの愛情表現になっていたと思われる。ヘイガーが、自分がきれいでなく白人でないからミルクマンに愛されなくなったと思い込み豪華な服を買いにいく時、パイロットとリーバは手元にあったお金を全て渡す。雨の中ショッピングバックが破れ商品が台無しになる場面は、『青い眼がほしい』の狂ってしまったピコーラを想起させるほど悲惨であり、哀れである。

ギターは、ヘイガーが必要としていたものがコミュニティーの女性たちの力であることを指摘している。このことは、パイロットの家が異質であるために、密造酒の販売以外ではあまり地域の人たちと交流がなかったことを意味している。それは、前述した訪問者に食べ物を出すということと矛盾があるように思われるが、少なくともヘイガーの成長という点からは、地域の人たちとの相互交流は不十分であったと言えよう。ヘイガーには、『ホーム』のシーを助けるコミュニティーの女性たちが欠けていたのである。シーも兄のフランクも最終的にコミュニティーに「ホーム」を見いだす。コミュニティーに関連してもう一点パイロットに欠けていたものがある。それは、『ホーム』のコミュニティーの人たちが持つ「意地悪さ」(『ホーム』一二〇)である。「意地悪さ」とは無駄な同情などしないということであり、シーの治癒は優しさだけでなく厳しさにも支えられている。

パイロットの「ホーム」のもう一つの限界は、人種差別に対しての無力さである。モリスンが「人種が問題とならない」ことを「ホーム」と定義しているが、パイロットはギターがつきつける人種差別に対する怒りに応えることはできない。ミルクマンとギターは、黄金が入っていると信じた「袋」を盗みにパイロットの家に忍び込み、その後警察に捕まる。パイロットは、白人にこびへつらう愚かな黒人を演じて二人の釈放を助け、人の命を大切にすることを二人に説く。そのパイロットにギターは強い反感を抱く。その原因の一つは、ギターが白人は皆敵であると信じ、黒人が殺されたのと同じ方法で同じ人数の白人を殺すという殺人集団「七日会」に属しているからである。もう一つは、ギターの幼い頃の経験にある。父親が工場での事故で亡くなるが、保険金も払われず、慰め程度のお金しかもらわなかった。それにもかかわらず、母親は工場長にへつらいの笑みを浮かべ、もらったお金でキャンディーを買って子供達に食べさせる。ギターは今でも甘い物に吐き気を感じる。ギターの祖母を含め、生存するためにジム・クロウ社会に順応せざるを得なかった世代の表面的な卑屈さをギターは許せない。物語の結末でギターは、ミルクマンとパイロットが共謀して黄金を隠していると信じ、パイロットを射殺する。

ここまで見ると、ヘイガーの死、そしてパイロットの死で、「ホーム」は瓦解したことになる。しかし物語はそこでは終わっていない。パイロットの最期を看取ったミルクマンが、彼の命を狙うギターに向かって飛ぶ結末は、パイロットの「ホーム」の継続性を示すものである。

六　ミルクマンの飛翔

ミルクマンは、四歳の時に飛べないことを知って自分への興味を失うが、物語の結末では飛ぶことができる。当然飛ぶことには重要な意味がある。作品中ミルクマンの飛行以外に二つの飛行が描かれているが、二つともミルクマンのものと対照的である。

一つ目は、物語の冒頭に出てくる保険外交員スミスの飛行である。スミス飛行の舞台となったのが「ノーマーシー病院」であることは重要な意味がある。黒人から「ノーマーシー病院」と呼ばれる白壁の「マーシー病院」は、黒人から見れば「ハウス」である。それはギターの母親のように黒人は肝心な時保険金ももらえず、病気の時病院あるいは医者にも診てもらえないという制度的差別の実態を象徴している。スミスの飛行とその死は、人命を救うはずの建物が人を殺す場となったことで、アメリカの医療制度に対する象徴的な抗議となっている。しかしスミスが望んでいたのは、カナダへの逃亡であった。この逃亡計画は、羽根をつけた格好といい、無残にも落下したのが雪の上で血は流れず、ルースと娘たちが紙で作った赤いバラが散らばっているだけという、人工的で道化芝居のような結末を迎える。この結末は、スミスの現実逃避としての飛行が不毛であることも示唆している。

もう一つは、ミルクマンの曾祖父の飛行であり、スミスが飛行する時にパイロットが唄う歌で伝承されているものである。その歌は、曾祖父が崖から飛んでアフリカに帰るというものであるが、実際は、奴隷の苦難に耐えられなくなった末の自殺であり、スミスの飛行と大きくは変わらない。しかも、孤独なスミスとは異なり、妻と二十一人の子供を後に残しての飛行であった。曾祖父の飛行もまた不毛なもので、加えて無責任な逃亡の試みであった。

「洞窟」探しから始まるミルクマンの飛行に至る旅も、元々は自分勝手な物質的欲望を満たすためであり、自分が棄てたヘイガーや両親の過去から逃げ出すことが目的であった。しかしそれは結果的に生まれ変わりの旅となる。彼は、サーシーとの出会いで奴隷制の真実に触れ、祖先の発見によって物事を歴史的な観点から見ることができるようになる。また、シャリマーでの村人たちとの交流を通して他者との関わりの中で自己を見つめ直し、狩猟を通して自然の中に身を置いて人間の存在を考える。ミルクマンは、異常と思われる母親の行為や人々に憎まれる父親の商売における非情さにも全て理由があることを知る。そして自分自身が犯した大きな罪、ヘイガーを死なせ、パイロットの「ホーム」を壊してしまった罪を直視し、「ヘイガーの死の重荷を引き受ける」（スミス　五一）。実際、ミルクマンは、パイロットに地下室に放り込まれた後解放され自分の家に帰ってきた時、「ヘイガーの髪を納めた箱」（三三四）だけを持っていた。

ミルクマンとパイロットは、彼女の父親の遺骨を、その父親ソロモンが飛んだという崖の上に埋葬する。その直後パイロットはギターの銃弾に倒れる。パイロットは「もっとたくさんの人たちを知りたかった。その人たちみんなを愛したのに」（三三五）と言う。パイロットの愛は、深い洞察力に基づき、人々が持つ偏見や憎しみを超越し、人の罪を許す現世的人類愛である。パイロットの死体を前にしてミルクマンは自分がどうしてパイロットを愛していたかを理解する。「一度も地上を離れもしないで、パイロットは飛ぶことができた」（三三六）からであった。パイロットの愛が彼女を真に自由な人間にしていたのである。

パイロットはその死に際に二つのことをミルクマンに求める。娘のリーバの世話と、ミルクマンが歌を唄うことである。ミルクマンは、愛する人のために生まれて初めて歌を唄う。その時ミルクマンは「歌のある家」であったパイロットの「ホーム」に完全に同化する。同時に、「ソロモン」あるいは「シュガーマン」を「シュガーガール」に変えて唄うことによって、パイロットの「ホーム」に新たな面を加える。歌の変容に関して吉田廸子は、「そのときミルクマンは、アフリカ系アメリカ人の『自分たちの物語を唄う』口承文化の伝統を継承しただけでなく、古い神話に新しい次元を加えたのである」（吉田　一三九）と述べている。ミルクマンは、「少なくとももう一人はあんたみたいな女の人がいるにちがいない」（三三六）と言う。もう一人とは単なる希望ではなくまた女性でもなく、パイロットの「ホーム」を受け継いだミルクマン自身であろう。

ミルクマンは自分の命を狙っているギターに向かって飛ぶ。語り手は「二人のうちどちらが、兄弟の手にかかって死ぬかは問題ではなかった」（三三七）と言い、二人の対決の可能性に言及する一方で、大事なのはミルクマンの飛行そのものであることを示唆している。ミルクマンの飛行には二つの意味がある。

一つは、ミルクマンがパイロットの「ホーム」を引き継いだことである。もう一つは、スミスやソロモンの飛行の書き直しである。ミルクマンの飛行は現実からの逃避や無責任な逃亡を意図したものではなく、ギターに親友として立ち向かうということである。ギターは愛のために殺人をすると言ったが、爆弾を作るために金に執着し、金の入手のために同じ黒人を殺すことも厭わない人物になっている。実行資金の入手という名分がさらなる殺人を正当化している。それは、物と金を優先し人の命を軽んじる点で、自由のために財産を増やすことを至上の価値と見なし、黒人を搾取することを厭わないメイコンの「ハウス」の理屈とさほど変わりはない。ミルクマンの飛行はその「ハウス」の論理に対して「ホーム」で立ち向かうことを意味している。

パイロットの「ホーム」には二つの点で限界があると前述した。しかし人種問題に対しては、ミルクマンの飛行がパイロットの「ホーム」を積極的に関わっていくものにしている。最後に「今こそミルクマンは、シャリマーが知っていることを知った――大気に身を委ねれば、大気に乗ることが出来ることを」（三三七）と書かれている。これは、殺人論理に対して自然の摂理に身をゆだね「ホーム」の愛で応えるというモリスンの人種問題に対する姿勢を示していると言えるだろう。

＊本論は、二〇一四年十一月二十二日、黒人研究の会十一月例会（於キャンパスプラザ京都）において口頭発表した原稿「洞窟からハウスそしてホームへ――『ソロモンの歌』の新たな読み」に加筆・修正を施したものである。

＊『ソロモンの歌』からの引用文の訳は金田真澄訳を参考にした。その他の訳は筆者のものである。

引用文献

Fulton, Lorie Watkins. "William Faulkner Reprised: Isolation in Toni Morrison's *Song of Solomon*." *The Mississippi Quarterly*, vol. 58, no.1–2, Winter 2004–2005, pp. 7–24.

Morrison, Toni. *The Bluest Eye*. 1970. Vintage, 1998. Kindle file.

——. *Home*. Knoph, 2012. Kindle file.

——. "Home." 1997. *The House That Race Built: Original Essays by Toni Morrison, Angela Y. Davis, Cornel West, and Others on Black Americans and Politics in America Today*. Ed. Lubiano, Wahneema, Vintage, 1998, pp. 3–12. Kindle file.

——. *Love*, Knopf, 2003. Kindle file.

——. *Paradise*. 1997. Knopf, 1998. Kindle file.

——. *Song of Solomon*. 1977. Knopf, 2004. Kindle file.『ソロモンの歌』金田真澄訳、早川書房、一九八〇年。

——. *Sula*, 1973. Vintage, 2004. Kindle file.

Page, Philip. *Dangerous Freedom: Fusion and Fragmentation in Toni Morrison's Novels*. UP of Mississippi, 1995.

Smith, Valerie. *Toni Morrison: Writing the Moral Imagination*. Wiley-Blackwell, 2012. Kindle file.『トニ・モリスン——寓意と想像の文学』木内徹、西本あづさ、森あおい訳、彩流社、二〇一五年。

Tidey, Ashley. "Limping or Flying? Psychoanalysis, Afrocentrism, and *Song of Solomon*." *College English*, vol. 63, no. 1, 2000, pp. 48–70.

吉田廸子『トニ＝モリスン』清水書院、一九九九年。

第四章　時間の遠近法とポスト公民権運動時代の神話
――『タール・ベイビー』再読

西本　あづさ

はじめに

『タール・ベイビー』（一九八一）は、『青い目がほしい』（一九七〇）出版後も長く編集者、教師、シングルマザーとして奮闘しながら執筆を続けてきたトニ・モリスンが、自らを本格的な作家と位置づけるようになって最初の作品である。従来、この四作目の小説は、「他作品から大きく逸脱しているかに見える」（スミス　五三）がゆえに、「モリスンの忠実なファンにとっても驚き」（テイラー＝ガスリー　一三〇）であり、「もっとも問題含みで解決のつかない小説」（ピーターソン　四七一）だと評されてきた。だが、今日改めて向き合ってみると、かつては見えにくかったモリスン文学におけるその重要な位置と新たな読みの可能性が見えてくる。

本稿では、いかに『タール・ベイビー』が、その後のモリスン文学のもっとも豊饒な時期――当初「愛の三部作」として構想されていた『ビラヴド』（一九八七）、『ジャズ』（一九九二）、『パラダイス』（一九九七）から二〇〇六年ルーブル美術館開催の「異邦人の故郷」展へと至る展開――が取り組むことになる問題意識を混沌と孕んでいたか、その意味で作家が自らの文学的構想を思考する場となっていたかを考察する。さらに、出版から経過した時間のプリズムを通して、今日この小説にどんな新しい読みの可能性があるのかについても言及してみたい。

一　『タール・ベイビー』はなぜ不評だったのか――モリスン文学における位置

モリスン文学における『タール・ベイビー』の位置を検討するにあたって、小説の二つのプロットを辿りつつ、そもそもなぜこの作品が不評だったのかを考えてみたい。

モリスン文学の一つの醍醐味は、合衆国史の「大きな物語」の中で抹消され歪曲されてきたアフリカ系アメリカ人の過去を掘りおこし、その歴史を再構築することにあったと思われる。モリスン作品を見渡せば、「大文字の歴史」では決して「語られなかった」個人の物語を通じて、植民地時代以来のアフリカ系の人々の集団の歴史が浮かび上がってくる。そこで読者は、彼らが父祖の地アフリカから「新大陸」へ過酷な移動を強いられて以来、生き延びなければならなかった「言葉では語り得ぬ」経験と、その過程で築いた共同体と文化が時空を超えて蘇る瞬間に立ち会い、もう一つのアメリカの物語と向き合うよう誘われる。

その中にあって『タール・ベイビー』が読者に違和感を与えたのは、むしろ自然なことだったかもしれない。この作品でモリスンは、過去ではなく執筆時の一九八〇年前後に時代を設定し、欧州のパリ、カリブ海の架空の島《騎士の島》、合衆国東部の大都市ニューヨーク、そして南部フロリダの前近代的な黒人共同体エローをまたぐグローバルなスケールで、アフリカ系アメリカ人の若い男女の恋愛と価値観の対立を描いた。さらに、前半の作品としては異例なことに、白人の登場人物が重要な役割を担わされていた。伝統的なアメリカ文学で主流の白人の視点から都合よく歪曲されて描かれてきたアフリカ系の人々の経験を、いかに黒人共同体の内側から描くかに腐心してきたモリスンは、初期作品ではもっぱら白人を、黒人の生に絶大かつしばしば破壊的な影響を及ぼすが、境界線の向こう側にある存在として描いた。ところが『タール・ベイビー』では、ノーベル賞以降の『パラダイス』や『マーシイ』（二〇〇八）

と同様、異人種が同じ屋根の下で生活する状況が描かれたことも、出版当時の読者の意表をつくものだったろう。[1]

物語は、引退した白人富豪ヴァレリアン・ストリートが《騎士の島》に建てた別荘《十字架館》に、素性の知れない黒人男性(通称サンこと)ウィリアム・グリーンが忍び込むところから動き出す。折しも館には、黒人の使用人シドニーとオンディーン・チャイルズの姪ジェイディーンが訪問中である。小説の一つのプロットは、家父長の気まぐれで滞在を許可されたサンがトリックスター的な役割を果たし、それまで仮面劇のように演じられてきた館での一見平穏な日常に亀裂が入るまでを捉える。サンの出現は、ヴァレリアンと白人下層労働者階級出身の年齢の離れた美貌の妻マーガレット、二人に忠実に仕えてきたシドニーとオンディーンという二組の夫婦が長年隠蔽してきた不安、暴力、偽善等を露呈させる。さらに、彼らがそれまで敢えて直視することを避けてきたお互い同士や、彼らアメリカ人と館の雑用を請け負うカリブの島の地元の黒人ギデオンとテレーズとの関係の中に、厳然と存在する人種、ジェンダー、階級のヒエラルキーを暴露する。ここでは詳述を避けるが、彼らが演じてきた欺瞞に満ちた仮面劇は、合衆国内に公民権運動後にもたらされた不完全な人種融合社会と、国際社会での緊張を孕んだパクスアメリカーナの隠喩として読めよう、という点は指摘しておきたい。

さて、もう一つのプロットであるサンとジェイディーンのロマンスに話を移そう。故郷を離れ歳月が経っても生まれ育った南部の黒人共同体の価値観と「同胞愛」(一六八)を心の拠り所とするサンと、孤児として伯母夫婦に育てられヴァレリアンの支援でソルボンヌに美術を学んで、「褐色のビーナス」(一一五)の異名をとるモデルとして国際的に活躍するジェイディーンは、それぞれ自らのアイデンティティに不安を覚えて、退避場所として立ち寄った《騎士の島》で出会い、恋に落ちる。違いゆえになおさら強く惹かれあう二人だが、しばしば黒人民族主義者を体現すると評されるサンと、人種隔離撤廃後の社会に順応して成功をおさめる新世代のアフリカ系アメリカ人女性像を予示するとされるジェイディーンは、民族の文化の行方と黒人が選ぶべき生き方をめぐって次第に激しく言い争うようになる。

それぞれが世界の意味とそれがどうあるべきかを知っていた。一人は過去を、もう一人は未来を手に、どちらもが民族を救うべき文化を担っていた。ママに甘やかされた黒人男よ、私と一緒に大人になれる？　文化を担う黒人女よ、キミは一体誰の文化を担っているんだい？（二六九）

モリスンは両者が歩み寄る道を探ったと言うが、ついに対立する二つの生き方が、一つのよりよい未来へと統合されることはなかった。パリ行の飛行機に乗り込むジェイディーンと、逃亡奴隷が盲目の騎馬民族となって今なお駆け巡るとされる神話の森へ向かうらしきサンの姿をとらえたところで、小説は閉じている。

オープン・エンディングはモリスン文学の常套手段だが、この作品が不評だった理由は、一つには、国内外のひりひりするほどリアルでデリケートな問題を神話仕立てで提示していたからだろう。公民権運動が輝かしい成果とともに失望や焦燥感をも残して終息し、ブラック・パワーの主張が政治と権力に歪められ追いつめられる中、やがてアフリカ系アメリカ人社会内部にさらなる格差を招くことになるレーガン政権が誕生したまさにその年に、この小説は発表された。初期の批評の多くが、二人の主人公のいずれの生き方がより真正な黒人らしさかという問いに強い関心を示さざるを得なかったこと自体に、本作がまさに現在進行形の難問を扱っていたことが如実に表れている。

『タール・ベイビー』は、表面的に人種差別制度から解放された自己責任の時代に、アフリカ系アメリカ人社会が直面した「黒人性」とは何か、何をもって「真正な黒人のあり方」とするのか、という答えの出ない問いを提起していた。ハーマン・ビーヴァーズは、モリスン文学がモダニティからポストモダニティへの移行期の混沌を生きる人間の営みを分析するべく、人々が慣れ親しんできた人種、ジェンダー、階級をめぐる意味の制度が崩壊の危機に瀕するさまを戦略的に提示し、読者に自己革新か自己欺瞞かの選択を迫るのだと述べている（ビーヴァーズ　二一八―九）。この小説は、まさにそうした作家も読者も渦中にあってどこへ向かうかまだ誰にも予測できない状況を示し、心地よい結論を与えぬまま読者を置き去りにした。それは読者に思考と選択を迫るばかりでなく、ランダム・ハウスを退社したモリスンが作家として本格的に出発する時点で、自らが取り組むべき社会状況をマッピングし、探究すべき問題を精査するプロセスでもあったのではないか。

その意味で、マリン・ウォルザー・ペレイラが言うように、『タール・ベイビー』はモリスン文学の節目となる重要な位置にある。ただし、『ジャズ』までを対象としたペレイラの議論は、初期作品がアフリカ系アメリカ人の植民地化された状況を描くことに専心していたのに対して、『タール・ベイビー』を転換点として植民地化の影響から脱した作家が民族文化の美学に根差した創作を始めたとした（ペレイラ　七四―六）。だが、今日の地点から振り返れば、モリスン文学は一貫して植民地支配後の世界における黒人性のあり様を探求し続けてきたと言ったほうがよさそうだ。むしろ『タール・ベイビー』は、直後の『ビラヴド』と『ジャズ』からノーベル賞を経た『パラダイス』や「異邦人の故郷」展への流れを踏まえて読み直す時、植民地化が残した影響の複雑さとそれを乗り越える文学的作業の困難さを作家がどう捉え自らに課したかがよく見えるという点でこそ、注目に値する。ではこの作品は、後の作品につながる問題意識をどのように内包していたのか。次項では、いわゆる「愛の三部作」構想とのつながりを検討していく。

二　『タール・ベイビー』と「愛の三部作」構想

『タール・ベイビー』出版前後のインタビューでモリスンは、アフリカ系アメリカ人がポスト公民権運動の時代に迎えている文化的危機と、自らの小説が担うべき役割について、幾度か口にしている。一例を引こう。

かつて黒人共同体は、[音楽や口承文化を通じて]神話や一定の特質や物語を世代から世代へ伝える責任を果たさねばなりませんでした。そうやって、より大きな主流社会に加わっていないがゆえに文化的なまとまりを保っていた一民族が、生き延びるため知っておくべき事柄をきわめて原形的なまま伝えてきたわけです。この国の経済や権力に与ろうとする政治的な運動の結果、それが拡散することになりました。それにエンターテイメント産業やファッションが、そうした精神の拠り所すべてを侵食してしまいました。……何かがその代わりを果たさなければなりません。私にそれが一番上手くできると思えるのは小説なのです。……小説は過去がどう役立つかを示唆しつつ、過去の豊かさを伝えねばなりません。私はその両方ができる世界、つまり祖先の声に耳を傾けると同時に、六十年、百年先に起こっているかもしれないことを見極めるような世界を創ろうとしています。

（テイラー＝ガスリー　一二一―二二）

すでに前作『ソロモンの歌』（一九七七）には、二十世紀前半の南部から北部への大移動によってアフリカ系アメリカ人内部に格差や分裂が生じ、六〇年代を生きる若者が民族の過去につながれない状況が生じているという、作家の認識が反映されていた。だが同作で、都会の中産階級育ちの青年ミルクマンは、南部への旅を通して最後には奴隷だった祖先が遺した神話を再発見する。一方、八〇年前後を描く『タール・ベイビー』で、ジェイディーンは最後まで南部の黒人共同体と折り合えず、前世代までの黒人女性の生き方を継承しようとしない。モリスンは、「かつては黒人に生まれたものだった」が今やそれは「選び取る事柄になってしまった」と漏らし、ジェイディーンを「真の意味の孤児」「一種の一九七六年的類型」と呼んで、同時代への深い憂慮を示していた（テイラー＝ガスリー 一八六、一〇四、八二）。

グローバル化と消費主義が加速する時代に、旧来の権力のヒエラルキーを内包したまま合衆国に誕生した人種融合社会で、先人が差別と暴力に抗して生み出した「文化的なまとまり」の輪郭が曖昧となり価値が多様化して、民族の「精神の拠り所」が次世代に伝わらない――そうした切迫した危機感の中から、続く『ビラヴド』と『ジャズ』は生み出された。この二作は、それぞれ奴隷制から再建期への移行と南部農村から北部都市への大移動を背景に、生の前提が崩れるほどの劇的な変化に直面したアフリカ系アメリカ人の祖先が、いかなる過程を経て生き延びたかを読者に目撃させる造りとなっている。アメリカの公の歴史から排除され、今や子孫の記憶の中でも薄れつつある民族の過去を掘り起し小説に蘇らせるその行為を、モリスンは「文学的考古学」（モリスン "Site" 九二）と呼んだ。それは一つには、苦難の中で生を終え存在の痕跡を残せぬままの祖先を掘り起し祀る行為である。だが、同時にそれは、祖先の叡智を再発見することによって、未来を見通す際に参照すべき神話を構築する行為でもあった。[2]

さてここから考えたいのが、そうした『タール・ベイビー』以降のモリスンがとりわけ意識化して取り組んだ民族の過去再構築のプロジェクトが、『パラダイス』に至ってどう修正されたのか、その意味でいかに『パラダイス』という作品は、『タール・ベイビー』における問題認識を作家自身が見直す試みとして読みうるか、である。一つの見方をするなら、『ビラヴド』と『ジャズ』におけるモリスンの「文学的考古学」は、『タール・ベイビー』の最後にサンが向かった民族の過去が息づく神話の森へと分け入る試みであった。一方、『パラダイス』は、そうした民族の歴史を文学的な神話として再構築する行為そのものに対する作家の自己省察的な修正として、さらにはサンと決別した後にポスト公民権運動時代の孤児ジェイディーンに開かれた可能性を探究する場として、読みうるのではないか。それゆえ、『パラダイス』後に再び『タール・ベイビー』に戻れば、そこには新たな解釈が生まれるのではないか。

実際、七作目の小説『パラダイス』は、『タール・ベイビー』との関連を明らかに示すいくつもの要素を含んでいる。例えば、物語が最終的に合衆国建国二百年の一九七六年に時代設定されていること、小説の舞台が合衆国内におさまらず南米大陸に及んでいること、当初はタイトルに『戦争 (*War*)』が想定されていたと言う通り、男性と女性、家父長制社会とコミューナルな共同体、文化民族主義とコスモポリタニズム等を寓話的に対置させ、価値の相克の中に現代社会が抱える諸問題を捉えようとしていること、さらに、少なくとも小説の一方の舞台である修道院では多様な人種と背景を持つ女たちが一つ屋根の下に暮らす状況が描かれていること等である。だが、そうしたいくつもの類似点にもかかわらず、『パラダイス』で作家は、「歴史」の表象において、それ以前とは一線を画す根本的な枠組みの転換を試みているようだ。

『パラダイス』での「歴史」表象の転換について考察するため、出発点として取り上げたいのが、『タール・ベイビー』でジェイディーンにアイデンティティの不安をもたらしたカナリア色のドレスのアフリカ女性の表象である。パリのスーパーマーケットで出会ったその威厳に満ちたアフリカ女性が侮蔑を込めて自分に唾を吐いたと感じた瞬間、成功の頂点にいたはずのジェイディーンは、自らの黒人としての偽物くささにいたたまれなくなり、《騎士の島》へと逃げ込んだ。このアフリカ女性は、小説では「あの女の中の女——あの母でもあり、姉妹でもあり、女性代名詞そのもの、写真に写しとることのできない美そのもの」(四六) と形容され、モリスンの八三年のインタビューでは「本来の自我(the original self)」「真正なる自我(the authentic self)」と説明されている。確かにモリスンは、このアフリカ女性が単に過去のルーツのみを意味しているわけではないと断った(テイラー=ガスリー 一四—八)。しかし、奴隷制に分断された家系をアフリカの祖先にまで辿るアレックス・ヘイリーの『ルーツ』(一九七六)が大ヒットし、アフリカ系アメリカ人の眼差しが父祖の地アフリカ大陸へと熱く注がれた時代の文脈では、このアフリカ女性の表象が真正なる黒人性を象徴する祖としての読みを誘っただろうことは、容易に想像できよう。

そうした失った起源との再接続の希求は、続く『ビラヴド』や『ジャズ』で、登場人物たちの個人的な母の喪失と重ねつつ、圧倒的な切迫感をもって探求されていく。例えば『ビラヴド』で、主人公セサが殺害した娘の蘇りであり、同時に奴隷制で命を落とした祖先の象徴とも解釈できる若い女ビラヴドは、ジェイディーンと同様に孤児だったセサが、奴隷船で海を渡ってきた実母の存在と母たちが知っていたアフリカの言語や踊りについての記憶を取り戻す触媒の役割を果たす。一方、『ジャズ』では、二十世紀初頭に南部からハーレムに移住したアフリカ系アメリカ人の母/起源の喪失の痛みと再接続への渇望が、もっとも典型的には、野生の女ワイルドが産み捨てたとされるジョー・トレイスの母の痕跡を追う姿に描かれている。だが結局、サイディア・ハートマンが『母を失って』(二〇〇八)で語ったように、失われた起源は究極的には届かないままだ(ハートマン 九)。

他方、『タール・ベイビー』のカナリア色のドレスのアフリカ女性の表象は、このようなディアスポラとしてのアフリカ系アメリカ人の失われた起源回復への渇望、という側面からのみ受け止められない問題を孕んでいたようにも思われる。レイ・チョウは、「第一世界」に身を置く非西洋文化の研究者やディアスポラ状態にある「第三世界」出身の知識人が、「第三世界」の文化をオリジナルなものとして称揚し、祖先の土地を「ネイティヴの土地」という幻想で眺めたいという誘惑にかられがちだと指摘している。そして、自戒を込めて、その行為が実は西欧帝国主義に通底し、現実世界の支配の構造を隠蔽する言説を再生産することになりかねないと主張する（チョウ　一一七—九）。皮肉にも、ディアスポラとしての痛みゆえにアフリカの女性に起源や真正さを見出したいアフリカ系アメリカ人の切実な眼差しは、彼女を物言わぬオリエンタルな「他者」に封じ込めるかもしれない。

『パラダイス』は、『タール・ベイビー』のカナリア色のアフリカ女性の表象が陥りかねないそうした悩ましいジレンマを回避しようとする作家モリスンの苦心が、随所に見られる作品である。この小説は、一方のプロットとして、肌の黒さと貧しさゆえに白人ばかりか同胞にまで排除された解放奴隷の男たちが、その屈辱的な経験を土台に固く結束して築いた、人種差別も暴力も届かない美しくも孤立した砦のような町の歴史を語り出す。始祖たちの男系の血を忠実につなぐことによって未来永劫存続するよう想定されたその黒人だけの町は、指導者たちの意志とは裏腹に、世界の変化や戦争にじわじわと浸食され、物語の現在では危機に直面している。それに対置されるのが、人種も生い立ちも年齢も多様な女たちが、傷つき彷徨った末に、打ち捨てられた修道院に辿り着き、共同生活を始めるまでの幾筋もの物語群である。これらのプロットが示す二つの動き——措定されたある起源から一筋の縦糸として構想される歴史と、そこから排除される無限の人間の生の拡がり——を、『パラダイス』中でモリスンは幾度も衝突させて見せる。ここでは、三点ほど指摘してみよう。

カナリア色のドレスのアフリカ女性の表象との関連でまず念頭に浮ぶのは、父祖の地アフリカをめぐる議論である。公民権運動の元闘士でよそ者のマイズナー牧師と町の教師パトリシアは、若者への歴史教育をめぐって次のように対立する。

「アフリカは我々の故郷なんだよ……」

「……外国の黒人に自己同一化したいんだったら、どうして南アメリカじゃダメなの？　実際、ドイツでもいいじゃない？　そこにだって、貴方が十分つながることのできる茶色い赤ん坊がいるわよ。それとも、貴方が求めているのは単に奴隷制がなかった頃の過去なのかしら？」

「いけないかい？　奴隷制以前には本当に多くの生があったんだ。そして僕たちはそれを知るべきだよ。奴隷的な精神構造から抜け出そうとするならね」

「そんなのおかしい……奴隷制は私たちの過去で、何もそれを変えることなんかできないの、アフリカにだってね」（モリスン *Paradise* 二一〇）

植民地支配や奴隷制に傷つけられる前の起源を象徴するアフリカこそ、アフリカ系アメリカ人が歴史のトラウマから解放されるために必要な故郷だと力説するマイズナーと、傷のないオリジナルな生を夢見るよりその傷跡を通して世界中のディアスポラと連帯できるはずだと反駁するパトリシアの立場には、どちらにも切実な真実の響きがある。だが、ここでパトリシアが主張しているのは、『タール・ベイビー』でアフリカ女性と出会ったジェイディーンをアイデンティティの不安に陥れたのとは別の歴史の枠組みであることは、注目に値しよう。そうした歴史観に立てば、ジェイディーンは起源にあったはずの真正な黒人性を基準に自らを測り怯えるのではなく、自分とカナリア色のドレスのアフリカ女性と世界との関係を、別の目で見られるようになる可能性がある。

上記との関連で二つ目に取り上げたいのが、この会話の後、パトリシアがそれまで密かに作り上げてきた町の家系図を燃やす場面である。彼女は、「人種の破壊」を示す「明るい肌の色をした」（モリスン *Paradise* 一九七）よそ者を母に持つがゆえ、町では黒人種の純血の掟を破った一族の子孫として周縁に追いやられてきた。だからこそ、彼女は町の公式の歴史から抹消された母のような人々の存在を掘り起し、執念で真実の歴史を再構築しようとしてきたのだ。ところが彼女は、最後に長年の苦労の成果が書きこまれたノートを焼却し、手と顔を洗って「さっぱり清潔になった気持ちで」（モリスン *Paradise* 二一七）、声を立てて笑っている。モリスンの「文学的考古学」を通じたアフリカ系アメリカ人の歴史の再構築ときわめて類似したこの家系図を作るという行為を、一体なぜ作家は、ここでパトリシアに放棄させたのだろうか。

考えてもみれば、いくら主流派が公認する町の家系図に対抗して、そこから排除された存在を救い出す真の家系図を完成させようとしても、究極的には両者は同じロジックの下にあるために、絶えずさらにそこから排除される者を生み出し続ける可能性を孕んでいる。家系図というものが内包する起源への憧れと血の絆によって人間の歴史を縦に記述しようとする願望は、正統と非正統を区分し、誰かを排除する行為を前提としているからだ。さらに言えば、誰も漏らさぬ真の家系図を完成させるという試みは、恐らく不可能でもある。例えば、パトリシアの父は、戦争中に駐屯地で出会い彼の子を身ごもった恋人をルービーへ呼び寄せたことで異端者のレッテルを張られたが、町の主流派のスチュアートは、彼を非難して次のような言葉を吐く。

「奴は**我々**が置き去りにした糞を町に持ち帰ってきた」（モリスン *Paradise* 二〇一　強調は筆者）

パトリシアの父と共に従軍した男が、ここで「我々」という主語を使っていることは注目に値する。なぜならその言葉は、彼のような町の住人の純血性を誇る主流派の男たちもまた、町の外に「糞」――純血ではない女、苗字のない女、非嫡出子、流産や堕胎で命を落とした子ども等々――を置き去りにしてきた可能性が示唆されているからである。そして、永遠になかったことにされたままのそれらの存在が世界中でどれだけ埋もれているかは誰にも知る由がない。ビーヴァーズは、『タール・ベイビー』と『パラダイス』とを比較することは、「閉じた制度には外部者が内部者であるかのような幻想を生み出す傾向があるということを、私たちに気づかせてくれる」(ビーヴァーズ 二一八—二〇)という興味深い指摘をしている。周縁に置かれてきた人々が主流の歴史から抹消された過去を奪回するという努力はきわめて重い意味を持つが、常にそこには排除されていた者が新たな内部を再生産し他者を生み出す可能性が潜んでいる。そこで作動し始める排除のメカニズムを考えれば、歴史の記述は固定化して閉じてしまうことのないボーダーレスな想像力のたゆみない仕事として常に途上にあり、完結することなく、廃棄されては繰り返されなければならないのかもしれない。

こうした二点を踏まえ、最後に指摘したいのは、いかにモリスンが、『パラダイス』の寄る辺なき女たちと彼女を迎える主《あるじ》の役割を果たすコンソラータとの関係を、『タール・ベイビー』のジェイディーンとカナリア色のドレスのアフリカ女性との関係の修正として設定しているか、という点である。修道院の先住者であるコンソラータは、南米の海辺の町の路上で合衆国の修道女に拾われた起源のわからぬ混血の孤児であり、植民地化された身体を生きる女性とされる。一方、彼女のもとに流れつく四人の女たちも、人種は明かされず、家父長制が支配する世界で暴力的に排除された体験を共通項に緩やかにつながるのみである。確かに、小説の終盤で女たちを癒しの儀式に導くのはコンソラータだが、女たちの共同体はある起源から縦に連なる人間の関係を基盤にしておらず、それゆえ誰かが誰かの「本来の自我」や「真正な自我」と映るような関係には決して描かれていない。こうした『パラダイス』の女たちの表象は、ノーベル賞受賞後のモリスンが、前作までの起源を希求する歴史の再構築の方向性を修正し、アフリカ系アメリカ人の歴史を、ディアスポラ的状況を生きる人間の枠組みの中で捉え直そうした証であろう。小説の最後で、コンソラータを異種混交の黒い女神ピエダーテの腕の中で休息させている場面は、小説中で超越的な役割を果たすかに見える彼女を、絶対的祖のような存在として祀り上げることを徹底して回避し、あくまで故郷なき孤児の一人として位置づけようとする作家の意志の表れと言えるのではなかろうか。

三　時間の遠近法――「異邦人の故郷」展と『タール・ベイビー』の新たな読み

トゥルーディア・ハリスが「ジェイディーンに非同情的になることはたやすい」(ハリス　一二八)と指摘したように、初期の『タール・ベイビー』の批評はしばしば、娘として黒人女性の伝統の系譜に連なることを拒絶し、「女としての別の生き方」(二八一)を求めてパリへと旅立つ二十五歳のヒロインの生き方の危うさを指摘した。結果として、南部の故郷の黒人共同体の価値を愛おしみ、盲目の騎馬民族となった逃亡奴隷が駆け巡るというアフリカ系アメリカ人の神話の森へと分け入っていくサンに、軍配が挙げられることも少なくなかった。

だが、改めて詳細に読み返せば、小説そのものの言語はきわめて両義的であったことに気づく。実際のところ、出版から三十五年を経た現在、二項対立的な読みが成立しえないことは明らかだ。例えば、一見ジェイディーンとは対照的に祖先の文化との確かなつながりを保っているかに振る舞うサンだが、実は、「八年間の家なしの生活の中で、身元を証明する書類を持たない夥しい下層民の一団に加わった」歳月の末に、「故郷へ帰る時だ」(一六六、一六七)と思った、と描かれている。流浪の果てに故郷から距離的、時間的、心理的に遠く離れ、かつて確かにあったはずの起源に帰属していた感覚を記憶の中に保持する彼は、九〇年代にグローバルな規模で急増するプレカリアートの先駆けだったと言うこともできよう。

さらに、自らの黒人としての真正さに不安を抱くジェイディーンの目には、風格ある祖と映ったカナリア色のドレスのアフリカ女性もまた、実は、植民地後の世界で経済のグローバル化と富の不均衡によってアフリカからヨーロッパへと移動を強いられ、日々の生を戦い取っている故郷から引き剥がされた移民女性の一人であったかもしれない。同様に、永遠に枯れることのない魔法の乳房と神話世界と交信する能力を持つとされるカリブの島の黒人女性テレーズもまた、人種主義と植民地支配を生き、西欧文明という禁断のリンゴの味に憎しみを抱きつつ「ヒステリーにも似た憧れを抱いて」(二〇九)、自らの魔法の乳で白人の赤ん坊を養わねばならなかった一人の故郷なき女性だった可能性がある。

そうした観点から振り返れば、『タール・ベイビー』は、二〇〇六年秋にルーブル美術館で開催された「異邦人の故郷」展にまで、発展する要素をすでに内包していたと言えるだろう。フランスのロマン派の画家テオドール・ジェリコの絵画『メデューズ号の筏』から着想を得たという同展では、時空を越えた人類の共有体験としてのディアスポラ的状況をめぐる数々の切迫した問い——故郷とは何か、領土と境界線は何を意味するのか、特定の土地や共同体への帰属意識と個人のアイデンティティはどう関わるのか、故郷を喪失し異邦人となったとき人はどう生きるのか、あるいは異邦人となった人々をどう迎え入れるのか、等々——が提起されていた。そこでは、「ノマドのように」彷徨いつつ「新たなホーム」を希求する人間の状況が、古代エジプトから現代までの人類史を貫く共通の経験としてとらえられている (Riding)。そして、奴隷として意に反した移動を強いられ、解放後も人種差別に直面してきたアフリカ系アメリカ人の固有の歴史は、その古今東西を横断するパースペクティヴの中に置き直される。

「異邦人の故郷」展を観た後で考え直せば、正しく帰属できる文化的故郷を持たないポスト公民権運動時代の孤児ジェイディーンにも、出版当時のブラック・パワーから多文化主義運動と文化戦争へ向かう時代の文脈では想像が難しかった新たな解釈の余地が開けるだろう。例えば、パリ行の飛行機の中で「大人の女には安全や、安全の夢など必要なかった。彼女自身が、彼女が望む安全そのものなのだ」（二九〇）と自覚するに至るジェイディーンの思いは、「異邦人の故郷」展で「身体こそ本当の最終的な故郷なのです」(Riding) と語ったモリスンの言葉と、緩やかに響き合う。そうであれば、今となってはジェイディーンには、ポストモダンの世界で『ソロモンの歌』のパイロットのように、ゼロから新しい生き方を創っていくことが期待されていると解することも可能なのだ。

その直後のくだりで小説の言語は、カリブの島の女王蟻とジェイディーンとを判然とは区別できない描き方をする。女王蟻は満を持してただ一度、「星のように性交する」（二九一）雄とつがった後、子宮にその精液を湛えたまま「自らの王国を築くにふさわしい場所を求めて旅をし」、ぼろぼろになった翼でよろめきながら外界から隔絶された木の洞へと潜り込んで、「自らの翼を支えていた筋肉を食べて命をつなぎ、やがて卵を産み落とす」（二九二）。この女王蟻の壮絶だがヒロイックな生は、サンとの戦争のような恋と決別したジェイディーンが、小説の外側で未来に辿りうる道の一つかもしれない。また、その女王蟻の描写は、『パラダイス』のコンソラータが、合衆国の修道女に拾われ西洋の信仰を教え込まれた故郷なき混血の孤児から、黒人の純血を何より守ろうとする男との激しい恋とその恋の終りを経て、地下室にこもり痛みに悶えワインに溺れて悪態をつく時間の末に、威厳ある女家長へと自己創造を果した姿をどこか髣髴とさせる。さらに言えば、離婚を経験し故郷を離れて孤独と失意の底で、既存の文学は自分のことを語ってくれていないと感じたモリスンが、「存在したことのないものを創造する原点にならんとする誘惑 (the seduction of origination)」にかられ、小説を書く行為の中に「主権 (a sovereignty) を求めて」（モリスン "Home" 三）、作家になっていったプロセスと通ずるところがあると思えなくもない。

終りに

二〇〇四年のヴィンテージ版の『タール・ベイビー』には、作家自身の新たな「前書き」が付されている。そこでモリスンが語るのは、八〇年代にも言及されていた一族の四世代の女たちが集った日の記憶である。それぞれに個性ある巧みな語り部だった母、祖母、曾祖母が披露する物語を吸い込んで育った幼い日の作家が、自らも物語りの腕を磨こうとしたのは、とりわけ祖母を喜ばせるためだった。ナンバーくじで運を引き当てるため、必ず孫モリスンの夢を参照した祖母である。

もちろん私たちは、この三人の女性が『タール・ベイビー』の献辞で、「真のいにしえから勝ち取ってきた叡智を知る」人々として名前を挙げられていたことを知っている。さらにこの祖母こそ、一家の運命を変えるべく南部から中西部への大移動を指揮した人だったことも思い出す。だが、この「前書き」では、そうした幼い日に胸に刻んだ偉大な人生のモデルとしての祖母像のみに収まりきらない、作家の祖母の人生への新たな理解も語り直されている。歳月を経て祖母の年齢に近づいた作家は、実は、彼女がこの世では終生「安住の地を持たないホームレス」であり、娘たちの家を転々として、常に仮／借りのベッドで眠り、その一つで息を引き取ったという事実を再発見する。そしてそんな暮らしは「屈辱ではなかったにしても、安まることがなかっただろう」と、その人生に思いをはせるのだ(XIV)。

時間の遠近法の中でさまざまに意味を変えながら、『タール・ベイビー』というポスト公民権運動時代の神話は、過去を遡り失ったアイデンティティの確かな起源を見つけたいという願望と、傷跡が深く刻まれ混沌としたこの地上世界に新たな故郷を創るという希望の狭間に、私たちを置き去りにするだけのいたたまれないほどのリアリティを、二十一世紀の今も失ってはいないようだ。そしてそこには、本格的な作家として生きていく覚悟を決めたモリスンが展望した文学的主題の原形が、きわめて自覚的に描きこまれている。その主題は、時間とともに変化しながら後の作品群で探求され、やがてその作品群自体が「いにしえから勝ち取ってきた叡智」を伝える現代の神話となって、続く世代のさまざまな応答を呼び出している。[3] そうした意味で、この決して評判のよくなかった第四作は、モリスン文学研究において今後さらに読み直されるべきだろう。

＊本稿は日本学術振興会科学研究費補助金［基盤(C)15K02348（代表者：西本あづさ）］の助成を一部受けて行った研究の成果である。

注

1 『タール・ベイビー』の次に書かれた短編「レシタティフ」（一九八三）は、白人と黒人を登場させながら誰が白人か黒人かを明かさない実験的手法で書かれており、この時期のモリスンの文学的問題意識や『パラダイス』との関係を考察する上で重要である。

2 詳しくは拙論「語りとは革新的創造行為である――アフリカ系アメリカ人女性作家トニ・モリスン」を参照されたい。

3 自らの黒人性と葛藤しつつ生き方を模索するジェイディーンは、公民権運動後の人種融合の時代に育ったいわゆる「ポスト・ソウル世代」の先駆けとも言えよう。一九六〇年代以降に生まれ育ったこの世代のアーチストたちは、いわばジェイディーンの経験を当事者の立場から語りだす作品群を、八〇年代末以降に発表し始めることになる。

引用文献

Beavers, Harman. "'There Is the Power,' He Thought, 'Right There': Dramatizing Entropy in *Tar Baby* and *Paradise*." *Toni Morrison: Memory and Meaning*, edited by A. L. Seward and J. Tally, UP of Missisippi, 2014, pp. 218–30.

Chow, Rey. *Writing Diaspora: Tactics of Interpretation in Contemporary Cultural Studies*. Indiana UP, 1993.

Harris, Trudier. *Fiction and Folklore: The Novels of Toni Morrison*. U of Tennessee P, 1991.

Hartman, Saidiya. *Lose Your Mother: A Journey along the Atlantic Slave Route*. Farrar, Straus and Giroux, 2007.

Morrison, Toni, *Beloved*. 1987. Vintage Books, 2004.

——. "Home." *The House That Race Built*, edited by Wahneema Lubiano, Vintage Books, 1998, pp. 3–12.

——. *Jazz*. Alfred A. Knopf, 1992.

——. *Paradise*. 1997. Plume Book, 1999.

——. *Tar Baby*. 1981. Vintage Books, 2004. 『誘惑者たちの島』藤本和子訳、早川書房、一九八五年。

——. "The Site of Memory." 1987. *Inventing the Truth: The Art and Craft of Memoir*, edited by William Zinsser, Houghton Mifflin, 2nd ed., 1995, pp. 85–102.

Pereira, Malin Walter. "Periodizing Toni Morrison's Work from *The Bluest Eye* to *Jazz*: The Importance of *Tar Baby*." *MELLUS*, Vol. 22, No. 3, Fall 1997, pp. 71–82.

Peterson, Nancy J. "Introduction: Canonizing Toni Morrison." *Modern Fiction Studies*. 39.3 & 4 (1994): 461–79.

Riding, Alan. "Rap and Film at the Louvre?: What's Up with That?" *The New York Times*, 21 Nov. 2006, www.nytimes.com/2006/11/21/books/21morr.html.

Smith, Valerie, *Toni Morrison: Writing the Moral Imagination*. Wiley-Blackwell, 2012.

Taylor-Guthrie, Danille, editor. *Conversation with Toni Morrison*. UP of Mississippi, 1994.

西本あづさ「語りとは革新的創造行為である——アフリカ系アメリカ人女性作家トニ・モリスン」、木下卓、笹田直人、外岡尚美編著『多文化主義で読むアメリカ文学——新しいイズムによる文学の理解』ミネルヴァ書房、一九九九年、四六—六八頁。

第五章　マギーに何があったの？
――「レシタティフ」に見る母の記憶

時里　祐子

はじめに

『白さと想像力』（一九九二）の前書きの中でトニ・モリスンは、アメリカの言語に浸透してきた「記号」について自身がいかにその記号の鎖から言語を解放しようと試みているかを表明した。そして、自身の唯一の短編小説「レシタティフ」（一九八三）について「人種の異なる二人の登場人物についての語りから、すべての人種記号を取り去る実験だった」(xiii) と述べている。「レシタティフ」は、一九五〇年代にニューヨーク州立セント・ボニー児童保護施設で友情を育んだトワイラとロバータの、一九六〇年代後半から一九八〇年代初頭にかけての四度の再会を描いた物語である。[1] 人種の記号を取り去る「実験」と明言されている通り、幼い頃「塩と胡椒」（二四四）と呼ばれていることから、トワイラとロバータが白人と黒人の組み合わせであることだけは明らかだが、どちらが白人で、どちらが黒人なのかは語りの中では明かされない。エリザベス・エイベルが明らかにしたように、人種記号と見なすことができそうな文化的事象が多く現れるにもかかわらず、それらの事象の社会的、歴史的背景を考慮すると、読者は、その一見黒人を指し示すかのようなシニフィアンに対してシニフィエが黒人でも白人でもありうることに気づくのである。

人種の記号を排除するということは、それまでアメリカ社会の人種に関わる言説に潜んでいたシニフィアンとシニフィエのつながりが幻想であったことを暴くことになる。そしてまたその「黒人か白人か」を探る読みの体験によって、読者に、黒人表象が白人対黒人という二項対立の概念によるものであったことを改めて認識させることにもなる。これらが、この「実験」でのモリスンの企図であることは明らかだが、その人種特定の推理ゲームに誘われる読者はまた、この物語がもう一つの謎、セント・ボニーの果樹園で、ある日身体の不自由な有色人女性マギーに起きた出来事の謎を中心に展開されていることに気づかされるのだ。トワイラはこの出来事を、マギーが転んで、それを「ガー・ガールたち」（二五三）と二人が呼ぶ年上の少女たちが笑ったと記憶しているが、大人になって再会する度に、ロバータはトワイラの記憶を覆す。結局、果樹園でマギーに起きた出来事とは何だったのか。この謎を巡って二人は次第に対立し、人種暴動の際には激しい口論となってしまう。最終的にトワイラとロバータの双方は、自分たちが不完全な母親と自分自身をマギーに投影して見ていたこと、そして実際には暴力に加担しなかったが、一緒になって痛めつけたいという欲望を持っていたのだという「真実」を思い出す。これによって、マギーをめぐる記憶の謎は一応完結し、この物語は二人の和解を持って締めくくられるように思われる。

しかしながら、実はこのマギー事件の真相は、トワイラとロバータの肌の色とともに、永遠に答えが出ない問いとして開かれている。なぜなら、体験と記憶、そして言説のあいだに存在する差異と遅延を考慮するなら、トラウマ的事象はそもそも永遠の問いという彼岸に置かれたものであるからだ。キャシー・カルースによれば、特にトラウマ的体験は身体的、感覚的な衝撃の体験であるために、「最初にトラウマを生み出したものが、どんなものであったのかを知ることの不可能性をもたらす」（一〇）。この記憶のアポリアは、このテクスト内でも、実は明確に示されている。それが、作品の最後にロバータが呻くように発する「結局、マギーにいったい何があったの？」という問いかけである。

本論はカルースらのトラウマ論に基づいて、トワイラとロバータがたどり着くマギー／母のトラウマ記憶を、二人が「思い出す」ものではなく構築する記憶と捉え、その記憶構築とアメリカの時代的背景の関係を考察する。この作品に示される一九五〇年代後半から八〇年代初頭の文化的アイコンは、言語に住み着いている人種記号の鎖、すなわち読者が持つ人種的先入観を揺り動かすだけではない。それらの記号は同時にプロット上の道具として機能し、トワイラとロバータの白人女性、または黒人女性としてのアイデンティティが、各時代のエトスの下で変容していく過程を浮かび上がらせている。トワイラとロバータが、時代とともに変化するジェンダーの「規範」に基づいて、互いを、そして母の記憶を構築していく、そのストーリー内部にこそ、実はモリスンは人種と言語記号の鎖を解く鍵を潜ませているのではないだろうか。

一　一九五〇年代――家族神話と異端のトラウマ

ベセル・A・ヴァン・デア・コルクはトラウマ的な出来事について、「実際の体験があまりにも圧倒的で、人が既存の精神的枠組みに当てはめることができないとき」、体験者は、「その体験から自分を引き離し、あとあと断片的な感覚や運動的な体験として突然、経験する」（一七六）と述べている。「レシタティフ」においても、マギー事件を目撃したために、果樹園はトワイラとロバータにとって痛みと混乱の場所となり、夢や記憶の断片として蘇ることになる。この物語の語り手がトワイラである限り、果樹園でマギーに母を投影していたという最終的な告白は不可避的に、出来事を言語によって再構築した「物語記憶」でしかありえないのだが、しかし、その物語記憶の中でなぜ、二人の母親が最終的にマギーと一体化していくのだろうか。ここでは、その契機として、セント・ボニー児童保護施設という公的な場が、トワイラとロバータが実質的に母から引き離されるのみならず、一九五〇年代アメリカが追い求めた「家庭《ホーム》」と「母」の理想像を二人に植え付ける場となっていることを見ていきたい。

セント・ボニー児童保護施設は、トワイラとロバータが人種を超えて精神的に結びつく場であるが、同時に家父長制的な家族神話の「規範」に基づいた場所である。サラ・M・エヴァンズによれば、核に対する恐怖が一般社会に広まり、「ふさわしい場所にいる女性が、世界の安定と安全の象徴」という意識が浸透した冷戦時代において「セクシーな女性は爆弾という比喩で描写された」（二四五）し、「妻と母親になるという『素晴らしいキャリア』に対する障壁となるのは結婚前の性行為であった」（二四六）。また、リンダ・ゴードンによると、アメリカ女性の福祉ネットワークが家族政策に乗り出したときも、そこには「女性にとっての望ましい立場は、男性の稼ぎに依存する家庭の主婦であり、母であるとの前提」があり福祉施設の女性職員たちも「シングルマザーが増えたり、母親が雇用される状況は危険なことであると信じ込んでいた」（一七四）。スザンナ・M・モリスの言葉を借りれば、トワイラとロバータは「どのように力を得て維持するかの破壊的なレッスン」（一六〇）をセント・ボニーで学ぶ。二人は女性施設長イトキンを「ビッグ・ボーゾー」と呼ぶが（二四三）、ビッグ・ボーゾーとは一九四九年からテレビ番組で人気となった、白人とも黒人ともつかない白塗りのピエロの男性キャラクターであり、この施設を支配する白人の男性中心的核家族を理想とするイデオロギーが、あらゆる人種に浸透していたことを象徴する。特徴的な、笑った形で描かれた真っ赤な唇は、女性の固定された性と性役割を示していると言えるだろう。

そのような場所でトワイラとロバータは、母の存在をトラウマとして抱えることになるのだが、そこには、性役割や女性性の規範から外れることと「子捨て」を同義とするこの時代の母性神話を基盤とする支配構造が存在する。トワイラとロバータの人種を超えた精神的な結びつきは、そもそも二人が「捨てられた」（二四四）子どもとして同室に入れられ、「お空に死んだ立派な両親がいる本物の孤児たち」（二四四）から仲間はずれにされたことから始まっている。しかしながら、冒頭でトワイラは、「あたしの母親は一晩中踊っていて、ロバータの母親は病気だった。だからあたしたちは、セント・ボニーに入れられた」（二四三）と、おそらく州の福祉的判断によって、トワイラとロバータはセント・ボニーに入所することになったことを語っており、この時の、「あんたのお母さんも病気なの？」「一晩中踊るのが好きなだけ」（二四三―四四）という二人の会話には、自分が母に捨てられたという認識は見られない。二人の母が子どもの養育能力を欠いていたという事実は揺るがないとしても、その事実が「捨てられた」というトラウマ的認識へと移る過程には、他の「本物の孤児」と自分たちとを比較するプロセスが存在する。その比較をする主体が、本物の孤児たちからトワイラへと移るのが、「マギーが転んだ前日」（二四六）の母との面会日である。

サンドラ・クマモト・スタンリーが指摘するように、トワイラの母メアリーが「一晩中踊っていた」ことは異性との性的関係を示す記号であるが（七六）、この面会の場面でトワイラの母メアリーのセクシュアリティは、「お尻が突き出て見える緑色のスラックス」（二四七）などによって視覚化され、本物の孤児たちの前に晒される。さらに、ロバータの母に握手を拒否されたメアリーは怒りが抑えられず、悪態をつき、落ち着かない態度でトワイラを恥じ入らせたうえ、昼食を持ってこなかったために、二人ともゼリー・ビーンズを食べる羽目になる。この一連の流れの中で、トワイラの母に対する怒りは、「殺してやりたくなった」、「本当に死んでもらわなきゃ」、「もう少しで殺すところだった」（二四七―四八）と増幅していく。面会当初の「この面会が人生で一番特別なことだなんて思われるといけないから、笑い過ぎないように」（二四七）していたほどの幸福感から一転、メアリーがセント・ボニーの「規範」に外れ、また食事の支度に示されるような性役割を果たさないことが、他の孤児たちの前にあらわになったとき、トワイラは羞恥のあまり、心の中で母という魔女を殺すのである。

一方、精神疾患を持つロバータの母の方は、「どんな男よりも大きい」体に巨大な聖書と十字架という（二四七）

異様な姿でトワイラを驚かせる。トワイラは娼婦であり魔女であるメアリーを断罪するが、この時代、結婚と結びつく限り、セクシュアリティは歓迎されており、マリリン・モンローのように、社会不安を覆い隠すような無邪気なセクシュアリティは、「性的な現代版共和国の母」（エヴァンズ　二四八）の規範の一つでもあった。ロバータもまた、料理上手ではあるが、非性的で異様な外見の母を、心の中で「殺した」であろうことは、彼女が母の持参した昼食に手をつけず沈黙し続ける姿にうかがえる。

このように、セント・ボニーはトワイラとロバータにとって、精神的に結びつく思い出の場所でありながらも、母性という規範に支配され、その規範から逸脱することの恥辱や恐れを味わう場所でもある。またここで、トワイラとロバータがセント・ボニーに入所する初日の場面に、映画、『オズの魔法使い』（二四三）が文化的アイコンの一つとして挟まれていることを思い起こしてみたい。この物語は、孤児ドロシーが魔女を殺して、「小人」や魔法使いの国から家庭《ホーム》に帰還するという暗示的なプロットを持つ。これを、一九五〇年代後半という時代設定に置いてみれば、ドロシーがなんとしてでも帰ろうとする家庭の持つ意味が、映画が公開された一九三九年当時よりもはるかに大きいのは言うまでもない。「本物の孤児」ドロシーが到達する理想的な家庭の対立項として、異端の魔女や異質な者たちの位置は明確に示され、そこに二人の母と異形のマギーは配置されるのである。

二　一九六〇～七〇年代——ファッションと性暴力の記号

マリアンヌ・ハーシュによれば、フェミニズムの言説が「姉妹や友人としての女を称揚するためであれ、もしくは単なる機能やメタファーとして母性を扱う形であれ、とにかく主体としての母親の不在に特徴付けられてきた」（一七六）のに対し、モリスンやアリス・ウォーカーらの黒人女性作家は、自らのルーツとしての母への賞賛と娘としての反発というアンビヴァレンスを抱えてきた（一八五）。しかし、「レシタティフ」に登場する二人の母、精神病を患うロバータの母と、「お母さんを探す小さな女の子みたい」（二四六）なメアリーは、フェミニズム言説の母親像の枠からはみ出しているだけでなく、モリスン作品でもあまり登場しない機能不全の母である。『ラヴ』に登場するジュニアの母や、『パラダイス』のセネカを遺棄する母、ジーンが同じ系列に属すると言えるが、その両者に関しても、母としての不完全性や不在性が、娘のトラウマとして明確に描かれているわけではない。「レシタティフ」で、二人の母が娘たちに繰りかえしトラウマとして想起されるのは、トワイラとロバータがジュニアやセネカと異なり、アメリカ社会における規範的な家庭を持とうとする文脈においてである。モリスンはトワイラとロバータを「人種のアイデンティティを決定的と捉える二人の少女」（『白さと想像力』xiii）と述べているが、このフェミニズムの視点から見ると、この後、「女性性」が二人にとって決定的（とても重要な）なものとして現れる。その意味では、この物語の後半の語りは、二人の母としての声でもある。しかしモリスが指摘するように、セント・ボニーで「どのように力を得て維持するかの破壊的なレッスン」を受けた二人にとって、「結婚は規範的な支配構造の内部に入ること」（一七〇）と同義である。そのため、女性性の規範との距離に照らして、二人は相手を眺め、母親をスティグマとして思い出させようとする。

しかしながら、モリスンがトワイラとロバータを「人種のアイデンティティを決定的と捉える二人の少女」と定義していることは、二人の記憶の再構築を考察する上でも、決定的な一点である。

すでに述べたように、この作品においてモリスンは巧みに人種記号を転覆させ、二人の人種を特定しようとする読者を攪乱している。最初の再会場面では、黒人のスタイルと見なすことができそうなロバータのアフロ・ヘアが、「ジミ・ヘンドリックス」という記号によって転覆される。ジミ・ヘンドリックスが時代の寵児であった一九六七年頃には、アフロ・ヘアが白人にとっても最先端の流行であったために、結局読者にはどちらが白人でどちらが黒人なのかわからないのだ。また一九七九年頃の再会場面では、夫の職業が主な人種記号となるが、この時代、白人が経済的に上位にあるのが当たり前だった社会構造はすでに変化し始めていた。ロバータの夫が重役となっている「ＩＢＭ」が、この頃人種的に平等な企業として社会にアピールしていた史実によって、やはり人種の特定は不可能となる。しかしながら、このように人種記号が脱構築され、肌の色は物語の背景に後退させられるにも関わらず、「レシタティフ」における言説は、否応なく人種的ヒエラルキーの精神構造を読者に想起させる力をはらんでいる。なぜなら、トワイラとロバータが相手を規範に対する他者として位置づけるために使う視線と言語の力は、歴史的に白人が黒人の社会的位置を固定してきた道具であるからだ。

一九六七年頃の再会場面では、トワイラはハワード・ジョンソン（ホテル）のカフェテリアでウエイトレスになっている。彼女は、セント・ボニーでの面会日に、母が昼食を持ってこなかった自分と、豪華な昼食に手をつけないロバータを比較して「いつだってまちがった食べ物がまちがった人のもとに行ってしまう」と感じたことから、「だから私はウェイトレスになったんじゃないかな。ふさわしい食べ物を、ちゃんとふさわしい人々に運ぶために」（二四八）と回想するが、これ以降、食べ物に関わる描写は、トワイラがアイデンティティとする妻や母という性役割の象徴となっている。それに対しロバータは、セント・ボニーにいた「大きな女の子たちが尼さんに見える」（二四九）ほどの派手な外見となって現れ、トワイラがニューバーグに住んでいる事を知ると「男たちだけに向けた内輪の笑い」（二五〇）をし、さらにトワイラがジミ・ヘンドリックスを知らないことがわかると、あからさまに呆れてみせる。ガヤトリ・Ｃ・スピヴァクが「サバルタン性を表象する基本的技巧は『上から』眺められる対象として表象することだ」（三六四）と述べるように、ロバータはここで、トワイラを外部に位置づけて、自分が「規範」内にあることを確認する。ここで、セント・ボニーの「本物の孤児」と「捨てられた子ども」の支配構造は、二人の間に再現され、母との再会が「人生で一番特別なこと」（二四七）から「本当に死んでもらわなきゃ」という意識に一転したように、それまで「陽が差し込むときが大好き」（二四九）だったハワード・ジョンソンは「朝日の中では本当にしみったれたところ」に変わる。

ここでトワイラは、ロバータに対する反撃として「お母さんは元気?」（二五〇）と尋ねる。この二人にだけ通じる言葉は、規範に外れる母の血が流れていることを示す攻撃であると同時に、セント・ボニーでの一体感を思い出させたいというトワイラの願望も込もっている。しかしながら、悪意を持って発されることによって、それはトラウマ的な記号となり、母はスティグマを意味するものとして固定される。ジュディス・バトラーは、悪意ある呼称を投げつけられたとき、人は「何か未知の未来へ投げ出されるだけでなく、その中傷の時と場所がわからなくなる」（四）と述べているが、下河辺美知子は、それを、通常の言語とレファレントとは異なる「自分のまったく知らない象徴界につれこまれ」る（二五八）トラウマ的経験となると説明している。このように、この場面では、人種記号が脱構築され、トワイラとロバータの人種は文化的規範の背景に後退させられるにも関わらず、劣等感や羞恥心の中で母は悪意の言説のレファレントに変わり、アメリカ史における黒人の血と同様、異端の血としてそのトラウマ的要素を固定される。そしてさらに、その十二年後の再会においては、マギーの物語記憶の構築に影響していく。

二人は、一九七九年頃、ニューバーグ市内のフード・エンポリウムという高級スーパーで再び出会う。この時、トワイラはニューバーグで消防士の夫とロウワー・ミドル・クラスの慎ましい結婚生活を、ロバータは同市内の「医者やIBMの重役でひしめくアナンデール」（二五二）で、コンピューター関係の仕事をする夫と、使用人や運転手のいる裕福な結婚生活を送っている。二人はセント・ボニーにいた頃のように仲良く昔を振り返るが、話がマギーのことになると、その雲行きは怪しくなる。

最終場面で明らかになるように、ロバータもトワイラと同様、果樹園での出来事を「思い出す」ことはできないのだが、この時、ロバータはマギーに対して行われた暴力を、「ガー・ガールたちが押し倒して、服を引き裂いた」（二五四）という性暴力のイメージで語り、トワイラの記憶を覆す。この直前に、ロバータは、十二年前の、肌を露出させ、ドラッグも使用していた自分について、「未開人《ワイルド》だった」「よくあそこから生きて出られたわ」（二五三）という言葉で過去のものと位置づけている。アメリカ経済の変化とともに、来るべき豊かでスマートな八〇年代の規範を先取りしたロバータは、ガー・ガールとマギーを性暴力の現場に置くが、これは自分が一九六七年に属していたような「未開人」の場所に他ならない。すでにそこから「生きて出られ」、新しい時代の経済力だけでなく、結婚という「規範」の内部に入ったロバータによって、ここで「未開人」、「性暴力」は婚姻の外部、すなわち、自分たちの異端の母の場所に位置づけられる。

それに対し、買ったアイスクリームが溶けることを終始気にかけていることに象徴されるように、性役割の規範に固執するトワイラにとっては、マギー／母は「転んだ」落伍者として記憶されていた。最終場面でトワイラは、マギーの括弧型の脚に踊る母の脚を投影していたと語るが、性暴力にさらされる開かれた脚のイメージがここで書き加えられていると言えるだろう。そして、対白人のコンテクストで黒人に付されてきた「未開人」「性暴力」「シングル・マザー」といったイメージは、ここでも母のトラウマが構築される中で姿を見せ、他者性を構築する技巧として、言説の「ほのめかし」や転喩の力が使われてきたことを暗示している。

三　一九八〇年代——記憶と和解のあいだに

一九八〇年代初頭の場面では、トワイラは、公立学校の人種統合のための強制バス通学に反対するデモに参加するロバータに遭遇する。人種問題が前面に現れてくるために、これは最も読者に二人の人種が明らかになることを期待させる場面であるが、しかし、やはりここでも二人の肌の色は巧妙に隠されることになる。なぜなら、エイベルや鵜殿が詳細に述べているように、一九八〇年代初頭、この強制バス通学をめぐっては、アメリカ各地で白人と黒人のどちらからも反対運動が起きていたからだ。しかしながら、二人のどちらが白人で、どちらが黒人であるのかは明らかにされないながらも、この場面でトワイラとロバータが直面する、最も緊張を孕む問題は、やはり肌の色である。しかしそれは二人の肌ではない。マギーの肌の色なのだ。

人種をめぐる口論のうちに、ロバータは突然「あたしは変わったかもしれない。〔中略〕あんたは地面に倒れている気の毒な黒人のおばあさんを蹴った、あのちっぽけな孤児のままなんだわ」（二五七）と、マギーを「黒人」と定義し、トワイラを黒人女性に暴力をふるった立場に位置づける。そのような記憶はないトワイラはこれを「マギーは黒人じゃなかったし、私は彼女を蹴ってもいない」と否定し、ここで人種問題から個人的な問題へ発展した二人の不和は決定的なものとなってしまう。

言うまでもなく、この場面で読者は、黒人女性に対する暴力という一点から二人の人種に再び考えをめぐらせねばならなくなる。アメリカの人種と暴力の歴史においてほぼ百パーセントそうであったように、ここでもやはり、黒人女性マギーを蹴ったとされるトワイラは白人なのだろうか。それともその暴力は、自らの出自を恥辱と捉える黒人の少女によるものなのか。無論、セント・ボニーにおける弱者としての抑圧された感情や、「捨てられた」子どもである二人のトラウマも考慮されねばならない上、ロバータの記憶が信頼できる保証はない。これはモリスンがこの作品に仕掛けた最も深遠な「人種記号を取り去る実験」なのだ。もちろん、肌の色の謎は解けない仕組みである。

しかしながら、ここで再びモリスンは、登場人物の肌の色の問題を、母をめぐるトラウマの問題へ横滑りさせている。二人の口論に続く場面には、二人が、この時代の白人黒人、それぞれの母の立場で規範を模索しながら、再び互いの母のトラウマを浮上させようとする姿が描かれる。マギーの記憶の相違によって立腹したトワイラは、「母親にも権利がある」というロバータのプラカードに向けて、次々と「子どもたちにもある」「あんたになぜわかるの?」「お母さんは元気?」というプラカードを掲げて、攻撃を仕掛ける(二五八—五九)。杉山直子が指摘するように、トワイラはここで、「母親が子どもの権利を犠牲にして自己主張している可能性」(二四—二五)を主張すると同時に、ロバータに母親としての資格がないことを、機能不全の母を思い出させることによって仄めかす。ここで、悪意の呼称として使われる「お母さん」はトラウマとして再び呼び起こされるが、のみならず、ついに母はトワイラとロバータが「母」の規範に入りうるのかを左右する「血」として暗に定義されるのである。

この場面はまた、トワイラとロバータの関係が、自己言及的で互いに依存した関係であることを露呈させるものである。「お母さんは元気?」というサインによって傷ついたロバータがデモから去ってしまうと、トワイラのメッセージは他の人々に対してはまったく意味を持たない。ロバータがデモから去ってしまうことは、母をスティグマとして抱える彼女の傷の深さと同時に、時代が要請する「規範」を追い続ける彼女にとっては、デモへの参加も時代の先端的な動きに追従しただけのものであったことを顕にしてしまう。他方、トワイラの家庭では、「あんたになぜわかるの?」というプラカードが皮肉にも息子のジョセフによって部屋に掲げられ、また「子供たちにも(権利が)ある」というプラカードは、舅が魚をさばくまな板がわりにでも使ったのだろうとトワイラは推測するが、そこには何の感情も現れない（二五九）。彼女の母としてのアイデンティティもまた、実は保守的な家庭の主婦の立場に固執する空虚なものであったのだ。

ここでの衝突が最終的に、トワイラとロバータの和解への契機となることは示唆的である。杉山直子はこの点について、トワイラとロバータが理解し合い、和解する過程において『娘』というアイデンティティを共有することを意識した時には、人種の違いはあまり意味を持たなくなる」（二一三）と論じている。しかしどのようにして、二人は「娘」というアイデンティティの共有へと至るのだろうか。実は、この「娘」というアイデンティティへ至る過程は、母のトラウマを軸として展開しながら、人種対立の言説の本質が浮かび上がらせるものである。二人が「娘」というアイデンティティに立ち返るとき、それはすなわち、他者を位置づける言語記号の消滅と和解のときであるからだ。

「お母さんは元気？」というプラカードを見たロバータが姿を消してしまうとトワイラは、改めてマギーが黒人だったのかどうかを思い出そうと記憶を探り、その記憶の探求の果てに、ついに自分がマギーを蹴ってはいないが、マギーに母メアリーを投影して「蹴りたかった」のだという「真実」（二五九）を見出す。また最終場面の再会でロバータもまた、自分が母親をマギーに投影して「ガー・ガールたちに痛めつけてほしかった」（二六一）のだと語り、それを契機に二人は再び「塩と胡椒」の片われとして相手を見つめる。ナオミ・モーゲンスターンは、プラカードの対立は「自己言及的な瞬間であり」、「黒人と白人という人種の二項対立は、一方の独立したものではなく、互いとの関係によってのみ成り立つ」（八一九）ことを象徴すると論じている。ひとたび攻撃する相手が目の前から消えれば、相手に投げつけていた悪意の言説は自己言及的なものとなり直視せざるを得ない。このように悪意の言説の自己言及性に直面し、内的葛藤にいたることで和解へと向かうというプロットを、人種に当てはめれば、それはモリスンのメッセージとして読めるだろう。

ここまで見てきたように、白人によって行われた黒人表象と同様、母のトラウマ記憶は二人によって、時代ごとのプロットの中で、母対娘、規範的女性像の内部対外部という二項対立によって位置づけられ、言説によって固定され、再生産されていた。最終場面で二人が母から自分たちへ視線を移し、「八歳だった」「寂しかったし」「それに、怯えてた」（二六一）と、再び「塩と胡椒」の二人組に戻って言葉を交わすとき、二人のあいだで悪意の言説となっていた「お母さんは元気？」という言葉もまた、再び本来の意味に回復する。「お母さん」という呼称が悪意の指示機能から解放されるとき、親戚やコミュニティの助けを得られず「落伍者」として州にも娘たちにも断罪された母たちの物語も、また変化する可能性を持つのである。

おわりに

最終的にマギーの象徴性について考察して本論を締めくくりたい。モリスンは『白さと想像力』において歴史上、白人が行ってきた黒人表象が、いかに「束縛され、固定され、自由を持たず、こき使うことができる」（四五）黒人のイメージを作り上げてきたかを明らかにした。そのような人種表象の記号がこの作品の中で脱構築されるとき、実際に足と耳が不自由な労働者マギー、セント・ボニーの少女たちから嘲笑され、トワイラとロバータの記憶の中では、機能不全の母親と結び付けられるマギーはどのように解釈されうるのだろうか。ここでは、読者にとっても、またトワイラとロバータにとっても最後まで肌色のわからないマギーの身体は、そもそも人種記号をすり抜け、物語の脱構築的契機を担っているものと考えてみたい。

冒頭で述べたように、この物語は「ああ、嫌、トワイラ。いやいやいや。いったい、マギーに何があったの？」というロバータの言葉で開かれながら終わる。トワイラとロバータは、マギーの事件を母に結びつけて解釈することで和解を見るのだが、一方で、過去を解釈し固定することは、モリスンのいう「国家的健忘症」(アンジェロ　二五七)を招く危険を孕んでいる。マギーの湾曲した脚は、センテンスに差し挟まれる空の括弧を示して、言説による固定と忘却を阻んでいる。だとすれば、その括弧に入るものは何だろうか。それは、まだ語られていないマギーや母たちの物語であり、トワイラやロバータが抱える、言葉では表現しきれない思い、「ワイン一杯飲んだら、些細なことで大泣き」(二六一)するトワイラのその「些細なこと」全てである。マギーの謎はそれら全てを問い続けるという永遠の対話の可能性を開く。

そして再び、この作品の言説による実験という側面に立ち返って見るなら、実はマギーこそが言語と象徴の鎖を解く鍵となるのかもしれない。マギーの「括弧型の脚」は彼女の歩行を特徴的なものにするかもしれないが、彼女はセント・ボニーから果樹園を抜けて、トワイラやロバータよりも自由に歩いていた。そして、本当に彼女の耳が聞こえないのか、また口がきけないのか、これは彼女以外の他者には知りえない。トワイラはすでに、作品の前半で「マギーは聞こえていて、でもそれを告げ口しなかったんじゃないかな」(二四五)とその可能性を示している。人種のステレオタイプとともに、我々が無意識に信じ込んでしまっているかもしれないことをマギーが揺るがせているとしたら、さらにこの短い物語が開く地平は広がるのではないだろうか。

注

1 作品内では、各場面の年代も文化的記号でのみ表されており、一九五〇年代から一九八〇年代初頭という時代背景の特定に関しては、近年、鵜殿えりかが詳細に明らかにしている。

引用・参考文献

Abel, Elizabeth. "Black Writing, White Reading: Race and the Politics of Feminist Interpretation." *Critical Inquiry*, 19, 1993, pp.470–98.

Angelo, Bonnie. "The Pain of Being Black: An Interview with Toni Morrison." *Conversations with Toni Morrison*, edited by Danille Taylor-Guthrie, UP of Mississippi, 1994, pp. 255–61.

Butler, Judith. *Excitable Speech: A Politics of the Performative*. Routledge, 1997.

Caruth, Cathy, editor. *Trauma: Explorations in Memory*. Johns Hopkins UP, 1995.

Evans, Sara M. *Born for Liberty: A History of Women in America*. Simon & Schuster, 1997.

Gordon, Linda. "Black and White Visions of Welfare: Women's Welfare Activism, 1890–1940." *Unequal Sister: A multicultural Reader in U.S. Women's History*, edited by Vicki L. Ruiz and Ellen Carol DuBois, Routledge, 1994, pp. 157–85.

Hirsh, Marianne. *The Mother/Daughter Plot: Narrative, Psychoanalysis, Feminism*. Indiana UP, 1989.

Morgenstern, Naomi. "Literature Reads Theory: Remarks on Teaching with Toni Morrison." *University of Tronto Quartery*, Vol. 74, No. 3, Summer 2005, pp. 816–28.

Morris, Susana M. "'Sisters separated for much too long': Women's Friendship and Power in Toni Morrison's 'Recitatif.'" *Tulsa Studies in Women's Literature*, Vol. 32, No. 1, Spring 2013, pp. 159–80.

Morrison, Toni. *Love*. 2003. Vintage, 2005.

——. *Paradise*. 1997. Penguin, 1999.
——. *Playing in the Dark*. 1992. Macmillan, 1992.
——. "Recitatif." *Confirmation: An Anthology of African American Women*, edited by Amiri Baraka (LeRoi Jones) and Amina Baraka, Quill, 1983, pp. 243–61.
Spivak, Gayatri. *In Other Worlds: Essays in Cultural Politics*. 1998. Routledge, 2006.
Stanley, Sandra Kumamoto. "Maggie in Toni Morrison's 'Recitatif': The Africanist Presence and Disability Studies." *MELUS*, Vol. 36, No. 2, Summer 2011, pp. 71–88.
Van der Kork, Bessel and Onno van der Hart. "The Intrusive Past: The Flexibility of Memory and the Engraving of Trauma." *Trauma: Explorations in Memory*, edited by Cathy Caruth, Johns Hopkins UP, 1995, pp. 158–82.
鵜殿えりか『トニ・モリスンの小説』彩流社、二〇一五年。
下河辺美知子『グローバリゼーションと惑星的想像力——恐怖と癒しの修辞学』みすず書房、二〇一五年。
——『歴史とトラウマ』作品社、二〇〇〇年。
杉山直子「人種を超える娘たち——トニ・モリソンの「パッシング」小説「レシタティフ」と『パラダイス』」『言語文化』二三号、明治学院大学言語文化研究所、二〇〇六年。

Column

アメリカ黒人の歴史に〈声〉を聴くこと

古川　哲史

　ドイツの哲学者ヘーゲル（一七七〇―一八三一年）は、「アフリカは世界史に属する地域ではなく、運動も発展も見られない」と講義録『歴史哲学講義』（没後刊行）の中で述べている。これはアフリカを歴史のない暗黒大陸とする近代ヨーロッパのアフリカ観を象徴する言葉、アフリカに生きる人びとへの偏見あるいは蔑視の言葉としてよく知られている。こうした見方が、ヨーロッパひいてはアメリカなどでアフリカ系の人びとに対する人種差別を根付かせることにもなった。アフリカで人間を奴隷として拉致・獲得し、極めて非人道的扱いの中間航路を経て、「新大陸」で合法的な労働力として苛酷に扱う大西洋奴隷貿易を正当化するイデオロギーでもあった。

　アメリカ合衆国では、植民地時代からアフリカ系の人びとを「黒い積荷」として輸入し、奴隷制が導入された。「自由と平等」を看板に掲げてイギリスから共和国として独立した後も、奴隷制はとりわけ広大な南部の経済発展に欠かせないものであった。それゆえアメリカで奴隷制度が廃止されるには、他の多くの国や地域と異なり、国を二分する戦争／内線（「南北戦争」一八六一―六五年）が必要であった。その結果、一八六五年の憲法修正第十三条により奴隷制が廃止されたが、とくに南部では人種差別は日常の出来事として残った。そうした状況が大きく改善されるのは、二つの大戦を経て、一九五〇年代、六〇年代の公民権運動を待たねばならなかった。

　公民権運動はアメリカ黒人（アフリカ系アメリカ人）の法的平等を認めるなど大きな成果を上げたが、一九七〇年代以降は、アメリカ型資本主義やアメリカ主導型のグローバリズムがアメリカ社会の格差を助長していく。アメリカ黒人の中産階級が増える一方で、大都市に住み、職に就けないアンダークラスの若者たちにドラッグや銃が浸透し、犯罪が多発し、コミュニティの崩壊も見られた。

　二〇〇九年にはバラク・オバマ（一九六一年―）大統領が誕生した。これはアメリカ黒人史においても画期的なことであった。しかしながら、依然として残る人種差別と経済格差が結びつき、アメリカ黒人の社会的状況は改善されたとは言い難い。それは昨今のレイシャル・プロファイリング問題を含んだ黒人と警察との対立や、ブラック・ライブズ・マター（黒人の命も重要だ）というスローガンを掲げた運動（二〇一三―　）などにも表れている。現在（二〇一六年十一月）、次期大統領に人種差別的発言を繰り返すドナルド・トランプ（一九四六―　）が選ばれるなど、アメリカ社会の人種関係や問題は改善、解決の方向に向かうようには感じられず、先行きは不透明である。

本論集が取り上げる、私たちと同時代の作家トニ・モリスンとその作品も、こうした合衆国のアメリカ黒人史のなかに位置づけると、より歴史的あるいは歴史学的意義が認められよう。歴史学者が乾いた史料や数字をいくらかき集めて「客観的」「学術的」に整理し分析してもなかなか提示できない、その時代の人びとの、とりわけ抑圧された人の〈声〉――それがモリスンの作品では生き生きと聴こえてくる。人びとの哀しみと怒りの、楽しみと喜びの、無数の〈声〉である。さらには、植民地時代から奴隷制廃止、そして現在までの、「正史」には記されなかった歴史や文化が様ざまに刻まれている。

モリスン自身も含めアメリカ黒人によって産み出されてきた文化は、黒人霊歌や奴隷体験記をはじめ、生きるための文化、生き延びるための文化という伝統を築いてきた。ときには奴隷制や人種差別との闘いのツールでもあった。それは現代のヒップホップ文化にも通じるものである。モリスンの作品では、歴史や文化を超えたところにある人間の普遍性とアメリカ黒人の個性、文化の深さや重みが、登場する人物の〈声〉を通して伝わってくる。その点に、私たちがモリスンあるいはモリスン作品へと惹きつけられる大きな要因があろう。

第六章　主人と奴隷の弁証法から逃れる
――『ビラヴド』にみる創造的言語行為

小林　朋子

はじめに

スピヴァクは『サバルタンは語ることができるか』で人種を二元的な表象の体系に沿って白人と黒人に二分化し、黒人を「他者化」する植民地主義的な言説を「認識論的暴力」（スピヴァク　三〇）と呼んだ。また、ネグリとハートは『帝国』において、植民地主義的言説は他性（オルタリティ）の形象を構築し、その流動性を、弁証法的構造のなかで管理運営していると指摘している。非ヨーロッパ的な他者の否定的な構築は、ヨーロッパ人の同一性を維持するものであり、その植民地主義的な同一性は、何よりもマニ教的な二分法による排除の理論を通じて機能するというのだ（ネグリとハート　一二四）。

ポストコロニアルの重要な論客である、これらの思想家たちの発言は、ポール・ギルロイの指摘を裏付けるものだ。彼はユルゲン・ハーバマスの著作を考察することを通じ、現代の理論家の近代性に関する著作の多くに、ヘーゲルの主人と僕の二項対立の関係性の議論が隠されていると指摘する。「近代の理性の息子」は「主人を自分の内部に持つと同時に、自分自身が自分の僕である」というヘーゲルの主張（ハーバマス　四五）は、近代に関する諸概念を主人／奴隷の関係性に戻って再考する必要を呼びかけているというのだ（ギルロイ、『ブラック』五〇）。

ギルロイは肉体的にも精神的にもこの二元論的な関係性に絡めとられたプランテーション奴隷制下の奴隷が、いかにこの関係性を転覆しようとしたかを『ビラヴド』の題材となったマーガレット・ガーナーの子殺し事件を引き合いに出して論じている。

マーガレットの事件を題材に近代奴隷制を描いた『ビラヴド』においてモリスンは、こうしたマニ教的二分法に基づいた「認識論的暴力」を黒人の登場人物がいかに反転または転地させ、白人性、男性性、合理性の対概念として現れる黒人のイコンに絡め取られた主体を、新しい「生きられる主体」として位置づけなおそうとしたか、その葛藤の軌跡を描きこんでいる。

本論では、黒人登場人物の自己解放のプロセスに着目し、彼らがアイデンティティを構築する上で、ヘーゲルの主人と僕のアレゴリーに見られる二項対立的な関係性をいかに超克しようとしたのか、その有効な手段《エージェンシー》としてモリスンが名称付与《ネーミング》の行為を効果的に描いていること、また二元論的関係性を撹乱するものとして作品内にトリックスターが導入されていることを確認したい。それらを描くことでモリスンは、主人／奴隷の関係性を創造的な言語行為をもって超克しようとした被抑圧者たちの歴史を映し出している。

一　主人と奴隷の弁証法

デヴィッド・ブライオン・デイヴィスは、主人と奴隷というモデルに、すべての肉体的・精神的な支配に対して適用されうる意味の広がりを与えたのは「ヘーゲルの非凡な才能」であると述べ、ヘーゲルの主人と僕のアレゴリーを社会的に読解しようと試みている。デイヴィスの指摘によれば、支配と隷属という二項対立的なモデルに絡めとられた人間は、神の慈悲からも現世で主人としてふるまう者の慈悲からも何も期待することはできない以上、人間の真の解放は、奴隷的な形式に耐え、それを克服するものが弁証法の階段を昇ることによって、はじめて手にすることができる（デイヴィス　五六四）。

ギルロイはフレデリック・ダグラスの自伝を題材に彼の主人コウヴィとの闘争をヘーゲルのオルターナティヴとして読解し、奴隷の抱える近代的自我を解明して見せている。彼はダグラスがコウヴィの首を絞める場面を引き合いにだし、その場面をコウヴィとダグラスの両者が「ヘーゲル的袋小路」に組み入れられた状態だと説明する。

> ヘーゲル哲学信奉者の苦闘は続いた。しかし今回ダグラスは、彼を苦しめる者の首をしめた、まさにその瞬間に、理想的な発話の場を見つける。［中略］「コウヴィは『この悪党め、刃向うつもりか』と言った。それに対して私は丁寧に『はい、ご主人様』と返した」。この二人の人間はヘーゲル的袋小路に組み入れられている。
> （ギルロイ、『ブラック』六二）

「ヘーゲル的袋小路」とは、ヘーゲルの言う「対立なき二極」を指すが、ヘーゲルによればそれは「自己意識の相互関係のもとから、互いに相手の反対側に立つという本質的な構図が失われ、あるのは死の統一体たる中間項だけ」（ヘーゲル　一三三）という状態を表わす。そこでは「もし相手を打ち負かすことができなければ、どちらか一方が相手の力に屈服」（ギルロイ、『ブラック』六二）することになる。そのような「中間項」において、対等な立場でお互いが第三者に対して助けを求めるなかで、主人と奴隷の関係性は崩れ、抑圧されていた者は抑圧する者になる可能性を持つことになる。ギルロイはダグラスのこの身体的闘争を解放への契機でもあったと述べ、ダグラスの自伝から以下を引用する。

私は今まで何者でもなかった。今私は人間(man)になったのだ。その闘いは私の粉々になった自尊心と自信を呼び戻した［中略］。力をもたない人間は本質的な人間性の尊厳をもつことができない。［中略］私は死ぬことさえも恐れない境地にまで到達していた。（ダグラス　一八〇―八一）

ダグラスはここで、隷属からの解放として、主人に対する暴力、ひいては、自らの死を積極的に選ぶことを宣言している。「抑圧された側の対抗的暴力なしには、奴隷制プランテーションが拠ってたつ権威の秩序が崩れていくことはありえない」（ギルロイ、『ブラック』六三）ということをダグラスはコウヴィとの闘いを描くことで確認しているとギルロイは述べる。

マーガレットの事件がダグラスの闘争と最も密接に対応するのは、この点であるとギルロイは言う。つまりマーガレットも、奴隷制の正当性を甘んじて受け入れることを拒絶し、対抗的暴力によって、ヘーゲルの依存と承認の弁証法を出発点とすることを拒絶しているというのだ。主人／奴隷の二項対立的な関係性を逸脱する手段としてダグラスは暴力ひいては死を選び、そこで初めて彼は行為主体《エージェント》となる。

ダグラスやマーガレットの闘争の物語が暴力と死に帰結する一方で、モリスンは名称付与という行為を通して、主人と僕の二項対立的な関係性を超克した元奴隷の物語を描きこんでいる。奴隷としてのアイデンティティを表象する名前を改名することは、新たな自己を再定義することによって奴隷たちが今まで認識していた世界自体を変えようとする象徴的行為だった。

二　自己解放の場としての名称付与

奴隷がアングロ・アメリカ人風の名前を付与されたことに見ることができるように、「支配的なアングロ・アメリカ人の文化の下で、名称付与は、名称を付与された者を支配する道具」となる（チルダーズ　一九九九）。すなわち、支配する者は支配される者に名称を与えることによって、「人種的アイデンティティを押しつけ、その枠内に象徴的に閉じ込める」のである（一九九九）。

しかし名称付与は、新たな自己を発見するための装置ともなり得る。それは新たな自己定義の場として、すなわち、「自分自身のアイデンティティを変更し、自己についての押しつけられた記述を退ける手段」としても機能してきたのだ（一九九九）。

例えば逃亡奴隷援護のための秘密組織、「地下鉄道」の案内人となるスタンプ・ペイドは妻を主人の息子に奪われたことをきっかけに改名する。

> 生まれた時はジョシュアといったが、彼は自分の妻を主人の息子に引き渡したとき、自分に新しい名前をつけた。妻が彼に生きていてほしいと頼んだため、彼は誰も殺さなかったし、つまりは自殺もしなかったので、妻を引き渡すことになったのだ。〔中略〕あのような贈物をしたのだから、誰にもなんの借りもないと彼は決意した。どのような負債があろうと、あの行為はすべてを清算する。（一九三）

彼は主人を殺すか、自分が死ぬかしようとするが、妻に懇願されてどちらも断念し、代わりに改名するという選択をする。今後どのような「負債」が課されようとそれはもう「清算された＝贖われた」ものだと思うことを決心した彼は、主人から名付けられたジョシュアというアングロ・アメリカ人風の名を捨て、「贖い（redemption）」を含意する「スタンプ・ペイド」という名前を自ら付与することによって、過去を「清算した」新たな自己を象徴的に確保する。

モリスンは処女作からネーミングの問題に言及している。『青い眼がほしい』でソープヘッド・チャーチは神に向けて以下のように語る。

何が一つの名前を他の名前よりその人であるようにするのでしょうか。それなら、名前は生あるものなのでしょうか。そして人は名前が表わすものにすぎないのでしょうか。モーセから投げかけられた最も単純で最も友好的な質問、「あなたの名前は何ですか」に対して、あなたが答えようとせず、代わりに「私は私はあるというものである」と言ったのは、そのためですか。（一八〇）

欽定英訳聖書「出エジプト記」にある「私は私はあるというものである（I Am That I Am.）」（三章十四節）という言葉は、「名前がないこと（namelessness）」また「名付けることができないもの」と一般的に解釈される（ベンストン一五三）。モリスンが処女作で問いかけた「人はその名前が表わすものに過ぎないのか」という問いは、『ビラヴド』で真摯に追求されることになるが、この「名前がない」という状態は、新たな自己を獲得する奴隷たちの自己解放の過程におけるひとつの通過点となっている。ベンストンは「出エジプト記」で語られた「名前の拒絶」について以下のように述べている。

名付けられることの拒絶は、すべての範疇、すべての換喩と物象を無効にする超越的な力、崇高なるものの力を思い起こさせる。それは、今まで容認されていたパターンや関係性を超えて、自己を比類ない威信の中へと押し上げる。（ベンストン　一五三）

名前を拒絶することは「崇高なるものの力を思い起こさせる」とベンストンは指摘する。それは「すべての範疇、すべての換喩と物象を無効にする超越的な力であり」、自己を「比類ない威信」の中に立たせるものだと彼女は言う。白人の価値観を映す表象体系の中で名付けられ、位置づけられた自己を「無効」にし、「名前がない」という状態を通過することで、自己を「比類ない威信」のなかで発見するという一連の過程はベイビー・シュグズによって最も劇的に体現されている。

彼女は六十年に及ぶ奴隷生活のあと、シンシナティで解放奴隷としての生活を始めることになる。「自分がどのようなものであるか見つける地図」（一四七）を持たなかった彼女は、ガーナー氏とともにシンシナティに向かう途上、自分の心臓の鼓動が確かに自身に存在していることを「発見」する。この啓示的な場面の後で彼女はガーナー氏に自分の名前について尋ねる。

「ガーナーさま」と彼女は言った。「なんであなた方は私のことをジェニーと呼ぶんです。」

「お前の値札に書いてあったからだよ。それがお前の名前じゃないのか。お前は自分を何と呼ぶんだい。」

「何とも」と彼女は言った。

「私は自分のことを何とも呼びません。」（一四九）

ベイビー・シュグズは奴隷市場で売り主から名付けられたジェニー・ウィットロウという名前を拒絶し、自分のことは「何とも（nothing）」呼ばないと決然として答えている。自分は「何ものでもないもの」だと述べることによって、ベイビー・シュグズは「すべての範疇、すべての換喩と物象を無効に」し、社会に組み込まれることを巧みに避けている。名前（記号）は名付けるか、名付けられるかした瞬間から、表象体系（世界）の中に位置づけられるものだからだ。主人に対して自分は「何ものでもないもの」だと名乗ることで、ベイビー・シュグズはすべての範疇を無効にし、白人の主人と黒人奴隷の二項対立を成り立たせている構造の原理から解放される契機を得ている。新たな自己認識への道筋を得た彼女は、夫が彼女を見つける唯一の手がかりだからと、夫の名前である「シュグズ」を姓に、また夫が自分のことを「ベイビー」と呼んでいたことからそれを名として「ベイビー・シュグズ」と改名する。新たな自己を確保した彼女は説教師となり、今度は元奴隷の身体を開拓地で名付けなおして見せる。

名称付与はこの作品において「変化を生じさせる動因」であるとモリスンは述べているが（*World* 00:25:24–28）、改名することを通して奴隷たちは巧妙に認識論的暴力をかわし、象徴的に自己を確保している。

モリスンが「本当の意味で近代的な人々」（ギルロイ、*Small Acts* 一七八）とする十九世紀黒人奴隷の自己意識の展開のプロセスに内在するドラマは、ヘーゲルの主人と僕の弁証法からいかに逃れるかのドラマでもある。

モリスンは結果的にマーガレットの物語を生き抜くことになるセサが、二項対立の関係性から解放されることによって、第三世代デンバーを出産する場面を描いている。未来を体現するデンバーの名前はセサが白人の少女エイミー・デンバーからもらい自発的に名付けたものである。次節ではトリックスターとしてのエイミー・デンバーの役割について見てみたい。

三　トリックスターの解放性

トリックスターは神と人間の仲介者であると同時に、二元的世界においてその双方を横断、仲介し、相対立する諸要素の対立解消のための最も有効な手段としての役割をその神話的原型の中に持っている。レヴィ＝ストロースが指摘するように、この仲介者としての役割のため、トリックスターは二つの極の中間に位置を占め、それゆえに両義的で曖昧な性格を保持することになる（レヴィ＝ストロース　二五〇）。

主人の暴力を逃れ、森の中をさ迷うエイミーは、セサとともに「二人の打ち捨てられた人間、二人の法のないアウトロー」（八九）と描写されているように、奴隷制下の社会を逸脱した存在であり、主人としての白人、奴隷としての黒人という範疇に囲いこまれない両義的な存在として描かれている。主人でもなければ奴隷でもないその曖昧な属性によって、エイミーは、白人と黒人の二項対立の世界を仲介し、生涯のほとんどを奴隷制の時代に生きた第一世代のベイビー・シュグズや逃亡奴隷としての悲劇を背負った第二世代のセサ、そのどちらの世代とも違う第三世代デンバーを産み出す産婆的役割を担うのだ。

セサが死を決意して追手の白人の少年を待ち構えていたとき、初めてエイミーと出会う場面は、セサの物語がトリックスターと出会うことで、「主体的行為としての死への転回」を逸脱した場面として読むことができる。セサの唸り声に気付いたエイミーが、誰かと問う声を少年の声だと思い、セサは主人の首を絞めたダグラスのように、最後に行為主体となるべく、少年の足を喰いちぎる覚悟をする（三四）。奴隷制に引き戻そうとする白人の少年と逃亡奴隷セサ、二項対立的な関係性を構築する二者同士であれば、セサの蛇のような牙と裂けた舌は主を捕え、二者はヘーゲル的袋小路に陥ったことだろう。しかし「蛇のように」最後の戦いに臨み草むらにひそんでいたセサの前に現れるのは、トリックスターとしてのエイミーである。

エイミーの出現にセサの対抗権力に対する暴力性は行き場を失い、エイミーに何をしているかを尋ねられたセサの口からは牙と裂けた舌の代わりに真実が飛び出す。

草むらに伏して、蛇のように、蛇になったと信じて、セサは口を開けたが、牙と裂けた舌の代わりに、真実が飛び出した。「逃げているんです」(三四)

「逃げているんです」というセリフから、二人の関係は始まり、セサは未来へと歩を進めることになる。山口昌男は、トリックスター は二項対立的な諸体系が自足的に閉じてしまうことを拒絶すると指摘している(三〇〇)。つまりエイミーがセサの前に現れることでセサは黒人奴隷としての範疇から解放され、エイミーと新しい関係を築く道筋を得ることになる。山口はナイジェリアのヨルバ文化に起源を持つトリックスター的存在エシュの神聖の役割を社会学者バスティードの言葉を借りて以下のように説明する。

この神性[エシュ]の役割は、さまざまの分類された事物の間に道を拓き、概念が閉じた体系の中に固定されてしまうのを妨げるばかりか、諸概念の相互にかかわりあうのを容易にし、思考の道のりをたどることを容易にするところにある。(山口　三〇〇)

バスティードはこの神話的形象が危険であると共に喜劇的である点を強調する。彼はトリックスターの持つ神話論的破壊作用のなかに笑いやジョークがあることを指摘する。笑いは本来なら出会わないはずの二つの論理的クラスの間の出会いとショックの結果として現れるというのだ。

エイミーの両義的行動はどこかで可笑しさをたたえている。例えばセサが死を覚悟し瀕死の状態で赤ん坊が産まれそうだと助けを求めたとき、エイミーは「それは腹が減ってないってことかい」と聞き返す（三四）。南部のプランテーションから一人の奴隷が身重の体で必死に山中を逃亡しているというコンテクストにのっていた読者は、セサの追いつめられた状況を突然逸脱するこの一言に虚をつかれるはずだ。山口は「笑い」は構造に対する一時的な判断中止《エポケー》を示すと述べる。「それは意味論的に撹乱をもたらし、特定社会の特定レベルの現実を構成している構造の原理」が、「他の現実に直面して有効性を失うような場を用意」（三〇四）する。

エイミーの撹乱者としての側面は、彼女が主人に鞭打たれたセサの背中を名付けなおす場面にも見ることができる。

木だよ、ルウ。チョークチェリーの木だ。ごらん、ここに幹がある。赤くてぱっくりと裂けてるよ。樹液でいっぱいだ。そしてここ、ここから枝別れしてる。［中略］お前の背中には一本の木が生えているんだよ。花盛りのね。（八三）

エイミーはセサの背中の傷を花盛りのチョークチェリーの木だと言う。彼女は主人に鞭打たれ腫れたただれた背中の傷の一つ一つをその文脈から切り離し名付け直す。そしてエイミーはその名付け直した背中に両手いっぱいのクモの巣をまとわせながら「クリスマスツリーを飾るみたい」（八四）と述べるのだ。読者はここでまたエポケーに陥る。

我々は特定社会の特定レベルの現実を構成している構造の原理（ここでは白人の主人と黒人奴隷セサの二項対立の関係を成り立たせている原理）が、エイミーの創造的な言語行為によって有効性を失うことを確認する。読者はおそらく、奴隷制によって傷つけられたセサの凄惨な傷にクモの巣をまとわせクリスマスツリーだと言うエイミーの行為を卑俗な行為、または悪いジョークだと思うかもしれない。山口は、笑いやジョークをつかさどるトリックスターは、常に一つの神話系において卑しき神とされると言う。しかし彼は以下のようにも述べる。

彼［トリックスター］は、その位置が彼にもたらす自由と解放性によって、新しい未踏の地に絶えず立っているのである。ジョークはあらゆる方向へ向かって思考の翼を拡げる行為を助ける。［中略］彼が絶えず境界を超えて飛翔することを夢見るのは、彼がそうした構造的磁場の乱れをおのれの行動のエネルギー源としているからである。（三〇五）

トリックスターはその自由と解放性によって、言葉をそれが本来属する文脈から切り離し、他の文脈に移し変える。こうした地口やジョークによる言語の隠れた結びつきの顕在化は、また詩的イメージの作用、比喩においても見られるものだ。ヘンリー・ルイス・ゲイツ・ジュニアは、黒人のテクストに見られる比喩について以下のように述べている。

黒人は常に比喩に精通しています。まったく別の何かを意味するように、ある物事を言うことは、抑圧的な西洋文化の中で黒人が生き抜くための基本的要件なのです。（ゲイツ　六）

比喩は抑圧的な西洋文化のなかで黒人が生き抜くための基本的要件であった。「あらゆる方向へ向かって思考の翼を拡げ」、比喩やジョークを駆使するトリックスターの姿は、同時に抑圧的な力に対する黒人の対抗文化を映し出すものでもある。モリスンは白人の少女にトリックスター的役割を担わせることで、白人対黒人の二項対立の関係性は、二つの人種間に普遍的に内在する関係性ではなく、そのような関係性を要請する社会が構築してきたものであることを示唆している。そしてトリックスターとしてのエイミーが比喩などの創造的な言語行為によって二項対立の関係性に縛られたセサに新たな可能性を示すことは、モリスンの言語観に裏打ちされたものでもある。

おわりに

ヨーロッパという限られた地域に住む白人の価値観を基盤として成り立ち、例えば、「黒いことが、不在や否定を表象する」英語という言語を使って「黒い私」(ゲイツ　七)をどのように表現するか。モリスンは「特定の情報を暗示し意味合いを決定する鎖」(『白さと想像力』xi.)に縛られた言語をいかに解放するかという問題に取り組んでいる作家である。

ノーベル文学賞受賞演説でモリスンは、言語は本来一つの意味に帰着するものではなく、他者との活発な対話のなかで常に変容し、「飛翔する鳥」のようなものだと語っている(「ノーベル文学賞」二一―三〇)。ジャック・デリダは「すべての記号は、完全に限りのないやり方で、新しいコンテクストの無限性を生み出しながら、すべての所与のコンテクストとの関係を断つことができる」(デリダ　一八五)と述べ、言語がシニフィエとシニフィアンを対応させる固定的なシステムではなく、意味が随時、受け手の文脈によって決定される多様な媒介であると証明したが、この講演でモリスンは言語を人と人の間を飛び交う鳥に喩えることで、それが思考や認識を超えて営まれるものだと主張する。つまり言語は本来、不変の実在ではなく、求めることで存在がとりあえず措定されるような柔軟で、常に暫定的な媒体であるとモリスンは言いたいのではないか。

トリックスターは白人と黒人、主人と奴隷など二項対立的な諸体系が自足的に閉じてしまうことを拒絶する。それは、光＝白＝善、闇＝黒＝悪という色の象徴作用によって特徴づけられ、不変の実在のように固着した言語を解き放つ術を追求する作家の姿と重なるものだ。『ビラヴド』は、「『人種化された主体』として、アフリカ系アメリカ人のアイデンティティを固定するトラウマ的、人種的過去から、彼らの主体を解放する文学的な試みである」とシェルドンは述べているが（シェルドン　一一五）、モリスンはトリックスターとしてのエイミーを描くことで、また名称付与によってアイデンティティの危機を乗り越えた奴隷たちを描くことによって、二項対立的な関係性を超克するために、対抗的暴力によってではなく、創造的な言語行為によって「認識論的暴力」に対抗してきたアフリカ系アメリカ人の歴史を映し出している。

＊本稿は、日本英文学会九州支部第六五回大会（二〇一二年十月二十七日、於九州産業大学）における口頭発表に加筆・修正を施したものである。

引用文献

Benston, Kimberly W. "I Yam What I Am: the Topos of Un(naming) in Afro-American Literature." *Black Literature and Literary Theory*. ed. Henry Louis Gates Jr. Methuen, 1984: 151–72.

Childers, Joseph, and Gary Hentzi, eds. *The Columbia Dictionary of Modern Literary and Cultural Criticism*. Columbia UP, 1995.『コロンビア大学現代文学・文化批評用語辞典』杉野健太郎、中村裕英、丸山修訳、松柏社、一九九八年。

Davis, David Brion. *The Problem of Slavery in the Age of Revolution, 1770–1823*. Oxford UP, 1999.

Derrida, Jacques. "Signature Event Context." *Glyph* 1 (1977): 172–97.

Douglass, Frederick. *My Bondage and My Freedom*. 1855. Penguin Classics, 2003.

Gates, Henry Louis Jr., ed. *Black Literature and Literary Theory*. Methuen, 1984.『シグニファイング・モンキー――もの騙る猿／アフロ・アメリカン文学批評論』松本昇、清水菜穂監訳、南雲堂フェニックス、二〇〇九年。

Gilroy, Paul. *The Black Atlantic: Modernity and Double Consciousness*. Harvard UP, 1993.『ブラック・アトランティック――近代性と二重意識』上野俊哉、毛利嘉孝、鈴木慎一郎訳、月曜社、二〇〇六年。

――. *Small Acts: Thoughts on the Politics of Black Cultures*. Serpent's Tail, 1993.

Morrison, Toni. *Beloved*. 1987. Plume-Penguin Putnam, 1998.『ビラヴド』吉田廸子訳、集英社、一九九八年。

――. *The Bluest Eye*. Plume, 1970.『青い眼がほしい』大社淑子訳、早川書房、二〇〇一年。

――. *Lecture and Speech of Acceptance, upon the Award of the Nobel Prize for Literature*. Knopf, 1993.「ノーベル文学賞受賞演説」『アメリカ黒人演説集――キング・マルコムX・モリスン他』荒このみ編訳、岩波書店、二〇〇八年、三四七―六七頁。

――. *Playing in the Dark: Whiteness and the Literary Imagination*. Harvard UP, 1992.『白さと想像力―アメリカ文学の黒人像』大社淑子訳、朝日新聞社、一九九四年。

Negri, Antonio and Michael Hardt. *Empire*. Harvard UP, 2000.『〈帝国〉――グローバル化の世界秩序とマルチチュードの可能性』水嶋一憲、酒井隆史、浜邦彦、吉田俊実訳、以文社、二〇〇三年。

Sheldon, George. "Approaching the Thing of Slavery: A Lacanian Analysis of Toni Morrison's *Beloved*." *African American Review*, vol. 45, no. 1–2 Spring-Summer 2012, pp. 115–30.

World Book Club Toni Morrison—Beloved. BBC World Service, 5 Jan 2008. http://www.bbc.co.uk/programmes/p001w20r. Accessed 16 Aug 2016.

ガヤトリ・C・スピヴァク『サバルタンは語ることができるか』上村忠男訳、みすず書房、一九九八年。

クロード・レヴィ＝ストロース『構造人類学』荒川幾男他訳、みすず書房、一九七二年。

G・W・F・ヘーゲル『精神現象学』長谷川宏訳、作品社、一九九八年。

山口昌男『トリックスター』（ポール・ラディン他著）解説、晶文社、一九七四年。

ユルゲン・ハーバマス『近代の哲学的ディスクルスI』三島憲一他訳、岩波書店、一九九九年。

第七章　「闇」が語るもの
――『白さと想像力』と『ジャズ』を中心に

森　あおい

はじめに

トニ・モリスンは、作家としてのキャリアを通して白人によって書かれたアフリカ系アメリカ人不在のアメリカ文学に異議を唱え、想像力／創造力を駆使してアメリカ文学史の闇を明らかにしようとしている。モリスンの第一作『青い眼がほしい』（一九七〇）から最新作の『神よ、あの子を守りたまえ』（二〇一五）までの作品を繋ぎ合わせると、アメリカ建国以前の植民地の時代、奴隷制や再建期以降のジム・クロウの時代、さらに、公民権運動からポスト公民権運動の時代に生きた、公の歴史には登場しないアフリカ系アメリカ人の存在が、複雑に絡み合いながらも浮かび上がる。モリスンはこれらの人々の生き様を作品に描き出しながら、白人中心的な文学・歴史では闇に追いやられていた存在を回復し、記憶しようと試みている。

このモリスンの意向を汲んで、一九九三年に設立されたトニ・モリスン学会は、「道端のベンチ」プロジェクトを立ち上げ、これまで白人中心のアメリカ史では記録されていないアフリカ系アメリカ人の文化・歴史にまつわる場所にベンチを設置している。[1]「道端のベンチ」プロジェクト第一号のベンチは、二〇〇八年七月にサウスカロライナ州チャールストン近郊のサリバンズ島にある国立公園に設置された。[2] ここには、奴隷制時代にアフリカから連れてこられた奴隷たちが検疫のために抑留された施設があった。その後も、このベンチ設置のプロジェクトは継続し、二〇一三年五月には、アメリカ独立戦争で戦った元奴隷のブリスター・フリーマン[3]に因んで、マサチューセッツ州コンコードのブリスターの丘にある「ソローの小道」で、第九基目となるベンチの設置式がモリスン学会とソロー協会の共催で行われた。[4] これは、『ブラック・ウォールデン』の著者エリーズ・レミアの発案によって実現したものである。

レミアは『ブラック・ウォールデン』で、後にマシーセンがアメリカン・ルネサンスと称するアメリカ文学黎明期の代表的作家であるエマソンやソロー、ホーソンといった作家が暮らしていたことで知られるコンコードに、奴隷制が存在していたことを教会等に保管されていた記録を念入りに検証して明らかにしている。コンコードは、アメリカ植民地がイギリスからの自由と独立を求めて起こしたアメリカ独立戦争の口火を切ったレキシントン・コンコードの戦い（一七七五）の舞台となった場所でもあり、いわば民主主義国家アメリカが誕生するきっかけとなった歴史的に重要な場所である。しかし、この地に存在した奴隷制については、これまでほとんど指摘されることはなかった。民主主義を希求したソローが執筆した『ウォールデン』の闇に隠れていたコンコードの人種化された歴史を、レミアは『ブラック・ウォールデン』で詳らかにしている。レミアは『ブラック・ウォールデン』の執筆に際し、モリスンの『白さと想像力』から大きな影響を受けたと述べている。[5] モリスンが『白さと想像力』で試みている「人種上の他者の存在」（四六）を浮き彫りにする手法を用いて、レミアは『ウォールデン』の背景に埋もれている奴隷制の歴史を『ブラック・ウォールデン』に投影しているのだ。

本論では、レミアと同様に、モリスンが『白さと想像力』で展開するアメリカ文学における「闇」の究明の文学批評を手がかりに、この評論と同じ一九九二年に出版された『ジャズ』の時代背景として描かれているジャズ・エイジの時代と、語り手や登場人物の記憶によって回想される十九世紀中葉の時代関係を、アフリカ系アメリカ人の視座から考察する。主流社会の闇の中では見えない存在とされても、その存在が消えるわけではない。モリスンが照射する光によって闇から炙り出されるアフリカ系アメリカ人の歴史・文化をアメリカ文学の系譜に重ね合わせることで、「より広がりのある風景のための議論をアメリカ文学研究に提供」（モリスン、『白さと想像力』三）しようとするモリスンの企図を明らかにする。

一　アメリカの民主主義と人種意識

モリスンの『白さと想像力』は、これまで排除されてきたアメリカ文学におけるアフリカ系アメリカ人の存在を問い直したものである。モリスンは、自由を希求してヨーロッパからアメリカに渡ってきた移民のために、アフリカから連行されてきた人々、そしてその子孫が奴隷として搾取され、自由を奪われていたという矛盾した事実を指摘している。

しかも、アメリカ文学の伝統は、そのアフリカ系の人々の存在を意図的に、あるいは無意識のうちに無視してきたのだ。モリスンは、アメリカ文学ではアフリカ系の人々にまつわる事柄が「アフリカニズム」として捏造されてきたと述べている。「アフリカニズム」は、「アフリカの民族が表わすようになった表示的かつ暗示的な黒さ、そしてこれらの人々に関するヨーロッパ中心主義的な学問につきまとう見方、思い込み、読解、誤読の総体」（モリスン、『白さと想像力』六―七）と定義されている。モリスンは、アフリカニズムを体現させられる人々をアフリカニストと呼んでいるが、彼（女）たちは、創造、あるいは捏造されたアフリカ民族の「暗示的な黒さ」を表わす存在として客体化され、白人中心の文学史が構築されていったのだ。

このことを検証するために、モリスンはウィラ・キャザーやエドガー・アラン・ポー、マーク・トウェイン、アーネスト・ヘミングウェイの作品を取り上げ、アメリカ文学を代表してきたこれらの作家に隠されたアフリカニズムの存在を見出している。この読み直しの作業を通してモリスンは、ヴァレリー・スミスが指摘するように、「白人によって書かれた表向きには人種問題に関して中立なテクストにおいて、アフリカ系アメリカ人の存在が、一見すると不在とされながらも存在している」（スミス 六）ことを明らかにしている。

モリスンは人間の深層にある人種意識を炙りだそうとしており、その意図は、『白さと想像力』の冒頭における、フランス人作家マリ・カルディナルの自伝小説『血と言葉――精神分析者の手記』への言及で示唆されている。カルディナルは一九二九年に当時フランス植民地だったアルジェリアで、フランス人入植者の両親の元に生まれた。しかし彼女が生まれる以前から両親は離婚係争中で、離婚後は母に引き取られて育った。母からは望まれない子どもとして生まれたと言われ続け、母が強要するカトリックの教えによって精神を病み、「不安の発作」に襲われるようになる。その病の治療のために受けた精神分析の過程を著わしたのが、『血と言葉――精神分析者の手記』である。

カルディナルの「不安の発作」が初めて起こるのは、二十歳の頃に行った黒人のジャズ奏者、ルイ・アームストロングのトランペットのコンサートの最中であった。彼の演奏に魅せられ、陶酔状態に陥ったカルディナルは、突如として恐怖を感じる。モリスンが『白さと想像力』で引用しているのは以下の箇所である。

私の心臓の鼓動は早まり、音楽どころではなくなった。そして、胸部を揺すり、肺を圧迫したので、空気がもう入らなくなった。わたしは、痙攣のただ中、足を踏みならす音、怒号する聴衆の真ん中で死ぬのだと考え、恐怖に捉えられ、悪霊に憑かれた者のように通りに走り出た。(vii)

そして、この引用のあとに、モリスンは、「わたしは、この文章を読んだとき、微笑したことを思い出す」(vii) と続ける。しかし、カルディナルのこの恐怖に襲われ逼迫した様子が、なぜモリスンの微笑を呼び起こしたのだろうか。しかもカルディナルは、この発作のあと、出血が続き、自殺か精神病院行きかの瀬戸際に立たされたのだ。ちなみにカルディナルのフランス語の原著のタイトルは、*Les mots pour le dire*（英語の翻訳版のタイトルは、*The Words to Say It*）であり、直訳すると『それを語る言葉』となるが、日本語訳のタイトルは、『血と言葉』となっており、血と言葉によって書かれた自伝であることが強調されている。

一人の人間が精神的に追い詰められて破滅しそうな場面で、モリスンが微笑んだ理由は、カルディナルが潜在的に持っていた「アフリカニズム」の意識と関係があるのではないだろうか。カルディナルは自らをリベラルな存在だと信じ、生まれ育ったアルジェリアを「実の母」とみなし、アルジェリアの独立運動では、「母殺し」の白人に心をかき乱されて独立を支持し、植民地で支配者階級の特権を当然のこととして振舞う抑圧的な母親とは対極にある存在と自己を位置づけている。

しかしモリスンは、彼女の伝記に「アフリカニズム」の存在を読み取ったのだ。カルディナルの精神的な問題が表面化するのは、黒人のルイ・アームストロングが演奏するジャズを聴いていたときのことであった。トレハーンは、「黒人の芸術形態は、白人の言説では、危険な他者として新たに意味づけられている」(二〇八) と指摘しているが、カルディナルは無意識のうちにルイ・アームストロングが演奏するジャズの中に黒人の歴史を感じ取り、それをアフリカニストの存在として他者化し、また排除すべき存在だとみなしていたのではないだろうか。[6] それゆえに、自分の心の病をジャズと結び付けたのだ。カルディナルの自伝は、一見すると黒人文化の理解者に見える者が無意識のうちに内在化している人種差別意識を表しており、モリスンは、その作品に、常日頃感じている、白人が創り出したアフリカニズムのイメージが刷り込まれ、人種差別意識が周到に隠蔽されていることに気付いて微笑んだと考えられる。

二　写真が呼び起こすアメリカの歴史

小説『ジャズ』も、目にはなかなか見えないアメリカ社会が持つ人種差別主義の影響を示している作品である。モリスンが『ジャズ』の構想を得るきっかけとなったのは、ヴァン・ダ・ジー[7]の写真集、『ハーレムの死者の書』に収録されている一枚の写真と詩である。モリスンが序文を寄せて一九七八年に出版されたこの写真集は、一九二〇年代から三〇年代にかけてハーレムの葬儀場でヴァン・ダ・ジーによって撮影された死者の写真と、その写真からインスピレーションを得て書かれたオーウェン・ダッドソンの詩、そしてカミール・ビラップスによるヴァン・ダ・ジーとのインタビューによって構成されている。モリスンがインスピレーションを得たと言う、ヴァン・ダ・ジーによって撮影された棺に横たわる少女の写真には、以下の詩が添えられている。

　彼らは私の上に屈みこんで言う。
「誰があなたを死に追いやろうとしたの、
誰、誰、誰、誰……?」
私は囁く。「じきに言うわ……。
すぐに……今晩……。
明日……。」

明日はもう来ている。
あなたはもう向こうの安全なところにいるわね。
私はここにいて安全よ、愛しい人。（ダッドソン　五二）

『ハーレムの死者の書』は、ヴァン・ダ・ジーの写真とダッドソンの詩を通して、死者の生前の姿を呼び起こしている。そして、この詩と写真から、モリスンは死者が生前は語ることができなかった物語をさらに想像／創造し、『ジャズ』を著わしたのだ。

モリスンの小説『ジャズ』において、このヴァン・ダ・ジーの少女の写真は、どのような物語を紡ぎだすのだろうか。この小説は、ニューヨークのハーレムを思い起こさせる「シティ」で、五十歳代の夫婦ジョーとヴァイオレットが、過去のトラウマに押し潰されそうになりながらも、かすかな再生の可能性を見出す過程を描いている。ジョーは自分の娘と言えるほど年が離れた少女ドーカスと逢瀬を重ねるものの、彼女が若い男性に心変わりしたために嫉妬して、彼女を撃ち殺してしまう。その葬儀が執り行われている最中に、ヴァイオレットが夫の愛を奪ったドーカスへの怒りと嫉妬から、彼女の遺体を傷つけようとして棺に駆け寄りナイフを振りかざして取り押さえられるところから物語は始まる。

ドーカスが亡くなった、つまり彼女の存在が消えた場面からこの物語は始まるが、その亡くなったドーカスの写真が、それまで希薄だった、彼女の周りにいた人々の人間関係を次第に修復していく。最初にドーカスの写真が出てくるのが、ヴァイオレットがドーカスの死後、彼女の伯母のアリスの家を訪れる場面である。アリスは、姪を殺した男の妻を最初は拒絶するが、諦めずに通ってくるヴァイオレットに同情するようになり、彼女を家の中に招き入れる。

アリスはヴァイオレットにせがまれるままドーカスの遺品を見せるが、その中にドーカスの写真が含まれていた。ドーカスは、この写真をアリスから借りることになる。

伯母さんが彼女に見せた特別なもの、そしてついにはヴァイオレットに数週間貸すことになったのは、その少女の肖像写真だった。微笑してはいないけれど、少なくともいきいきしていて、とても挑発的だった。ヴァイオレットはその写真を、自宅の客間のマントルピースの上に置く度胸があった。そして彼女とジョーは、二人とも混乱した気持ちでそれを眺めていた。(六)

こうして亡くなったドーカスの写真が、ジョーとヴァイオレットの家の中心とも言える客間のマントルピースの上に飾られ、二人は夜中に時折起きては、それぞれその写真を見に行き、「ドーカス」と呼びかける。写真の中のドーカスは、もはやこの世に存在しないのだが、そのように不在となってしまったものの名前を呼ぶことで、逆に不在が意味を持つようになってくる。

ドーカスの写真は、ジョーとヴァイオレットが南部で体験した再建期以降の人種差別の歴史、より良い生活を求めて北部に移住してきた黒人の大移動の歴史、また北部で起きた人種暴動、さらに遡ってヴァイオレットの祖母トゥルー・ベルが体験した奴隷制時代の家族離散の歴史を呼び起こす。ここでは特にトゥルー・ベルが生きた時代の歴史に注目することにする。彼女の語りは、後にアメリカン・ルネサンス期と呼ばれるようになる一八五〇年代にまで遡る。トゥルー・ベルは二十七歳になった一八五五年に、仕えていた白人の主人の娘ヴェラ・ルイーズが人種混淆のタブーを犯して黒人のヘンリー・レストーリィ(あるいはレストロイ)との間に子どもをもうけたために家から追放された際に、彼女に同行することを余儀なくされる。奴隷の身分のトゥルー・ベルには選択肢などあるはずがなく、ひょっとすれば将来的には、ヴェラ・ルイーズが、父親から渡された手切れ金で、「自分の家族を買い取る援助をしてくれるかもしれない」(一四二)とかすかな期待を抱いて、夫と幼い娘二人[ローズ・ディアとメイ]を残してヴァージニアから遠く離れたボルチモアに移り住んだ。彼女は、その後三十三年間にわたり、女主人とその子どものために人生を捧げた。

ヴェラ・ルイーズは異人種混交のタブーを犯した結果、父の家から追放されたが、生涯働かなくても十分に暮らしていけるほどの莫大な額の手切れ金を父から受け取っている。ヴェラ・ルイーズは、経済的には何一つ不自由することもなく、ボルチモアの美しい砂岩でできた屋敷に、召使のトゥルー・ベルと息子のゴールデン・グレイ(周囲には孤児だと触れ回っていたが)と暮らしていた。ボルチモアでは、結婚することもなく独身を貫き、男性の視線から解放され、気の向くままに本を読んだり物書きをして過ごしていた。ヴェラ・ルイーズの男性に依存しない生き方は、彼女の隣人からは「背教者か、ほとんど女性権利拡張主義者の行為」(一三九)とみなされた。結婚という家制度に束縛されることなく、自分の興味に任せて読書をしたり、執筆活動を行っていたヴェラ・ルイーズは、十九世紀中葉から盛んになった女性権利拡張運動に関わっていたことが示唆されている。彼女は、十九世紀後半に台頭してくる「新しい女」の一人として、家父長制から解放されて自由を手に入れたのである。

ヴェラ・ルイーズが、十九世紀の革新的な女性の生き方を追及した一方で、トゥルー・ベルは、奴隷制の頚木《くびき》からなかなか解放されず、その女主人が獲得した自由を影で支える存在だった。トゥルー・ベルが、ヴェラ・ルイーズに仕えた一八五五年から一八八八年の間は、奴隷制を巡りアメリカが大きく変化した時代である。一八五〇年には逃亡奴隷法が施行され、逃亡奴隷の処遇を巡って南北の緊張感がピークに達する。その時代は、アメリカン・ルネサンスが興隆した時期で、エマソンやソローと言った作家たちも、文筆活動を通して奴隷制廃止運動に関わっており、伊藤詔子が指摘するように、たとえばエマソンは、ボストンやニューヨークで積極的に奴隷制廃止を求める演説を行い、それらの演説は『エマソンの反奴隷制著作集』に収められている（伊藤　三三）。しかし、そのような奴隷制に異議を唱える声はトゥルー・ベルのような奴隷には届かなかった。そして一八六一年に勃発した南北戦争が一八六五年には北軍の勝利で終結し、憲法修正第十三条が発布され、公式に奴隷制度が廃止されたにも拘らず、トゥルー・ベルは、ヴェラ・ルイーズとゴールデン・グレイの世話をし続けた。彼女は黄金色の肌と黄色い巻き毛を持つゴールデンに魅了されて、献身的に世話を焼くが、それは自分の家族と会えない辛さの穴埋めだったとも言える。彼女には、ヴェラ・ルイーズに仕える以外に生活を維持する術はなかったのだ。彼女が三十三年ぶりに故郷に戻るのは一八八八年のことで、南部では再建期が終わって十年以上が経過していた。夫の不始末で家を差し押さえられて困窮し、後に井戸に身投げをすることになる娘のローズ・ディアに懇願され、六十歳を迎えたトゥルー・ベルは、自分が死にかかっていると女主人に訴えて、ようやく長年の奉公生活に終止符を打ち、家族の元に戻る。彼女は、奴隷制度廃止以降の二十二年間分の労働の代償として十枚の十ドル金貨を受け取り、ローズ・ディアとその子供たちの面倒を見ることになった。トゥルー・ベルは、人生の殆どを白人主人に捧げながらも不満を口にすることもなく、奴隷制廃止運動や女性権利拡張運動とも無縁のまま人生を終えたが、その生涯から奴隷制度の残滓が明らかになる。

このようにして、ドーカスの写真が、ヴァイオレットとジョーの過去の記憶を呼び起こし、二人の家系図を遡る中で、主流社会から排除されて不可視とされた人々の存在が明らかになっていく。しかし、彼（女）らは排除されて見えないからといって、存在しないわけではない。モリスンはもはやこの世に存在しないドーカスの写真を使い、見えない存在とされたアフリカ系アメリカ人の過去の物語を回復し、ジョーとヴァイオレットの現在を未来に繋げようとしている。モリスンはヴァン・ダ・ジーの死者の写真から、少女の亡骸という被写体よりも写真自体から引き出せる可能性に思いを馳せ、その黒人少女の背後にあるアフリカ系アメリカ人の歴史を想像／創造し、作品で甦らせているのである。

三　ジャズ不在の『ジャズ』

『ジャズ』の本文には、ジャズという言葉は一度も使われていない。もちろん、ジャズを彷彿とさせる音楽は作品の随所にちりばめられている。たとえば、「シティ」の通りから時折聞こえるトランペットやピアノ、ドラムの音、黒人のブルース歌手、そしてヴァイオレットが、瞬間的に誘拐しようとした赤ん坊の姉が持っていたルイ・アームストロングのレコード「トロンボーン・ブルース」など「音」を想起させる言及が多々ある。さらに、実際に一九一九年に起きた黒人の人種差別反対の行進の際に、抗議の言葉の代わりに打ち続けられていたドラムの描写もある。また、アリスが「黒人の音楽」として眉をしかめる「ジュークボックスや、密造酒酒場や、賭博場の音楽」（五九）への言及もあり、作品に聴覚的な広がり与えている。しかし、これらの音楽とジャズの関連性は明確には示されていない。

その理由はどこにあるのか。おそらくその答えのヒントになるのが、『ジャズ』の舞台となった一九二〇年代の都市部で白人を中心に起きた享楽的な文化の時代を連想させるジャズ・エイジと関係があると考えられる。ジャズ・エイジを代表するフィッツジェラルドは「ジャズ・エイジのこだま」で第一次世界大戦後の狂騒の一九二〇年代を振り返り、この時代を象徴する言葉として「ジャズ」を用いて、次のように定義している。「ジャズという言葉は社会的に立派な言葉として認められるようになってきているが、最初はセックスを意味し、次いでダンス、その後、音楽を意味するようになったのである」（一六三）。言い換えれば、ジャズは、以前は、少なくとも「お上品な伝統」を重んじる白人が使う言葉ではなかったのだ。フィッツジェラルドはジャズという言葉に反権威主義的な当時の風潮の意味を持たせているが、そこにはジャズに対する人種差別的な偏見があったことが窺える。

事実、この時代のジャズは、白人と黒人の間の人種隔離政策を反映していた。青木和富が指摘するように、ニューヨークのジャズ界では、一九二七年にデューク・エリントンがコットン・クラブに出演し、以後このクラブで大活躍することになるが、そこは白人向けの高級クラブであり、ハーレムを探訪する白人たちの「観光クラブ」にすぎなかった。出演者はすべて黒人だったが、観客はすべて白人であり、黒人たちは客としてこのクラブに入ることはできなかったのだ（一七七）。

さらに、「ジャズ・エイジのこだま」では次のような描写が続く。

> 一九二六年までに、セックスに対する世間の偏見はやっかいなものになっていた。［……］しばらくの間、密造された黒人歌手のレコードは、その男根的婉曲語法によって、あらゆるものをいかがわしいものにした。
>
> （一六三―六四）

フィッツジェラルドは、ジャズ・エイジの音楽が示す斬新さや、性の解放のことを言っていると考えられるが、ジャズが「いかがわしいもの」と同等に扱われていたということは、アフリカ系アメリカ人の歴史・文化が歪曲され、搾取されてしまったことを示している。

モリスンが描こうとしたジャズは、『ジャズ』の「まえがき」で紹介されている、彼女の母が音楽ジャンルを超越して口ずさんでいた歌である。

彼女、つまり私の母は、ほかの人たちが面白がるような方法で歌っていました。私は、美しい音が常に背後に流れていることを空気のように当然のことだと思っていました。「アヴェ、マリア、恵みに満ちた方……[8]今朝、ひどい頭痛で眼が覚めた／新しい彼氏が私を部屋のベッドに置いてきぼりにした……。[9]尊き神よ、我を導きたまえ……[10]ピストルを買うんだ、胸を張っていられる間はね[11]……恋は野の鳥……[12]濃い紫色が、かすみがかった庭の垣根に影を落としたとき[13]……私にも考え方や私なりのやり方があるのさ／私の男が暴力を振るい始めたとき、あいつを別の家へと追い出したのさ[14]……さやかに星はきらめき……[15]」ジャズと知られることになる音楽のように、彼女はあらゆるところから題材を得ていました。ゴスペル、クラシック、ブルース、賛美歌など何でも知っていました。そして、それを自分自身のものとしたのです。（「まえがき」）

聖母マリアへの祈りやベシー・スミスのブルースに、ビゼーのオペラが混在し、聖と俗の世界が共存して、さらに多言語で表現されるモリスンの母の歌は、ジャズには異質なものを排除するのではなく、それを取り込んで、さらに独自に発展させていく作用があることを示している。モリスンの『ジャズ』でも、見えない語り手を始めとして、過去を封印して居場所を失ってしまった登場人物たちが、闇に閉じ込められていた物語を重層的な音声によって語る中で、新たな可能性を見出していく。モリスンは、白人によって一方的に定義されたジャズの意味を修正し、ジャズが持つ多様性を描き出している。

おわりに

最後にグノーシス派のテクスト、ナグ・ハマディ文書に収められている、「鳴り響け、完璧な知性よ」の一節をモリスンが『ジャズ』のエピグラフに引用した理由を探ってみたい。

わたしは音の名前であり、名前の音である。
わたしは文字の記号であり、区分の名称である。(モリスン、『ジャズ』エピグラフ)

グノーシス主義はキリスト教とほぼ同時期に地中海世界で興った宗教思想運動で、キリスト教にも影響を与えたが、教職の位階制度批判などを行ったために二世紀にはキリスト教から異端とされた。そして焚書を恐れて地下に埋められたナグ・ハマディ文書は、その後一九四五年にエジプトのナグ・ハマディで発見されるまで、闇の中に押しやられていた。

本論では、モリスンの作品を写真から連想される「視覚」と、ジャズから連想される「聴覚」によって読み解いてきた。その議論に基づいてこのナグ・ハマディ文書からの引用の意味を考えると、「音の名前であり、名前の音」であるという表現は、たとえ名前をつけられていない存在でも、つまり存在を認められていなくても、音には名前があり、音の存在から主体性を主張することができると読み取れる。また、「文字の記号であり、区分の名称である」という表現からは、写真のように撮影する者、見る者によって意味を付与される記号と、それに新たに名前を付けて意味を与える行為は同等であることが示唆されている。言い換えれば、意味するものと意味されるもの、あるいは抑圧者と被抑圧者との間に存在する二項対立的な力関係を覆すことの可能性が示されている。

このようにモリスンは、様々な戦略を駆使して闇の中から見えない存在、聞こえない存在を回復している。写真「フォトグラフ」が、「光の筆で書く」（トラクテンバーグ　二四）ことを意味するように、モリスンも、闇に追いやられた不可視の存在を音から探り出し、それに光を当てて、アメリカ文学の伝統に新たな対話のきっかけを提供しているのだ。

＊本稿における原書からの引用については、翻訳がある場合はそれを参照し、必要に応じて改訳した。

＊本稿は、日本英文学会（二〇一四年五月二五日、北海道大学）のシンポジウム「アメリカン・ロマンスを問い直す」における発表原稿に、加筆・修正を施したものであり、日本学術振興会科学研究費補助金（基盤研究（C）50299286）（代表者、森あおい）の研究成果の一部である。

注

1 「道端のベンチ」という名称は、キャロリン・ディナードとのインタビューでモリスンが語った以下の言葉による。

私やあなた方が出かけていって、奴隷の存在について考えたり、呼び起こしたりできる場所もなければ、奴隷の存在が抹消されてきたことを思い出す場所もありません。それに、旅［奴隷制からの逃亡の旅］を終わらせることができた人たち、そして志半ばで捕らえられたり亡くなったりした人たちのことを私たちに気づかせてくれるものも何もありません。ふさわしい記念碑も、額も花輪も壁も公園も超高層ビルのロビーもありません。三百フィートの高さの摩天楼のロビーもありません。道端に小さなベンチもありません。（モリスン＆ディナード　三六）

2 本書の表紙デザインに用いられているベンチの写真は、このベンチ設置式で撮影されたものである。

3 一七四〇年頃、コンコード生まれ。一八二二年没。生まれてから三十年ほどは、奴隷の身分であったが、一七七〇年代後半に自由を獲得し、アメリカ独立戦争で活躍した。その後、ウォールデンの森に土地を購入し、農業に従事した。ソローの『ウォールデン』でも、以下のようにブリスター・フリーマンに関する言及がある。「道を下っていくと右側のブリスターの丘にブリスター・フリーマンが住んでいた。そこには、ブリスターが植えて、手入れをしたリンゴの木が今でも育っている」(八六)。

4 ベンチの設置式の様子については、キンバレー・A・フーパーの記事を参照のこと。

5 二〇一三年五月二二日にコンコードで行われたエリーズ・レミアと筆者の対談より。

6 風呂本惇子は、ルイ・アームストロングが演奏するジャズとアメリカ黒人の歴史の関連性について、ラングストン・ヒューズを援用しながら、以下のように述べている。「[ルイ・アームストロングが]子供のころ行進楽団で聞いた音楽、ジェリー・ロールのラグタイム、母が鼻歌で聞かせてくれたブルース、祖母が口ずさんでくれた霊歌、曾祖母がコンゴ広場で聞いたと語ってくれた太鼓の拍子…ルイのトランペットが奏でていた音にはこれらすべての先行する、音楽の記憶が流れ込んでいた。言いかえれば、アメリカ黒人の歴史の記憶が流れ込んでいたのである」(四五)。ジャズには、アメリカ黒人にまつわる複雑な歴史が刻み込まれているのだ。

7 ヴァン・ダ・ジー(一八八六―一九八三)独学で写真の技術を学び、一九一七年にはハーレムで写真スタジオを開設した。彼が撮影した作品には、ゾラ・ニールハーストンやビリー・ホリデイ、マーカス・ガーヴェイのポートレートも含まれる。ハーレム・ルネサンスの繁栄が終わると彼の存在も次第に忘れられるが、一九六九年にニューヨークのメトロポリタン美術館の学芸員アロン・ショナーが企画した特別展、「心にかかるハーレム」で彼の写真が展示されたことで再評価されるようになった(ショナー、『心にかかるハーレム』一〇〇)。

8 カトリック教会で唱えられるアヴェ・マリアの祈祷文の一節。

9 ベシー・スミス(一八九四―一九三七)の「エンプティ・ベッド・ブルース」の一節。

10 トマス・A・ドーシー(一八九九―一九三三)作詞、ジョージ・ネルソン・アレン(一八一二―七七)作曲のゴスペル・ソングの一節。

11 カントリー・ミュージック歌手ジミー・ロジャーズ（一八九七―一九三三）の「テキサスのためのT」の一節。

12 フランスの作曲家ジョルジュ・ビゼー（一八三八―七五）によるオペラ『カルメン』の中で歌われるアリアの一節。

13 ピアニストのピーター・デローズ（一九〇〇―五三）がピアノ曲として出版した曲に、ミッチェル・パリッシュ（一九〇〇―九三）が歌詞を付けて発表した「ディープ・パープル」の一節。

14 ブルース歌手、アイダ・コックス（一八九六―一九六七）の「野生の女には、ブルースなんてない」の一節。

15 フランスの作曲家アドルフ・アダン（一八〇三―五六）作曲のクリスマス・キャロル「さやかに星はきらめき」の一節。

引用文献

"Bench by the Road Project." Toni Morrison Society. 18 May 2014.

Cardinal, Marie. *The Words to Say It (Les mots pour le dire)*. Van Vactor & Goodheart: Cambridge, Mass, 1975.『血と言葉――精神分析者の手記』柴田都志子訳、一九九二年。

Fitzgerald, F. Scott. "Echoes of the Jazz Age." *The Crack Up*. 1931. New Directions, 1973, pp. 13–22.「ジャズ・エイジのこだま」『崩壊』井上謙治訳、一九八一年、一六〇―一七一頁。

Hooper, Kimberly A. "New bench celebrates the life of Brister Freeman." *Concord Journal*. 30 May 2013. 18 May 2014.

Lemire, Elise. *Black Walden: Slavery and Its Aftermath in Concord, Massachusetts*. U of Pennsylvania P, 2009.

Morrison, Toni. *Jazz*. 1992. Alfred A. Knopf, 2004. Kindle.『ジャズ』大社淑子訳、早川書房、一九九四年。

——. *Playing in the Dark*. Harvard UP, 1992.『白さと想像力――アメリカ文学の黒人像』大社淑子訳、朝日新聞社、一九九四年。

——. "Foreword." *The Harlem Book of the Dead*. Morgan & Morgan, 1978.

——. and Carolyn Denard. "Blacks, Modernism, and the American South: An Interview with Toni Morrison." *Studies in the Literary Imagination*, vol. 31, no. 2, 1998, pp. 1–16.

Schoener, Allon, editor. *Harlem on My Mind: Cultural Capital of Black America 1900–1968*. New Press, 1995.

Smith, Valerie. *Toni Morrison: Writing the Moral Imagination*. Wiley-Blackwell, 2012.『トニ・モリスン　寓意と想像の文学』木内徹、西本あづさ、森あおい訳、彩流社、二〇一五年。

Thoreau, David. *Walden or Life in the Woods*. 1854. Wisehousel, 2016.

Trachtenberg, Alan. *Reading American Photographs: Images as History Mathew Brady to Walker Evans*. Farrar, Straus and Giroux, 1989.『アメリカ写真を読む——歴史としてのイメージ』生井英考、石井靖史訳、白水社、一九九六年。

Treherne, Matthew. "Figuring In, Figuring Out: Narration and Negotiation in Toni Morrison's *Jazz*." *Narrative*, vol. 11, no. 2, 2003, pp. 199–212. 15 Mar. 2014.

Van Der Zee, James, Owen Dodson and Camille Billops. *The Harlem Book of the Dead*. Morgan, 1978.

青木和富「ジャズ・エイジのジャズ」『ユリイカ』十二巻、一九八一年、一七七—八三頁。

伊藤詔子「沼地とアメリカン・ルネサンス——ナット・ターナー、ドレッド、ホップ・フロッグ」『アメリカン・ルネサンス——批評の新生』開文社、二〇一三年、三一—六〇頁。

風呂本惇子「歴史、音楽、そして小説——トニ・モリスンの*Jazz*」『女性学評論』九巻、一九九五年、四三—六一頁。

Column

ハーレム・ルネサンスと文学史編纂という作業

平沼　公子

ハーレム・ルネサンスというアフリカ系アメリカ文学史上の時代区分／呼称は、既にアメリカ文学研究における基本用語と言って差し支えないだろう。当時ニュー・ニグロ・ムーヴメントと呼ばれたアフリカ系アメリカ人の文化・芸術活動は、一九六〇年代以降の批判的人種理論とエスニック文学批評において精査され、ハーレム・ルネサンスとして文学史に組み込まれた。このハーレム・ルネサンスの重要性と、そこで展開された芸術活動の複雑な豊かさに疑う余地は無い。しかし二十一世紀の文学批評において、ハーレム・ルネサンスという時代区分／呼称は、それが指し示す対象の再考を促すものでもある。奴隷制時代や合衆国再建期といった年表的区分とは異なり、ハーレム・ルネサンスは、ニューヨークのハーレムという特定の場とルネサンスという示唆に富む文化・芸術活動を組み合わせた語から成る。だからこそ、この呼称は時代区分として機能しつつ、一方で限定的な使用が可能であり、他方でその境界を曖昧にも出来るのだ。

例えばW・W・ノートン刊行の『アフリカ系アメリカ文学アンソロジー』は、一九九七年の初版から二〇一四年の第三版に至るまで、ハーレム・ルネサンスという時代区分／呼称の理由を一九二〇年代のハーレムにおける芸術活動の隆盛としている。しかしまた、「彼女の作品は全て一九三〇年代に出版されるが、ゾラ・ニール・ハーストンは疑いの余地なくハーレム・ルネサンスの産物であり、そのうちの最も並外れた作家の一人だ」といった解説は、特定の作家作品をハーレム・ルネサンスの枠内に取り込む意図を孕むものであろう。ここでは、ハーストンの活動時期はずらされ、黒人中産階級や白人が多く登場する一九四〇年代以降の彼女の後期著作はアフリカ系アメリカ文学史の整合性を揺るがす不都合な作品群として軽視される。

ワーナー・ソラーズは、一九六〇年代以降に批評言語が急速にアイデンティティ政治に傾いた点を指摘し、その批評言語に依るアフリカ系アメリカ人文学史編纂が恣意的な選択を免れないことを問題視している。確かに、ヘンリー・ルイス・ゲイツ・ジュニアが二十世紀アフリカ系アメリカ文学においてルネサンス期は四度もあったと分析する時、そこには作家作品を何らかの価値基準に基づき体系化する意図があるだろう。一九六〇年代以降のアフリカ系アメリカ文学批評は、主流と交わりつつもそれとは異なる流れとして自らの文学史の整合性を求め、またその整合性を支える批評を要請してきた。ハーレム・ルネサンスという時代区分／呼称の再考は、この体系化の過程で排除されてきた作家作品に光を当てると同時に、アフリカ系アメリカ文学という文学ジャンルそのものと、それを支える思想や価値基準を精査する作業でもある。

　この二十一世紀におけるハーレム・ルネサンスの見直しは、人種という枠組の解体や、文学史という体系への挑戦といった形で、現在進行形で取り組まれている。ジーン・アンドリュー・ジャレット編纂のアンソロジー『人種を超えたアフリカ系アメリカ人文学』（二〇〇六）は従来的な時代区分を極力排除し、一八六五年より現在までを四つに区切り作家作品を紹介することにより、ハーストンは一九四五年以降に紹介されている。また、ソラーズ編纂の『アメリカの新しい文学的歴史』（二〇〇九）は時代区分を徹底的に排除し、十六世紀から現代に至るまでの年号とその年において重要な「文学的」事項を取り上げている。本書では、ハーレム・ルネサンスの項目は無く、「一九二六年」に雑誌『ファイア‼』がエントリーし、アラン・ロックの『ニュー・ニグロ』が象徴するハーレム・ルネサンスに対するオルタナティブとしてのアフリカ系アメリカ人作家の活動が紹介される。こうした見直しの作業は、ハーレム・ルネサンスの否定ではなく、その更なる複雑さと突拍子も無い魅力を掘り起こすための二十一世紀的な営為なのである。

第八章　汚染の言説
――『パラダイス』における自然と女性

浅井　千晶

はじめに

トニ・モリスンの七作目の小説になる『パラダイス』（一九九八）は、南北戦争後の再建期に黒人だけの「パラダイス」の建設を夢見て、深南部からオクラホマへ移住した黒人とその子孫の物語である。小説『パラダイス』は、ヴァレリー・スミスが指摘するように、「そのタイトルに込められた理想的な社会と創造神話を呼び起こし、守られた均質的な世界を創造して維持しようと求めることの比喩として展開される」（一四三）と考えてよいだろう。『パラダイス』の主な舞台は、漆黒の肌をもつ黒人によって建設されたオクラホマ州の小さな町ルビーとルビーから一七マイル離れた場所にある通称「修道院」である。町の建設から四半世紀が過ぎた物語冒頭の一九七六年七月、ルビーではさまざまな問題が露呈し、町は崩壊の危機に瀕している。そこで、みずからが理想としてきた共同体の内部から諸問題が発生していることを受容できない九人の男たちが、蜜月旅行の最中に花嫁が姿を消したこと、一つの家族に四人の肢体不自由児が生まれたこと、元旦に二人の兄弟が撃ち合いをしたこと、「これらの大惨事全部をつなぐ一つのもの、それは修道院にあった。そして、修道院には例の女たちがいた」（一一）と結論し、修道院襲撃を決行するのである。

襲撃された修道院は、元は二十世紀初頭に賭博師によって建てられた屋敷を修道女たちが先住民の少女の教化を目的とする「クライスト・ザ・キング先住民女子学校」に改装したものだが、今ではあちこちから流れてきた五人の女が暮らす場所になっている。九人の男たちにとって修道院の女たちは、「汚穢」(三)、「岩屑」(四)であり、「害毒」(四)である。これらの語句から明らかなように、彼らは修道院の女たちを汚染や害毒とみなしているので、ためらうことなく、「神は自分たちに味方していると信じて」(一八)修道院を襲撃できるのだ。では、『パラダイス』における「汚染」とはどのようなものであろうか。そもそも「汚染」は排除しなければならないものであろうか。本稿は、『パラダイス』の中に描きこまれた自然環境に注意を払いながら、ルビーの社会に潜む不安を「汚染」というキーワードから読み解く試みである。

一　理想の楽園に生じる瑕きん

『エデンの再創造――西洋文化における自然の運命』のキャロリン・マーチャントによれば、ヨーロッパから移住した白人がアメリカ大陸で楽園を建設しようとする際に失われたキリスト教的楽園を回復しようとするのとは異なり、奴隷として連れてこられたアフリカ系アメリカ人にとっての楽園創造は失われた土地を回復する物語である(一六五)。たしかに、『パラダイス』において楽園を創造しようとする「エイト・ロック」と呼ばれる漆黒の肌をもつ一族、ゼカライア・モーガンとその一行は、先住民族の居住するオクラホマ・テリトリーの一角に入り、交渉と労働の結果、ステイト・インディアンからその土地を譲渡される。旧父祖(the Old Fathers)と呼ばれる彼らはオクラホマに定住する土地を得て、ヘイヴン(避難地)と名づけた共同体を築く。第二次世界大戦後、ヘイヴンの衰退を目撃したモーガン家の双子ディーコンとスチュアードたち「新父祖」十五人も、新たな楽園の創造を目指し、オクラホマのさらに奥地に彼ら自身の理想の町ルビーを建設した。

しかし、肌の色の濃い黒人の楽園として建設されたルビーは、人種的純粋さを絶対的信条とする排他的な社会であり、その人種的純粋さには最初から瑕がある。なぜなら、町の私家版家系図を作成するパトリシアの父ロジャー・ベストはモーガン兄弟とともにヘイヴンを出発した新父祖の一員だが、パトリシアが語るように、ロジャーは「血の掟を破った最初の人間」(一九五)でもある。ロジャーの妻デリアは「茶色の髪の毛、蜂蜜の斑点がついたような目」(二〇〇)をしており、肌が白く、ロジャーが呼び寄せたときには既にパトリシアを出産している。注目すべき点は、スチュワードがデリアを「おれたちが捨ててきた汚物」(二〇二)とみなしていることで、人種の純血を損なうものは「汚物 (dung)」であり、純血を理想とする共同体は最初から汚染されていると言えるだろう。そのため、新父祖であるにもかかわらず、ルビーの一大行事であるクリスマスの祝祭劇の主要登場人物からベスト家は除外されることになる。さらに歴史を遡れば、ヘイヴンへ入植する旅の途上で、孤児であり素性が不明なローンを連れ去ってデュプレイ家の一員に加えており、人種や出自というカテゴリーが、堅固なものでも永続的なものでもないことを示している。

他の町からは距離があり、地理的に孤立している町ルビーといえども、国際情勢や社会の変化の影響は免れず、日常生活も変化していく。修道院襲撃の頃には、若い世代に公民権運動やアフリカのルーツを主張する新しい信条が浸透し、世代間の葛藤が生じている。町の変化を如実に示すものが、オーヴンとオーヴンの口にはめこんだ鉄板に刻まれた文字の解釈である。多くの先行研究が論じてきたように、オーヴンはエイト・ロックの黒人の歴史の礎となったものであり、象徴的に重要である。このオーヴンは、旧父祖たちがヘイヴンに入植したときに作った最初のもので、「彼らを養い育て、また彼らがやりとげたことの記念塔となった」(七)からである。一九一〇年のヘイヴンでは、大きなオーヴンは調理のための器具であるだけでなく洗礼にも用いられ、生活の中心にあった。しかし、二十世紀後半の家電製品の普及と生活の変化により、ルビーの指導者の一人であるディーコン・モーガンが目にするオーヴンは、怠け者の若者がラジオやレコードの音楽を聞いてたむろする場所になっている。便利な家電製品の普及によりかつては実用的だったオーヴンが形骸化したように、内外からルビーという共同体に変化を迫るものは多い。

新父祖の息子たちはベトナム戦争に従軍し、ディーコン・モーガンの二人の息子のように戦死した者もいれば、修道院襲撃に加わるジェフ・フリートウッドやミーナス・ジュリーのように帰還した者もいる。帰還後ミーナスは酒浸り、ジェフ・フリートウッドとスウィーティの四人の子どもは生まれつき障がい児で、修道院襲撃の理由の一つとなる。この子どもたちに障がいがある原因は作品内で明記されていない。純血を保ちながら家系を維持するために近親間で「引き継ぎ」(一九六)が密かに行われるなど、小さな共同体内で濃厚な婚姻を繰り返した結果である可能性も十分ある。だが、ジェフがベトナム戦争帰還兵であることを考慮すると、三石庸子が指摘するように、「アメリカ軍が一九六一年十一月からベトナムに落とした枯葉剤の影響」(三一六)が原因である可能性は否定できない。実際、一九七〇年代には帰還兵の子どもに奇形の発生率が高いことは、既にアメリカ社会で認識されていた。環境批評の先駆者であるローレンス・ビュエルは「汚染の言説」(toxic discourse)を「人為的な科学操作によって引き起こされた環境汚染の脅威に対する不安や恐れを言語化したもの」(三二)と定義している。核汚染や化学物質による汚染は後の世代に影響が現れる場合も多く、不可視の汚染の脅威に対する不安や恐れは強大である。『パラダイス』の物語では、障がい児を取り上げた助産師にまで非難の目が向けられており、目に見えない恐怖の大きさが示唆されている。

二　自然をめぐる問題

『パラダイス』では、野性のバイソンやウズラ、修道院でしか育たない辛いトウガラシ、ルビーで庭に咲く花とそこに飛来する白やクリーム色やオレンジ色の蝶々など、物語の随所に動植物が描かれている。また、『パラダイス』が聖書を踏まえていることを反映して、メイヴィスが見るムクゲ (Rose of Sharon) やディーコンとコンソラータが逢引した休閑地に生えているイチジクの木、オーヴンの跡地に眠る緑色の蛇などは、旧約聖書とエデンの楽園を連想させる。ただし、物語現在のルビーでは、オーヴンが実用的な価値を失ったのと同様、庭で育つ植物は食物ではなく観賞用の花である。これらの庭は、人を大地と結び付けてはいるが、花の栽培は隣人と美しさを競うものになり、「本当に生産的な大地のパートナーではなく、表面的な関係を具現する」（ハント　一二四）ものになっていた。

自然界はときに人間にとって苛酷である。『パラダイス』においても、旧父祖たちがオクラホマで土地を所有するためには、「自然界が課すテスト」（九九）を毎日一人で受けなければならなかった。彼らが築いた町ヘイヴンでは、ネイサン・デュプレイと妻のマースは、オクラホマ州を襲った竜巻によってすべての子どもたちを失っている。新父祖たちが築いたルビーでは、アンナ・フラッドの食料品店に寄った白人一家が大吹雪に巻き込まれて立ち往生し、ノスリの餌食になった。人間は竜巻や吹雪のような自然現象を支配できないのである。

自然現象は厳しい現実をもたらす一方、治癒的な役割も担う。降雨は洪水をもたらすこともあれば、生命の維持に不可欠な水分を大地に供給することもある。物語の終盤、ローンはオーヴンの近くの乾いた川底をみて、「やがて降る雨が、二またに分かれたマンドレークの根を柔らかにすると同時に、乾いた川底も癒やしてくれるだろう」（二七三）と期待する。ここでは「癒やす」(remedy) という単語が使用されており、自然のもつ治癒力が強調されている。

雨の治癒力は大地だけでなく人々、修道院で暮らす女たちにも及ぶ、修道女メアリ・マグナの死後、修道院の庭で、みずからと同じ緑色の目、紅茶色の髪をした、神を想起させる旅人に出会い、自己を取り戻したコンソラータは、修道院に滞留する女たちに儀式を粛々と行う。その儀式の最後を飾るかのように、女たちは歓喜にあふれて「甘美で熱い雨のなか」で踊るのだ。[1]

ルビーの北では、とくに修道院では、雨の芳香が強かった。[中略] 指の上の雨はローションのような感じだった。それで、彼女たちは雨のなかに飛び出し、剃り上げた頭や上に向けた顔の上に香油のように注ぐ雨を受けた。はじめたのはコンソラータで、他の女たちはすばやく彼女に合流した。世界には多くの大河があり、その土手や大洋の端で子どもたちは大喜びで水浴びをする。雨が少ない地域では、その喜びようはエロチックとさえ言えるほどだ。だが、これらの感覚といえども、甘美で熱い雨のなかで踊る聖なる女たちの陶酔感にはかなわない。

(二八三)

この場面では、各自の嫌な記憶を雨に洗い流されて、コンソラータをはじめとする修道院の女たちは自然とほぼ一体化している。さらに、大河や大洋のイメージは、コンソラータが語る、歌う女、ピエダーデが登場する海辺の世界と共鳴する。

時間をかけて準備した料理をテーブルに並べてコンソラータ・ソーサと名のり、修道院にいるのなら指示に従うようにメイヴィス、ジジ、セネカ、パラスの四人に告げたコンソラータは、海辺の聖堂について語り始める。その海辺は、すもも色の魚が子どもたちといっしょに泳ぎ、果物やカーネーション、宝石に彩られた夢の国である。そこは男女の神々が会衆といっしょに祈りを捧げる、分け隔てのない楽園であり、「歌は歌うが、けっして言葉を話さないピエダーデと呼ばれる女性」（二六四）がいる。ピエダーデは言葉の壁もこえる存在である。前述の雨のなかで踊った後、修道院に戻り、幸せな気分でいる四人はコンソラータにピエダーデの話をせがむ。

「わたしたちは海辺の道にすわっていたの。彼女は、わたしをエメラルドの水で湯浴みさせてくれた。〔中略〕ピエダーデの歌は波を静め、波は海が開けて以来聞いたことのない言葉に耳を傾けて、逆巻く途中で停止するの。多彩な鳥を肩に止まらせた羊飼いが、彼女の歌を聞いて自分たちの人生を思いだそうと山を降りてきたわ。」

（二八四―八五）

この海辺もエメラルドの水にみち、人々はピエダーデの歌を聞くために集まり、波は歌声で静まる、牧歌的な楽園の光景である。しかし、物語の最終章に描かれる海辺の楽園は純然たる楽園ではない。

大洋の静けさのなかで、薪のように黒い女が歌っている。〔中略〕周囲の汀で光るのは、海の藻屑。破れたサンダルのそばできらめく捨てられた瓶の蓋。小さなこわれたラジオが、静かに寄せては返す波を奏している。

（三一八）

ここでは海辺は、破れたサンダル、瓶の蓋、こわれたラジオといった日常生活の廃棄物があふれている。ジャスティン・ベイリー『トニ・モリスンと文学的伝統』（二〇一三）、森あおい「周縁化された存在を取り戻す――『パラダイス』における沈黙、暴力、自然」(二〇一三)、鵜殿えりか『トニ・モリスンの小説』(二〇一五)等が論じているように、この海辺は、文明社会が排出したものが押し寄せる汚れた海岸である。さらに、ラジオは、ディーコンが嘆く「怠け者の若者」(二一二)がオーヴンのまわりでたむろして聞いているものでもあり、ケアリ師の日曜の説教によると、テレビや映画とともに拒絶すべき「快楽の装いをした現代的な悪」(二七五)の一つである。

『パラダイス』の結末の海辺の情景は、海洋生物学者であり環境問題を警告したレイチェル・カーソンがエッセイ「たえず変貌するわれらの海辺」(一九五八)で嘆いた海岸の状況と同様であり、海洋も海辺も汚染されていることを示唆している。このような日常生活の廃棄物が果てのない仕事を担う前にしばらく休む「パラダイス」にあることは、「パラダイス」が純粋無垢で穢れのない場所ではないことの証左である。作品冒頭の九人の男たちによる修道院の襲撃は、「汚染」が内部から発生していることを受容できない集団の抵抗であると解釈することができるだろう。

三　支配できない女たち――フェアリ、ローン、修道院の女

すでに述べたように、理想とする共同体内部から諸問題が発生していることを受容できない男たちは、責任の所在を他に求めて修道院を襲撃するが、襲撃の本当の理由は正直に語られない。『パラダイス』の物語は時系列に沿って進行するのではなく、過去と現在が交錯しながら進み、冒頭の修道院襲撃の直前の男たちの様子は、作品の終わりに近いローンの名が付された章で詳しく語られる。ローン・デュプレイは修道院襲撃の時に八六歳、助産を生業としており、ヘイヴンの最盛期から現在のルビーまで、モーガン家を中心とする共同体の人々の生活をよく知る存在である。ローンは、旧父祖がオクラホマに向かう途上で拾われた孤児である。彼らは芝土の家のドアの外で静かに座って

いる子どもに気づき、家の中には死んだ母親がいるだけだったので、当時十五歳のフェアリ・デュプレイが強く主張して、その子は一行に加えられたのだ。この子どもは、孤独なという意味のローン(Lone)と名づけられ、デュプレイ家で育てられた。フェアリがローンに助産の技術をすべて教えたので、フェアリの死後、ローンがその衣鉢を継ぐのは当然のなりゆきだった。

この章の冒頭、ローンは早朝にマンドレーク（マンダラゲ）を採集するためにオーヴンの近くの土手にいき、オーヴンの周りに集まった男たちの言葉を聞くことになる。『イメージ・シンボル事典』に記されているように、旧約聖書にも描かれているマンドレークは、古代からその毒性のため吐剤や下剤として医療に使われたり、媚薬に用いられたりするナス科の植物である。根が二またに分かれるため、人形《ひとがた》にも使われ、魔術に縁が深い。ローンは目を閉じて「汝の意志を」とささやくことで、男たちが声に出して言っていることも、声に出さないことも、まるで男たちの間に立っているかのように聞こえてくる。身体感覚をこえて声が聞こえることは、ローンが魔術的な力をもつことを示している。

さて、ローンは、男たちが密談で、修道院の女たちを「悪魔を喜ばす」（二七五）存在、「雌犬だ、むしろ魔女のようだ」（二七六）と非難しているのを聞き、「修道院ではなく、魔女の集合」（二七六）と考えた男たちが修道院を襲撃することを察知し、ルビーの町に助けを求めにいく。魔術的な力をもつローンだけでなく、修道院で暮らす女性たちが魔女とみなされていることは、ルビーと修道院の間の道が「魔女の道」（四）とされていることにも示されている。

ここで「魔女」とは何か簡単に歴史をふりかえってみよう。西洋における「魔女」の歴史は古く、中世ヨーロッパでは、キリスト教に反するものは魔術であり、魔女狩りが繰り返し行われてきたのはよく知られた史実である。バーバラ・エーレンライクとディルドリー・イングリッシュが『魔女、産婆、看護婦——女性医療家の歴史』で記述するように、中世ヨーロッパの歴史を通して、魔女として告発されたのは、第一に誘惑を示唆する女性のセクシュアリティであり、第二に集団でいることである。第三に、「害を与えるだけでなく癒しを与えることも含め、健康に影響する魔術的な力をもつことで告発された。彼女たちはしばしば、とりわけ医薬や助産の技術をもつことで非難された」(三九)。興味深いのは、医薬や助産の技術をもち、人々を癒やし、助ける女性が魔女として告発されてきたことである。当時、王侯貴族には上流階級の男性により医療が提供されていたのであり、「事の核心は支配」(同　四五)、男性支配階級がすべてを支配することにあったのだ。言い換えれば、男性が支配できない存在は魔女とみなされる可能性がある。これは中世ヨーロッパに限らず、北アメリカにおいても長年同様であった。

『パラダイス』の修道院に住み着いた女たちは、前述の「魔女」の三つの条件をみたしている。モーガン家の唯一の後継者となるK・Dと性的関係をもったジジは女性のセクシュアリティを体現する存在と言えるだろう。男性の力を必要とせず、「自分たちだけ暮らしていくことを選んだ」(二七六)修道院の女たちは、権力を握って支配したい男たちにとって、女性だけの集団でいること自体、問題視される。町の中心的人物のモーガン兄弟は二人とも「支配できないものには、我慢できない」(二七八—七九)性質である。また、ローンやコンソラータは薬草や医療、助産の知識を持ちあわせている。フェアリはローンに、産婆として生死の境界に立ち会うことが孕む危険をこう忠告した。

「男たちは、わたしたちが怖いのよ。これから先もいつも怖がっていると思うわ。彼らにとってわたしたちは、彼らと妻が孕んでいる子供との間に立つ死の侍女なのよ」こうした時期、産婆とは干渉者、命令を下す者であって、その人間の秘密にあまりに多くのことがかかっており、その依存性が彼らをいらだたすのだ、とフェアリは言った。(二七一)

つまり、ローンが魔女とみなされる理由の一つは、男性が支配できない領域で生死をつかさどるからである。コンソラータをはじめ修道院で暮らす五人の女たちも、男性の支配下におさまらない存在として、襲撃されることになる。

フェアリとローンが生業にし、古くから女性により担われてきた助産の仕事は、二十世紀に入ってしだいに専門化される医療制度により、医師に取って代わられるようになった。同様に、薬草を採取したり栽培したりして治療に役立てる行為も、近代医療のなかで専門的教育を受けた薬剤師に取って代わられた。アメリカ合衆国では、西洋の近代医学をおさめた医師が民間で医療を担ってきた女性を資格や免許がなく、技術が劣るという理由で迫害し、排除したとされる。一九一〇年にはおよそ半分の子どもが産婆によって誕生させられたが、産婆は「汚く、無知で無能である」(エーレンライク&イングリッシュ　八六)と産科医に不当に嘲けられ、徐々に数が減少した。ローン・デュプレイも、そのような制度化された医療により職を失った側面は、物語内で産婦にとっての病院の居心地のよさが述べられており、明白である。しかし、ローンに仕事の依頼がないのは、彼女が悪魔術を施している疑いがかけられているからでもある。フリートウッド家の四人の子どもを取り上げたローンは、ただ産ませただけではなく、「まるで彼女が赤ん坊を作ったかのように、彼女の評判を汚したのだ」(二七一)。フリートウッド家の最後の障がいのある子どもが生まれて以来、ローンがまったく健康な母親の三十二人の健康な子どもを取り上げたとされているにもかかわらず、ローンは悪運のもとだという疑いと、病院の居心地のよさがいっしょになって、経験を積んだ仕事が奪われたのだ。

さて、ローン・デュプレイと修道院で長年生活しているコンソラータ(コニー)にはいくつかの共通点がある。まず、二人は孤児であり、ローンは「盗まれた子ども」(一九一)、コンソラータはおそらくブラジルで布教活動をしていたメアリ・マグナによって「誘拐され」(二二三)北アメリカに連れて来られた子どもである。また、ローンもコンソラータも、生と死を仲介する存在であり、ローンの魔術的な力はコンソラータに継承される。

カトリックの修道女にキリスト教の教義のもとで育てられたコンソラータは、最初は魔術的な力に否定的である。彼女は、「水との会話を思い描くこともなければ、普通の人間が自然力の結果に干渉できるとも、干渉すべきだとも思わなかった」(二四六)。しかしローンは、コンソラータにこのように説く。

「あんたには、わたしたちみんなに必要なものが必要なの。大地、空気、水。神様を神の要素から切り離しちゃいけないよ。神様がすべてを創造なさったんだからね。あんたは、神様と神様の仕事を分けようとがんばっているのさ。」(二四六)

最初は悪魔の仕業とみなしていた蘇生術を、身体のなかに「踏み込む《ステップ・イン》」かわりに、身体に「見いる《シー・イン》」と言い換えることで、コンソラータは受け入れる。さらに、メアリ・マグナの死を回避したい思いから、みずから積極的に試みることになる。コンソラータは人の生死に介入する、「死者を蘇生する術を身につけたのだ」(二二四)。コンソラータの天賦の才は「見る力」となり、それは「神が自由に使わせた才能。これは遠回りではあったが、彼女自身とローンの間の論争を解決し、あらゆる種類の不幸にたいするローンの治療」(二四七)をコンソラータに受け入れさせることになった。

コニーはコンソラータ・ソーサと名のるようになった後、ローンとは異なる表現で、神と神がつくったもの、神聖なものと神聖でないものを切り離すことはできないと言う。メアリ・マグナとの関わり、ディーコン・モーガンとの関わりから、精神と身体について、「けっして二つに分けてはいけません。けっして一つをもう一つの上に置いてはいけません。イヴはマリアの母です。マリアはイヴの娘です」(二六三)と明言する。蛇の誘惑にまけて楽園追放につながる罪を犯したイヴとキリストの母マリアの母娘関係を強調することは、キリスト教の信仰の枠をはずれる考え方であり、『パラダイス』はこの点でも、「もっとも明白にキリスト教を問いただすモリスンのテキスト」（ステイヴ　一一三）である。

結び

これまでの議論から、『パラダイス』において生死にみずから介入し従来のキリスト教信仰の枠におさまらないローンやコンソラータのような女性が魔女とみなされて忌避されるのは、彼女たちがルビーの支配者層の男性にとって、彼らの誇りである町の純血を汚染する脅威であり、不都合な存在であるからだと推測できるだろう。修道院で襲撃された女たちが跡形もなく消え去った数日後、アンナ・フラッドとマイズナー牧師は、みずからの目で事の顛末を確かめるために修道院を訪れる。そこで彼らが目にした庭は、手入れされていないために生じた死と無造作な成長が混在したものである。

> その彼方には、花と死があった。萎びたトマトの茎が、庭の金色の花のなかに自生している葉の多い緑色の作物に並んでいる。ピンクのタチオアイはあまりに背が高いので、その倒れた頭は、派手な色をした南京の花の蔓いっぱいに伸びている。人参のレースのような葉の部分は、玉ねぎの真っすぐな緑のスパイクの隣で、茶色く枯れているように見える。メロンは熟れた口をパックリ開き、汁の多い赤い歯茎を見せている。アンナは、なおざりと抑えがたい成長との混じりあいにため息をついた。（二〇四―〇五）（傍点は筆者）

ここには、放置されて萎びた植物もあれば、茫々と伸びる植物もあり、熟れ過ぎた果物もある。混然としながら成長を続ける植物は生命力の証にほかならない。この直後にアンナが手にした五つの温かい褐色の卵とマイズナー牧師が摘み取った修道院特有の色鮮やかなトウガラシは、鵜殿えりかが『トニ・モリスンの小説』で指摘するように、修道院の女たちを象徴していると考えられるだろう（二三七）。支配されていない混然とした庭は支配をこえた修道院の女たちにつながる。修道院の女たちがどこかで生きのびているかもしれないと期待するのに十分である。

本来「汚染の言説」は、有毒物質や環境汚染に対する不安や恐れを表現したもの、あるいはその意味やそれが形成されるに至ったプロセスや仕組を分析する概念を指すが、本稿ではその概念を敷延し、まるで有毒物質のように忌避される存在の表象も含めて「汚染の言説」と想定し、考察してきた。繰り返しになるが、『パラダイス』の最後の場面の海辺は汚染されている。日常生活の廃棄物が果てのない仕事を担う前にしばらく休む「パラダイス」にあることは、「パラダイス」が純粋無垢で穢れのない場所ではないことの証左である。『パラダイス』は、汚染を完全に排除することはできないこと、あるいはその必要がないことを示唆していると考えられる。

＊『パラダイス』からの引用は大社淑子訳を使用し、文脈に応じて一部変更させていただいた。

注

1　拙論「『パラダイス』とエコロジー的トポスの構築」の第二節において、雨による洗礼の意味を考察している。

引用・参考文献

Baillie, Justine. *Toni Morrison and Literary Tradition: The Invention of an Aesthetic*. Bloomsbury, 2013.

Buell, Lawrence. *Writing for an Endangered World: Literature, Culture, and Environment in the U.S. and Beyond*. Harvard UP, 2001.

Carson, Rachel. *Lost Woods: The Discovered Writing of Rachel Carson*. Edited by Linda Lear. Beacon, 1998.

Ehrenreich, Barbara. and Deirdre English. *Witches, Midwives & Nurses: A History of Women Healers*. Second edition. Feminist Press, 2010.『魔女・産婆・看護婦——女性医療家の歴史（増補改訂版）』長瀬久子訳、法政大学出版局、二〇一五年。

Hunt, Kristin. "Paradise Lost: The Destructive Forces of Double Consciousness and Boundaries in Toni Morrison's *Paradise*". *Reading Under the Sign of Nature: New Essays in Ecocriticism*. Edited by John Tallmadge and Henry Harrington. U of Utah P, 2002. 117–27.

Merchant, Carolyn. *Reinventing Eden: The Fate of Nature in Western Culture*. Routledge, 2004.

Mori, Aoi. "Reclaiming the Presence of the Marginalized: Silence, Violence, and Nature in *Paradise*." *Toni Morrison: Paradise, Love, A Mercy*. Edited by Lucille P. Fultz. Bloomsbury, 2013. 55–74.

Morrison, Toni. *Paradise*. Knopf, 1998.『パラダイス』大社淑子訳、ハヤカワ epi 文庫、二〇一〇年。

Smith, Valerie. *Toni Morrison: Writing the Moral Imagination*. Wiley-Blackwell, 2012.『トニ・モリスン——寓意と想像の文学』木内徹・西本あづさ・森あおい訳、彩流社、二〇一五年。

Stave, Shirley A. "From Eden to Paradise: A Pilgrimage through Toni Morrison's Trilogy." *Toni Morrison: Memory and Meaning*. Edited by Adrienne Lanier Seward and Justine Tally. UP of Mississippi, 2014. 107–18.

Wallace, Kathleen R. and Karla Armbruster. "The Novels of Toni Morrison: 'Wild Wilderness Where There Was None'." *Beyond Nature Writing*. UP of Virginia, 2001. 211-30.

浅井千晶「『パラダイス』とエコロジー的トポスの構築」『エコトピアと環境正義の文学——日米より展望する　広島からユッカマウンテンへ』スロヴィック・伊藤・吉田・横田編、晃洋書房、二〇〇八年。二六五—七八頁。

鵜殿えりか『トニ・モリスンの小説』、彩流社、二〇一五年。

フリース、アド・ド『イメージ・シンボル事典』、大修館書店、一九八四年。

三石庸子「モリスンの『パラダイス』における身体の記憶——消えた死体、そして女性の身体の過剰な痕跡」『ハーストン、ウォーカー、モリスン——アフリカ系アメリカ人女性作家をつなぐ点と線』松本昇・君塚淳一・鵜殿えりか編、南雲堂フェニックス、二〇〇七年。三〇六—二一四頁。

森あおい『トニ・モリスン「パラダイス」を読む——アフリカ系アメリカ人の歴史と芸術的創造性』、彩流社、二〇〇九年。

第九章　共喰いする雌ガニ
――『ラヴ』にみる裏切りの装い

深瀬　有希子

はじめに

トニ・モリスンの第八作目の小説『ラヴ』（二〇〇三）は、アメリカ南東部海岸の自然にアフリカ系アメリカ人起業家一族の人生を重ね、一九三〇年代から五〇年代にかけて栄えたホテルを舞台に男女の愛憎関係を描いている。小説の現在は、ホテルの経営者ビル・コージーの死から二十年ほどたった一九九〇年代に設定され、いまや年老いたコージーの孫娘クリスティーンと、もともとは彼女の幼なじみで後にコージーの妻となったヒードとが、古びた屋敷に住みながらコージー家の遺産をめぐり憎み合っている。

本稿ではまず、アフリカ系アメリカ人によるホテル業の歴史に照らし本作品に描かれるコージーズ・ホテルの成り立ちをみたあとで、モリスンがクリスティーンとヒードの関係をアメリカ南東部の特産品として食される「雌ガニ（she-crabs）」に喩えている点に注目する。その表象を実際の雌ガニの生態とあわせて読み解くことにより、彼女らが黒人起業家ビル・コージーという波にもまれるもそれを乗り越え、廃墟となったホテルに自身のホームを見出す姿を明らかにする。

一　アフリカ系アメリカ人によるホテル業の創設

アフリカ系アメリカ人起業家に関するジュリエット・ウォーカーの研究によると、彼らが始めたホテル業は一九四〇年代後半から一九五〇年代後半にかけて「繁栄した」。一八九六年の「プレッシー対ファーガソン判決」から続いていた「分離すれども平等」の原理が黒人専用ホテルの建設を必要とし、一九五〇年代初期には黒人のみならず白人投資家もまた、消費者としての黒人旅行者に目をつけた。ホテル経営者は黒人旅行者のために「最低限の施設が備わったモーテル」を提供するか、あるいは逆に、「新たなフロンティア」として豪華な黒人専用ホテルを開拓した（ウォーカー　二五五―五六）。しかしながら、黒人専用ホテルの建設は経済的利益を優先して進められたため、公民権運動後に白人と黒人とが共に宿泊可能な人種統合型ホテルが建設されると黒人専用ホテルの需要は落ち込んだ。

このようにアフリカ系アメリカ人にとって公民権獲得と経済的向上とが容易に連動しない様子は、本小説『ラヴ』においても「四〇年代には、コージーズ・ホテルで過ごす休暇を得意げに話していた人たちは、六〇年代になると、ハイアットやヒルトンに宿泊したりバハマ諸島やオーチョ・リオスへクルーズに出かけたことを自慢するようになった」と描かれている（八）。そこで、コージーズ・ホテルが誕生した経緯を辿ってみると、それは公民権運動時代よりさかのぼること大恐慌時代に、ビル・コージーが白人から土地を買い取ったのを端緒とする。その資金は彼の父親が白人警察官のために働く「犬」として「悪意のこもった灰色の目で皆を見張った」結果、蓄えられたものだった（六七―六八）。人種に対する裏切りをもとにしていたとはいえ、ビル・コージーは「音楽があるところには金がある」と信じ、「黒人が従業員の通用口ではなく正面玄関から入り、台所ではなく食堂で食べ、客と一緒にすわり、車やバスの中とか町外れの売春宿ではなく、ベッドで眠ることのできる場所」という、まさにホスピタリティを体現するホテル業を拡大する（一〇二）。しかしながら、コージーズ・ホテルは次第に排他的になり、ホテルの建つアップ・ビーチに住まう地元の黒人たちは従業員としてその場に出入りすることのみが許された。そのようなある日、海辺に引かれた階級のラインをすっと飛び越えて、ビル・コージーの私的な領域、つまり彼のホームに入りこんだ人物がいた。それがコージーの孫娘クリスティーンの友人、後にコージーの妻となるヒードであった。

二　スーカー・ベイの「美しき泳者」

ウィリアム・W・ワーナーのピュリッツァー賞受賞作品『美しき泳者』（一九七六）は、アメリカ南東部海岸に生息するアトランティック・ブルー・クラブの生態を象徴主義的に描いた作品である。以下ではワーナーらの説明を頼りに、ビル・コージーと彼の最初の妻ジュリア、さらには五十二歳になったビル・コージーと彼の幼な妻ヒードとの間にみられる愛の姿を読んでいきたい。ワーナーも言うように、アトランティック・ブルー・クラブが「美しき泳者」という名で知られる所以は、生殖時における雄ガニの「慈悲心」と雌ガニの「優雅さ」にあるという。大西洋を臨む海岸を舞台に雄ガニと雌ガニは向き合って「求愛ダンス」をしたあとで「雄ガニは彼が選んだ相手を海の中へ運び、彼の下で彼女を揺する」（コッパー　三七）。そしてこの「美しき泳者」たちの様子は、コージーと彼の妻たちによる愛の営みに重なる。本小説の語り手兼登場人物であるエルは、ビル・コージーが彼の最初の妻ジュリアを海中で抱いたときに示した優しさと優雅さを次のように思い出す。

私が初めてコージー氏を見たとき、彼は妻ジュリアを腕に抱いて海の中に立っていた。彼女の眼は閉じられていて頭は前後に揺れていた。そしてジュリアの薄青色の水着は、波と彼の力しだいで、膨らんだり平らになったりしていた。彼女は片方の腕をあげて彼の肩に触れた。彼は彼女を彼の胸に向き合うように抱き直して海辺へと運んでいった。(六四)

コージーに抱かれた妻ジュリアが身に着けた「薄青色の水着」が海中で揺れる様子はまさに、生殖期のアトランティック・ブルー・クラブの雄ガニと雌ガニが優雅に漂う姿さながらである。しかしながら、ホテルが建つ海辺で育まれたコージーとジュリアの愛は長くは続かない。コージー家の財産が人種に対する裏切りをもとに成し遂げられたという事実を知って衝撃を受けたジュリアは、幼い息子ビリー・ボーイとコージーを残して亡くなってしまうばかりか、ビリー・ボーイも結核のため若くしてこの世を去る。

このように海辺は愛の営みの場所として選ばれるもそこに寄せて立つ波はビル・コージーが愛した者たちをさらっていってしまう。しかし、再び打ち寄せる波がもう一人の「美しい泳者」、あるいはもう一匹の「雌ガニ」をコージーのもとに運んでくる。コージーズ・ホテルの近くに住む貧しい黒人一家に生まれた少女ヒードは、ホテルの建つ海辺に足を踏み入れ、同い年でコージーの孫娘であるクリスティーンと出会う。「あるとき少女は遠くまで行き過ぎてしまった。[中略] 白いリボンを髪につけて赤い毛布に座っているもう一人の少女がアイスクリームを食べていた。『こんにちは。少し食べない?』二人が桃入りのアイスクリームを食べていると、微笑をうかべた女性がやって来てこう言った。『さあ、あっちに行きなさい。ここは私有地なのよ』」(七八)。このように階級差を超えて二人の少女ヒードとクリスティーンとが出会った海辺は、その後まもなくして当時五十二歳のコージーと十一歳の妻ヒードのための愛の場所となる。

結婚式の夜、ヒードはコージーの腕に抱かれて海の中に入っていった。居心地の悪い披露宴をそっと抜けて、裏口から夜の闇に忍び出た。コージーはタキシードを着て、ヒードはぶかぶかの花嫁衣裳を着て、二人は砂浜に広がる草を通りぬけ、細かな砂の海辺へ駆け出した。服を脱ぐ。交わりはなく、血はない。痛みも不快感もない。ただ、コージーがヒードの体をなで、いつくしみ、そして海の中へひたした。彼女の背中は弧のかたちを描いた。彼は彼女の後ろに立ち、彼の手を彼女の膝の後ろにあて、彼女の両足を打ち寄せる波にむかって広げた。

（七七―七八）

しかしながら、実際の「美しき泳者」たるアトランティック・ブルー・クラブの場合とは異なり、ホテルが建つ海辺はビル・コージーとヒードのための再生産の場所とはならなかった。一九七〇年代に入りビル・コージーが亡くなると、彼らの間に子供が生まれなかったことが理由で、この海辺は幼なじみのクリスティーンとヒードにとっての争いの場へと変わるのであった。

三　共喰いする雌ガニ

語り手兼登場人物のエルは、コージーズ・ホテルの経営が終わりを迎えたのは、缶詰工場から出るカニの悪臭がホテルの建つ海辺に広がったためでも、公民権運動後に黒人観光客が人種統合型ホテルへと去ってしまったからでもなく、クリスティーンとヒードがコージーの遺産をめぐり内輪もめを続けたためだとし、「彼女らはコージーのホームを、争う雌ガニ (quarreling she-crabs) の樽に変えてしまった」と述べる（二〇一）。先にアトランティック・ブルー・

クラブの例で確認したように、モリスンは自然界の生殖活動に登場人物たちの愛の営みを重ね、さらに人間界における再生産の不成立をコージーとヒードの夫婦関係を通じて描くことにより、再生産を自然とする言説に疑問を投じているようである。そう仮定した上で問い進めてみると、ビル・コージーとヒードとの間の再生産の不成立ゆえに、いまやクリスティーンとヒードとの間に「雌ガニの争い」が展開するのにはどのような意味があるのだろうか。すなわち、「雌ガニの争い」は再生産を自然とする言説に疑問を投じて抗うことがもたらす負の結果なのであろうか。以下では、フィリップ・コッパーによる「雌ガニ」の性質に対する説明を引きながら、モリスンがこの海辺の生物を用いて再生産という言説の不自然性の問題に取り組む様子を考察していく。

そのためにまず改めて本作品の冒頭に戻ってみると、そこではアメリカ南東部海岸地域がスペイン人によって「発見」された際に、「スーカー・ベイ (Sooker Bay)」と名付けられた経緯が説明されている。「わたしたちの海岸は砂糖のようだった。〔中略〕スークラと彼らは呼んだ。その土地の白人たちが音を伸ばして呼ぶうちにスーカーとなった」(八)。実はこの「sook」という言葉自体に「弱いもの」「自信がないもの」そして「雌ガニ」という意味があるのだが、ここで生物学的説明としてコッパーを引くと、「雌ガニ」のなかでも成熟して生殖直前の「雌ガニ」を「sook」と呼び、他方、未成熟で生殖の段階に至っていない「雌ガニ」を「she-crabs」と呼んで区別するという(三六)。特に後者は「攻撃的」で「したたか」であるそうだが、彼女らがその殻を脱ぐとき、すなわち、成熟して生殖の準備が整ったときには「弱く、敵に狙われやすく」なる。

殻を脱ぐ前、敵に狙われやすく弱い存在となる雌ガニは、浅瀬にある甘藻に身を隠す。漁師たちは、特に柔らかくて曲がりやすい殻をもった脱皮直前の雌ガニを捕まえると、それが完全に殻を脱ぐまでは海に浮く生け簀の中に取り分けておく。そして、その生け簀の状態は頻繁に確認されなくてはいけない。というのも、雌ガニは捕獲された状態にあると、お互いを喰い殺してしまうからだ。しかし、こうした共喰いが野生状態でも起こるという証拠はない。(三七)

生殖直前の雌ガニが捕獲され生け簀に入れられると、今度はその中で共喰いしてしまう可能性があるというこの指摘に基づくと、クリスティーンとヒードをして「争う雌ガニ」と表すのは、彼女らが共にコージーズ・ホテルという生け簀、あるいはコージーズ・ホテルという再生産を自然とする場にて捕らわれの身になった結果、お互いに憎しみ合いまた自身をも破壊していく姿を描くためであったと言うことができるだろう。

しかしながら、本作品における次の描写は、「共喰いする雌ガニ」としてのクリスティーンとヒードとの関係性に複数の解釈が成り立つ可能性を示す。まずヒードは、もともとの出自はともかくコージーの妻として贅沢な生活を送り「これまで一度もカニをつまみ上げたこともなく、ザリガニや貝も扱ったこともない」にもかかわらず、彼女の手は「そういった魚介類を扱う工場労働者の手よりも醜く」、「それぞれの指が他の指と反対のほうにゆるやかに曲がっている」ため日常生活に不便をきたしている(七一、二八)。それに対してクリスティーンは、祖父コージーの屋敷に留まるための住居費を支払う代わりに、ヒードのために日々の食事の仕度をする。けれどもヒードは、地元の黒人たちとは異なり、自分は「カニやエビ(shellfish)は食べない」と主張してクリスティーンの料理を拒む(二八)。

ヒードはキャセロールの蓋を取って、また閉じた。「わたしの嫌いなものばかり」と彼女は言った。「とってもおいしそう」とジュニアは言った。

「じゃあ、召し上がれ」とヒードは言った。

ジュニアはフォークでエビを口の中に入れてうなった。「うーむ、おいしい。あの人、本当に料理が上手ね」

「彼女が知っているのは、わたしがカニやエビは食べないってことよ」(二八)

このようにヒードがカニやエビを用いた料理を拒む態度の一つの理由は、コージーの屋敷に留まるクリスティーンの存在を否定するためだとまずは読める。その上で先にみたコッパーによる「共喰いする雌ガニ」への言及を考慮すると、ヒードが甲殻類を食さないのは、自分自身ならびにクリスティーンをも、生殖直前に弱く敵に狙われやすくなる雌ガニに同一化しているゆえではないかとも考えられる。ヒードは、意識的にあるいは無意識のうちに、自身とクリスティーンとがコージーの屋敷にて「共喰い」状態に陥り死すことを拒む。それはすなわち、ヒードのクリスティーンに対する裏切りを装う愛の姿であった。

四　雌ガニのホーム

物語の現在である一九九〇年代のある日、秘密の計画を携えてヒードとジュニアはスーカー・ベイに打ちひしがれて廃墟となったコージーズ・ホテルに向かい、その後すぐにクリスティーンが二人を追う。いまや共に歳を重ねたクリスティーンとヒードが、遺産権を証明する文書を見つけようと朽ちたホテルの薄暗い屋根裏部屋に苦労して登り歩きまわる姿は、機敏な「雌ガニ」と呼ぶには程遠く、むしろジュニアこそがその名にふさわしい。狡猾なジュニアは、ヒードではなく彼女自身に利をもたらす偽文書の作成を企むだけでなく、屋根裏部屋の床に仕掛けを施しヒードとクリスティーンの命を奪おうとする。

実際、ヒードがジュニアの罠にかかり屋根裏部屋から転落して重傷を負い、クリスティーンはヒードの痛みを和らげるものをホテルの中で探している。そのときクリスティーンは、幼い頃に自身が身に着けていた小さな「薄黄色のビキニ・トップ」を見つける（一八五）。生殖の準備が整った雌ガニが脱ぎ捨てる「殻」に見立てられる「薄黄色のビキニ・トップ」は、ビル・コージーによって奪われた少女のセクシュアリティを示唆している。少女クリスティーンはある日、ビル・コージーがヒードに対して性的興奮を抱いている現場を目撃して動揺し、そのとき身に着けていた「薄黄色のビキニ・トップ」の上に嘔吐した。その事件からおよそ半世紀がたったいま、クリスティーンは「その小さな布切れで顔と首の汗をぬぐうと、床に投げ捨てる」（一八五―八六）。その仕草は「薄黄色のビキニ・トップ」が罪の誕生の証拠であり、またそれは成熟した「雌ガニ」としてのクリスティーンが自ら脱ぎ捨てる「殻」であることを意味する。かつては生け簀たるコージーズ・ホテルに捕らわれた「雌ガニ」の「殻」が脱ぎ捨てられたいま、クリスティーンとヒードの目の前には心地よい穏やかな少女時代の日々の思い出が押し寄せてくる。

細い息を吸いながら、ヒードは記憶のようにまぶたの後ろにひそんでいそうな涙を抑える。でも、壁紙いっぱいに広がる勿忘草が、この真っ暗闇の中では、昼間の光で見るよりも鮮やかだ。あれがあんなに欲しかったのはどうしてだったのだろう。ホームだ。ドアを開けてホテルに入ったとたん思った。ホームにいるのだ。（一八三）

おわりに――新しい風景の創出

トニ・モリスンがこれまで発表した作品において、いわゆる白いアメリカ文学の物語学的伝統を見直してきたことは多くの批評が示す通りである。その一例として、アメリカ植民地文学にジェンダー批評を接続したアネット・コロドニーの論考を踏まえつつ、テッサ・ロイナンは、コージーが少女ヒードを妻として迎え入れるという本作品の設定は、「アメリカという土地を英雄的な征服者によって侵された無垢な処女として見立てる形式のパロディである」と述べる（二三二）。また、十八世紀から二十世紀初期に書かれたアフリカ系アメリカ人による環境主義文学について論じたキムバリー・スミスは、黒人環境主義思想を次のように定義する。黒人環境主義思想とは、アメリカという風景を「素朴で無垢」として描くいわゆる白人の物語的伝統に対立する態度であり、黒人作家はアメリカの風景を「堕落し、救済を必要とする」ものとして描くという（八）。さらに、『ネイチャー・ライティングを超えて』（二〇〇一）の編著者カーラ・アームブルースターとキャスリーン・ウォレスは、支配者である白人側から「人間」ではなく「動物」と見なされてきたアフリカン・アメリカンにとって、「自然」は彼らを抑制するための権力装置、ないしはその偽装であったと論じる。彼女らが提起する「動産」としてのアフリカン・アメリカンが「不動産たる自然」にいかに関わるのかという点について再びスミスを引くと、黒人作家が「抑圧され権利を奪われた人々が土地を所有する過程」を書くときには、「彼らにとっては、土地を所有するとは単に富を得る以上の意味がある。つまりそれは、市民として社会の一員になり、政治的自立、自己および共同体の統合を成し遂げることを意味する」と説明する（九）。

これまでみてきたように、黒人起業家ビル・コージーは、ピューリタン的清貧の思想を否定し大恐慌時代に土地を所有してホテル業を築き上げるという、モリスン小説のなかでもとりわけ経済的に成功した人物である。しかしながら、モリスンはビル・コージーのそうしたアフリカ系アメリカ人起業家精神を倣うべき模範とするよりも、その起業家精神にもかかわらず、アメリカ南東部海岸における黒人共同体の統合および前進が公民権運動を経ても容易に達成されえない困難を、「共喰いする雌ガニ」の生／性、つまり、クリスティーンとヒードの裏切りを装う愛の物語によって明らかにしている。こうしてトニ・モリスンは、これまでアメリカ文学において無垢な処女としての姿を与えられてきた南東部海岸を、アフリカ系アメリカ人の社会的経済的向上の歴史と黒人環境主義文学のなかで捉え直すことにより、「共喰いする雌ガニ」のホームという新たな風景として見事に描いたといえよう。

＊『ラヴ』からの引用は大社淑子訳を使用した。文脈にあわせて既訳に一部変更を加えた。

引用・参考文献

Armbruster, Karla, and Kathleen R. Wallace editors. *Beyond Nature Writing: Expanding the Boundaries of Ecocriticism*. U of Virginia P, 2001.

Franklin, Marcus. "History on the Sand." *St. Petersburg Times*. 2 Aug. 2004, www.sptimes.com/2004/08/02/State/History_on_the_sand.shtml. Accessed 27 August 2016.

Kolodny, Annette. *The Lay of the Land: Metaphor as Experience and History in American Life and Letters*. U of North Carolina P, 1975.

Kopper, Philip. *The Wild Edge: Life and Lore of the Great Atlantic Beaches*. New York Times. 1979.

Morrison, Toni. *Love*. 2003. Vintage, 2005.『ラヴ』大社淑子訳、早川書房、二〇〇五年。

Phelts, Marsha Dean. *An American Beach for African Americans*. UP of Florida, 1997.

Roynon, Tessa. "A New 'Romen' Empire: Toni Morrison's *Love* and the Classics." *Journal of American Studies*, vol. 41, no. 1, 2007, pp. 31–47.

Rymer, Russ. "Beach Lady: MaVynee Betsch Wants to Memorize a Haven for African-Americans in the Time of Jim Crow." *Smithsonian*, Jun. 2003, www.smithsonianmag.com/people-places/beach-lady-84237022/?no-ist. Accessed 27 Aug. 2016.

Smith, Kimberly K. *African American Environmental Thought: Foundations*. UP of Kansas, 2007.

Walker, Juliet E. K. *The History of Black Business in America: Capitalism, Race, Entrepreneurship*. Twayne, 1998.

Warner, William W. *Beautiful Swimmers: Watermen, Crabs and the Chesapeake Bay*. 1976. Back Bay, 1994.

"2016–2017 Saltwater Fishing Regulations—Crab, Lobster & Shellfish." *Life's Better Outdoors South Carolina Department of Natural Resources*, http://www.dnr.sc.gov/regs/crabregs.html. Accessed 27 Aug. 2016.

第十章　旅の表象

――『マーシイ』の場合

程　文清

はじめに

旅は文学の不朽のモチーフである。ホメロスの『オデュッセウス』やスウィフトの『ガリバー旅行記』など冒険と放浪者のアーキタイプを持ち出すまでもなく、昔から文学の中で旅が描かれてきた。旅は物理的に場所から場所へ移動することと、その移動から生ずる感情の変化や文化的意味を指すコンセプトである。レジャー、余暇を楽しむ目的の「旅」という人間社会の昔からの営みもあるが、西欧諸国の植民地支配とともに始まった大規模な移動、移住は大勢の人を巻き込み、人の生活と世界の構図を大きく変えた。ポストコロニアル研究など文化研究の分野では、移動が文化に与える影響に関する研究が活発に行われてきた。旅（travel)、居場所喪失（dislocation)、移転（displacement）などの言葉が頻繁に登場するようになり、社会の変動、文化の混淆などの文化状況を解釈するときのキーワードとなった。

移民国家のアメリカにおいては、旅の物語は欠かせない。まず、この国の建国の歴史と結びつけて語られてきた旅の壮大な物語がある。旅にまつわる国民的神話は十七世紀初頭ヴァージニアへの入植と植民地建設の時代に遡ることができるが、「一般向けのアメリカの歴史」がそのあとに続くピルグリム・ファーザーズの「新大陸」上陸と彼らによる信仰の自由を追求する旅を「讃え続けてきた」と亀井俊介は言う（亀井　二六）。その後、移民の数が増え続け、西部が開拓され、フロンティア・スピリットが、大自然の中で自由に逞しく生きる開拓のヒーローのイメージとともに、広い国土を横断する人々の物語の不可欠な要素になって、文学、文化によって表象されてきた。十九世紀の末にフロンティアが消滅し、西部を目指す旅も終焉を迎えると、その後のアメリカ人の移動と想像力は国の外に向かうようになった。このように、旅することは進取の精神、新しい未来、「無限の可能性」などと関連付けられ、肯定的に捉えられてきた。しかし、その一方では、黒人の強制移住、女性の旅、先住民の故郷離散など、抑圧され、周縁化された存在による物語が掘り起こされ、壮大な国民の移動の物語に疑問符が突きつけられてきた。

このような旅の物語は、アフリカ系アメリカ人の経験と日常を描くトニ・モリスンの作品を理解する上で極めて重要な鍵となる。強制であれ、自分の意志による選択であれ、モリスンの作品が扱う旅はしばしば、中間航路、地下鉄道、北から南への大移動など黒人の歴史上の大移動を想起させるものであるとクリスティン・ヨへは分析する（二〇〇九）。確かに顕著な例は沢山挙げられる。例えば、『ビラヴド』（一九八七）においては、スイート・ホームから自由を求めるセサの命懸けの逃亡は地下鉄道の歴史に依拠しているところがあるし、ビラヴィドの独白に中間航路の船上の苦難の旅が語られている。『ジャズ』（一九九二）においては、より良い生活の可能性を求めてハーレムに移り住むヴァイオレットとジョーの物語が十九世紀末の黒人の大移動を表している。また、モリスンの作品の登場人物の多くは南部から比較的に人種差別の少ない北部に移り住むが、ミルクマン、ネルの場合のように自分のルーツを辿る南部への旅も描かれている。また、登場人物たちは物理的に旅に出るが、それと同時に「感情的と心理的に」も旅を「経験」する（二〇〇九）とヨへが指摘する。さらに、彼女は、モリスンの作品における内面的な探求はしばしば外面的な、物理的な旅と重なり、結果的に本質的な成長とより大きな可能性をもたらしていると記している。[1]

本論文はトニ・モリスンの九番目の小説『マーシイ』（二〇〇八）を取り上げて、この作品の中で旅はいかに表象され、また物語を成り立たせる上ではどのような役割を果たしているかを考察する。『白さと想像力』の中でモリスンは旅に関して以下の鋭い分析を行っている。「十七世紀の終わりから十八世紀には、旅の危険を犯すだけの価値のある出来事が、たくさん起こった」（六四）。言うまでもなく、ここでモリスンが言う「旅」はいわゆる「旧世界」のイギリスから「新世界」のアメリカへの移住である。『マーシイ』の舞台がまさしくこの植民地初期の時代に設定されており、またこのような「生まれ直す一生に一度の好機」（六三）を夢見てアメリカに渡った入植者が物語に主要人物として登場する。しかし、単にそれだけではなく、この作品に描かれた殆ど全ての人物が、様々な形で生まれ育った場所からの移動を経験して、その苦難を味わっている。モリスンの多声的語りは、黒人少女、先住民女性など多様な声を掬いあげ、人種やジェンダーの視点から語られた移動の物語を編み合わせて、植民地時代のアメリカの「混沌」とした様相を描き出している。これまで『マーシイ』に関しては、モリスンの重層的な語りによる「周縁化」された人たちの声の回復や、アメリカ起源の神話の語り直しなどのテーマで研究が多数行われてきた。[2]

しかし、フロレンスの旅から始まり、ヴァーク家への帰還、彼女の母親が語る中間航路の経験で物語の終盤を迎えるこの作品には、移動、故郷喪失、亡命などの描写が遍在していることは無視できない。モリスンの作品が紡ぎ出す十七世紀末のアメリカの旅の表象、また移動によって生まれた「関係性」と「社会性」の解読が作品を理解する上では極めて重要であろう。

『マーシイ』は奴隷制度が法的に整備されつつある一六八〇年代から九〇年代のニューヨーク、ヴァージニア、メリーランドなどイギリスの植民地を舞台に、オランダ系イギリス人入植者、農民兼貿易商のジェイコブ・ヴァーク、彼の妻レベッカと一家の生活を支える三人の女性使用人の人間模様を描いた物語である。物語現在の時点から約八年前に、借金を取り返すために、ジェイコブはメリーランドまで旅するが、返済不能な状態に陥ったポルトガル人農園主が代わりにジェイコブに黒人奴隷の少女フロレンスを引き渡す。奴隷貿易を嫌悪するジェイコブは一度拒否するが、フロレンスの母に頼み込まれ、渋々承諾する。結尾の章の中でフロレンスの母の思いが明らかになるが、娘を差し出すことは娘を農園主のドルテガから守るために、母親が与えることのできる唯一の「救済」すなわち「慈愛」なのである。しかし、娘はその思いを知らず、母親に捨てられたという一生癒えることのない傷を抱えることになる。ジェイコブの農場では、フロレンスは先住民のリナ、混血の女性ソローとともに生活をする。リナはヨーロッパ人が持ち込んだ疫病により全滅した部族の生き残りである。ソローは難破した船から救助されたが、その過去は謎に包まれている。そして、ウィラードとスカリという二人の白人年季奉公人も時々農作業を手伝いに来る。このように、モリスンは出身も習慣も文化も違うバラバラな他人同士の集まりを通して複雑で多様な植民地アメリカ社会の縮図を描き出している。

モリスンは「喜んで一緒に作品を作ってくれる読者のために作品を書いている」(七)のだとルシール・フルツが指摘したように、彼女の小説は語り手と登場人物のそれぞれの声、過去と現在を交差させて重層的な物語を作り出しているため、読者に解釈の余地を残している。『マーシイ』の物語の構造にも断片的、反復的な手法などモリスン作品の特徴が多く見られる。この作品は全体十二章のうち奇数の章は主人公フロレンスの独白、偶数の章はほかの登場人物の第三人称の語りによって構成されているため、複数の語り手が存在する。さらに、フロレンスは常に現在形の時制で語っているが、ほかの登場人物の声は過去形の時制に切り替えられている。この語りの手法によって、モリスンは力強い「オーラル・ヒストリーを作り出している」(三)とティム・アダムズが指摘する。本論文では、主にフロレンスの語りに焦点を当て、ジェイコブやほかの登場人物の移動の表象と比較しながら考察を進める。

一　移動する女性たち

先に述べた通り、『マーシイ』が描いた十七世紀後半は、人種差別に基づく奴隷制度が整備され始めた頃だが、ほぼ同じ時期に女性の社会的役割に関する立法も行われるようになっていた。ジュリー・リクターの記述によると、高い死亡率や女性移住者の比率の低さなどの理由から、初期の植民地においてはイギリスのような家父長制社会の構築は難しかったという。農園主の妻でも、白人の年季奉公人、黒人の労働者と肩を並べて農作業や家庭内の仕事をこなしていた。また、植民地の安定を図るために、一六二〇年代にヴァージニア植民地に結婚適齢期の女性が連れてこられたとリクターは述べている。その後、男女の役割分担が曖昧だった植民地が徐々に男性中心社会へ移行し、ヴァージニアでは白人女性が農業に従事することを制限する法律が十七世紀の半ばに成立した。[3] そのうえ、ジェンダー、人種、階級などの問題が複雑に交差する様相もこの頃から見え始めた。リクターの指摘によれば、ジェンダーや人種に基づいた当時の法律がヴァージニア植民地の女性を「二つの全く違う役割」に分類したという。家の中で家事と育児に専念する「良き妻」は「概して自由の身の白人」であるが、農業労働者は「概して奴隷にされた黒人」と法によって規定されたという。[4] 以上のような歴史的、社会的な文脈から、『マーシイ』における旅と移動の性質と描かれ方を捉えるには、人種と同様にジェンダーの視点も極めて重要であることが分かる。

まず、大西洋を渡るという移動のモチーフがいかに二人の女性フロレンスの母とレベッカのストーリーを通して繰り返されているのかを見てみよう。この作品の舞台となった十七世紀末、カリブ海のイギリスの植民地バルバドスなどの島が砂糖革命を経て奴隷労働に依存する大規模プランテーション経営に突入した。労働力を確保するために大勢のアフリカ人が中間航路を経由して奴隷として輸入された歴史について言うまでもない。『マーシイ』においては、フロレンスの母親がこの最も過酷な旅を経験していることが最終章で明らかになる。また、ジェイコブはバルバドスの砂糖プランテーションに投資し、ひと財産を築いている。このように、物語の前半では見え隠れしていた中間航路が、フロレンスの母の記憶の語りによって明らかになり、ストーリーの展開の重要な要素となっている。彼女はアフリカで売られ、「海に浮かぶように作られた家のところまで」(一九三)連れて行かれる。中間航路の途中で「他の人たちは死んだのに、どうして私は死ななかったのかと、何度も何度も当惑して自問」(一九四)する彼女は、バルバドスまで運ばれ、奴隷として売られてしまう。そして、この島で初めて、自分の人間性が肌の色によって決められることを知り、自己の文化的アイデンティティの喪失を経験する。フロレンスの母は次のように言う。「わたしがわたしの国から来た人間でも、わたしの家族から出た人間でもないということを知ったのは、そこにいるときだった。わたしはネグリトだった」(一九五)。

バブはフロレンスの母のストーリーを「歴史の語り直し」(一五五)やモリスンの言葉を借りて「リメモリ」と称しているが、それだけではない。女性の第一人称の語りが持つ重大な意味も無視できないであろう。オラウダ・イクイアーノの自伝はあるが、これまで奴隷船の経験が女性の声によって語られることは少なかった。フロレンスの母の語りは「時空を超えた」母娘の関係の表象であるが、また、故郷との断絶、過酷な船旅、白人の乗組員、男性主人によって組織的に行われる強姦、性的搾取などを経験した一人の女性の移動の物語でもある。

一方、レベッカの旅はある程度自分の意志によるものと言えよう。一七世紀後半のイングランドは清教徒革命、王政復古と名誉革命を経て、議会を中心とする政治体制が確立されたが、家父長制的イデオロギーと階級制度は依然社会を支配していた。故国のイングランドでは、「彼女の将来は召使いになるか、売春婦になるか、妻になるかしかなかった」(九一)。レベッカは「いちばん安全と思われる」妻になることを選んだ。男性優位のイデオロギーが支配する当時の社会状況は彼女の選択に強く表れている。妻になって、「彼女が手に入れる未来がどんなものになるかは家父長たる男の性格如何にかかっていた」（九一）。しかし、「軽蔑的な態度」（九一）を取る父親と兄弟、通りにいる男たちの「無礼な手」から逃げられることなどから見れば、「遠い国にいる未知の夫」との結婚には「利点」があった（九一）。船では、レベッカは「三等船室に割り当てられた」（九五）が、その場所は、男性や上流階級の女性から離れ、下部甲板の「動物小屋の隣りの暗い部屋」（九五）である。このように、結婚して妻になることを目的にレベッカは単身でアメリカへ渡る。その移動の経験は、当時のヒエラルキー社会における労働者階級女性の立場の象徴とも言える。

続いて、本作品の全体を貫くフロレンスの旅はなにを求め、また彼女の人物像の形成、物語の展開にどのような役割を果たしているのかを見てみよう。ジェイコブはラム酒貿易で財を成し、夢の豪邸の建設に取り掛かるが、完成目前にして天然痘を患い無念の死を遂げる。家長たる夫に先立たれ、三人の使用人と女性のみの世帯になってしまったレベッカも不運にも同じ病気にかかってしまう。病気を治すために、レベッカはフロレンスに命じて、医術を持つ鍛冶屋を呼びに行かせる。したがって、フロレンスの旅はレベッカの命を救うための「救済」を求める旅と言える。

しかし、フロレンスの旅は完全に自発性を持たないと言えるのだろうか。確かに、奴隷制に関する法律が明文化され、黒人の自由が制限されるようになり、独りで旅するフロレンスが逃亡奴隷と疑われる可能性があるから、移動中の彼女の身分を証明できるものはレベッカの手紙しかない。だが、本作品に描かれたフロレンスの心情と意識は、レベッカの回復を願う気持ちよりも恋人の鍛冶屋に会いたい気持ちを強く表している。例えば、フロレンスは、恋に焦がれる少女の気持ちと未知の旅への不安を「二つの心配事」と表現し、それは「あなたに会いたくてたまらない気持ちと、道に迷ったらどうしようという怖れ」（七）と述べている。また、母親のもとを去ってから、ジェイコブの家とそこの住人しか知らないフロレンスは、その「ホーム」から離れる不安も語っている。「あなたのところに行くために、わたしは知ってる唯一の家、わずかばかりの知っている人々のもとを去らなければならない」(八)。さらに、単身で未知の荒野へ分け入る彼女の恐怖と不安も読み取れる。「この農場とあなたとの間の荒野には、どんな人が住んでるの？　その人たちは私を助けてくれるの？　ひどい目に合わせるの？」(七)。しかし、鍛冶屋に会いたい気持ちが強く、迷子になっても、荷馬車に一緒に乗っていた年季奉公の白人たちが逃げても、フロレンスは諦めない。「私はあなたを選び、西のほうの木立ちに入る。私の欲しいものがみんな西にある」(四九)。このフロレンスの内的独白が開拓時代に西へ西へと進むアメリカの姿を思わせるが、フロレンスの語りには当然新天地を目指す積極性と楽観性がない。そのうえ、母に捨てられたトラウマが原因で自己認識がまだ確立されていないフロレンスは、「ホーム」や愛情、また自分を認めてくれる存在を求めて旅するのだが、その思いはあまりにも強く、結局自分を失い、男に依存してしまう。

さらに、フロレンスの独白における「シェルター」という言葉の多用も見落としてはならない。例えば、第三章に二箇所ほどこの言葉が使われ、さらに第七章にも用いられている。「荒野での隠れ家《シェルター》の作り方を、リナに教えてもらわなくちゃ」(五一)とフロレンスが語るが、シェルターが内包する意味には、悪天候と危険からの一時的な「避難所」、「隠れ場」、ホームレスなど居場所を失った者の収容施設の意味合いがある。シェルターには「住み家」、「住まい」など「ホーム」と共通する意味がある。フロレンスは、森と自然の中で生き抜く術を知らない。しかし「彼女の居場所喪失感をさらに強めたのは人間社会である」(二一五)とアニサ・ワルディは論じている。シェルター探しに入ったイーリング未亡人の家でフロレンスは肌の黒さゆえに悪魔の手先ではないかと疑われてしまう。奴隷でありながら、フロレンスはジェイコブの家で非人間的な扱いを受けておらず、ある程度の自由も享受できたが、未亡人の家で初めて自分のアイデンティティが肌の色によって定義されることが分かり、旅を通して新たな自己認識を得る。

家族離散や居場所喪失などを経験したフロレンスには、帰る場の「ホーム」と呼べる場所はジェイコブの家でしかないが、その家もジェイコブの不在により危うくなっている。さらに、シェルターを探し求めるフロレンスの姿が移動の出発点と帰る場という伝統的な意味の「ホーム」を喪失した状況を象徴しているとも言える。

小説の最後にフロレンスはジェイコブの農場に戻り、未完成のままになっている彼の大豪邸の床や壁に自身の旅の経験を釘で刻む。この鍛冶屋に宛てて刻まれた文字は、フロレンスの移動の叙述であり、そして書く行為は彼女のアイデンティティ構築のプロセスでもあるであろう。フロレンスは外的移動を経験し、同時に内面的な変容も経験する。コナーによれば、書くことは、二回の「追放」がもたらした彼女の「心のひび割れ」を癒すためのフロレンスの努力であるという（コナー 一六四）。また、書くことによって彼女は自分のストーリーを表現することができ、言葉を「風景、すなわち母なる大地」に戻すことができるとコナーは言う（コナー 一六四）。フロレンスのストーリーはジェイコブの「成功」のしるしである豪邸を内部から書き換えたが、言葉が部屋の中に閉じ込められていることは抑圧され、忘却されたマイノリティの声の象徴にもなるのであろう。作品の中でフロレンスが言うように、「これらの言葉は、外の世界にはたっぷりある空気が要るのだろう」（一八九）。ヴァレリー・バブも論文の中で歴史記録の中から消された声、沈黙させられた声に「語りのスペース」を作る重要性を指摘している（一五九）。

二　ジェイコブの旅

メリーランドにあるドルテガ邸までのジェイコブの旅は物語の展開に大きな役割を果たしている。まず、この旅がきっかけとなり、フロレンスは母親から引き離され、その後自己の帰属する場を探し続けることになる。フロレンスの一連の物語から、奴隷売買による黒人家族の破壊がうかがえる。また、もう一つこの旅から生まれたのはジェイコブの嫉妬心と欲望である。「いま、ここに彼がいる。みすぼらしい孤児から身を立て、場所とも言えない荒野に居場所を作り、未開の生活をほどほどの暮らしに変えて地主になった男」（一五）と描かれているように、ジェイコブはまさにアメリカン・ドリームの体現者とも言える人物だ。彼は農業や商売を努力して行い、安定した生活を手に入れた。彼は妻のレベッカとの慎ましやかな生活には満足していたに違いがない。しかし、ドルテガ家の大豪邸を見たジェイコブは丘の上にある「たくさんの部屋がある壮大な家の夢を」（四三）見るようになる。その夢を実現するために、奴隷貿易を嫌悪していたはずの彼はついにそれに関わる商売に手を出してしまう。旅の帰り道に寄った宿屋から海辺へ散歩し、ジェイコブは将来の計画に思いをめぐらせ、次のように語っている。

いまは、さらにもっと満足のいく事業という考えについて思案している。その計画は砂糖を基礎にしており、砂糖のように甘い。その上、ジュビリオで親しく知った奴隷の身体的存在と、遠いバルバドスの労働力の間には、深い違いがあった。（四二）

このような内面的描写は、ジェイコブの心理的変化を映し出し、そのうえ読者に彼の偽善者の一面を垣間見せている。また、ジェイコブの砂糖きびで成金になる物語を通して、『マーシイ』はまだ「混乱状態にあった」植民地初期のアメリカ経済が遠く離れたバルバドスの奴隷労働によって一部支えられていたことも描き出している。

では、旅はジェイコブにとってどのような意味があるのだろうか。フロレンスは救済、愛情と帰属する場所を求めて旅するが、それに対してジェイコブは旅行のために度々家を空けることがあり、彼の旅は「ビジネスや交易や集金や貸し金の仕事での旅行」（二六）である。さらに、逃亡者が潜んでいる可能性がある物騒な森を越える必要もあるが、彼はこの長い道のりを楽しんですらいる。

いままでのところ、暑くてブヨが群れているこの霧のなかでも彼の上機嫌はいささかも湿りはしなかった。三回船を乗り替えて三つの異なる河系の川を長い間航海し、いままたレナペイ街道をたどるこの困難な乗馬旅行をしていながら、彼は旅行を楽しんでいた。（一五）

前述した通り、リクターや、メアリ・ベス・ノートンの研究によれば、十七世紀半ばから「男は外に女は内に」という男女の性別役割分業意識がますます強くなった。しかし、十七世紀末のアメリカ植民地では、ほかの農業社会と同じように自給自足の生活が中心だったため、女性も家事育児以外に農業、つまり生活必需品の生産をこなしていた。『マーシイ』では女性の仕事について実に細やかな描写がなされている。留守がちなジェイコブの代わりに、リナとレベッカは協力し合い、慣れない農業を覚えようと奮闘する。例えば、「キツネを寄せ付けないものは何か。肥料はどうやって、いつ作って、撒くのか」（六三）。男性中心の権力構造が社会の土台になっていた植民地時代では、ジェイコブは不在がちでも、生活は彼を中心に回っている。例えば、本作品では、ジェイコブが旅から帰宅するのに備えて、リナとレベッカたちがミンスパイを作り、朝からぐつぐつ牛の足を煮て、ご馳走を作る様子が描かれている。

農場を全部妻たちに任せることに関して、ジェイコブは「レベッカと二人の召使いは日の出のように信頼でき、柱のように強かった」（一六）と語る。だが、レベッカの発言に寂しさや夫の変化に対する不安と戸惑いが滲んでいる。レベッカはリナに夫が「商売と旅行で頭がいっぱいなのよ」（五二）と打ち明けて、「でも、わたしたちが結婚したときは農民で満足していたの。それが、いまになって……」(五二)と経済利益の追求のために奴隷貿易にも手を貸した夫に対して抱く当惑を口にしている。

さらに、ジェイコブの旅を男の「逃避」の旅としても読み解くことができる。「自由」、「独立」、「冒険」などの精神を謳歌する移動の神話は白人の入植や西部開拓の歴史から生まれてきた。開拓歴史の「侵略、弾圧の部分は捨象され」(亀井　六六)ていると指摘されているが、独りで自分の道を開いていく逞しい開拓者の精神はアメリカ文化の中に深く浸透し、人の想像力を刺激してきた。また、F・J・ターナーの著名な論文「アメリカ史におけるフロンティアの意義」の中で論じられたように、開拓の精神はアメリカのナショナル・アイデンティティの形成に大きな役割を果たした。

しかし、その一方、西への移動の神話は逃避(escape)の物語としても読まれてきた。川本三郎は批評家レスリー・フィードラーの『消えゆくアメリカ人の帰還――アメリカ文学の原型』などの研究を踏まえたうえで、以下のように述べている。「アメリカの男性作家の世界では男たちはじつにしばしば家を捨てて西へ、フロンティアへと逃げていく。女のいる世界(文明)から女のいない世界(荒野)へと逃げていく」(川本　六二)。フロンティアは、無限の土地が広がり、日常生活や社会の束縛、抑圧から解放され自由になれる場所として描かれてきた。十七世紀末の植民地に生きたジェイコブにフロンティアの神話はいささか早いかもしれないが、彼の旅は十分逃避の物語に当てはまる。富と経済利益の追求のためにジェイコブは度々家を空けると解釈することも可能だが、次の引用には、彼の平凡な日常から逃れたい思いが明白に表れている。「農夫としての自分の短所は十分に知っており――事実、農場に閉じ込められていることと、決まりきった仕事に退屈していた――商業のほうが自分の趣味に合っていると彼は考えた」(四二)。また、ジェイコブ一家の生活がほかの移住者集落から孤立している点にも注目したい。「貿易商の仕事がなければ、定住した農民の生活と人々との交流のほうを好んだにちがいない」（四一）とジェイコブは語るが、「そうした人たちの宗教は彼を唖然とさせた」（四一）。こうしてジェイコブは農民の生活を選ばず、入植者社会にいるほかの住民の行いにも嫌気を覚えていた。ジェイコブは自分の力で我が道を行く典型的なアメリカン・ヒーローと言えるが、モリスンの描写はこの従来のヒーロー像を覆している。奴隷制を好まず、懇願するフロレンスの母に優しい一面を見せたジェイコブは、財産欲しさのあまりに奴隷貿易に手を出してしまう。自由、自立の精神を持ち「新しいエデン」を闊歩するジェイコブの理想とする生活は、実際には奴隷制、強制移住のうえに作られたのである。この矛盾はアメリカという国の理想と自己認識にも表れている。

三　植民地の表象

平凡な日常から逃避するジェイコブが旅する「未開で誘惑的な新世界」（一五）、レベッカが驚く「大聖堂より高い木々」（九〇）など、『マーシイ』では様々な移動のストーリーが交差する。最後に、旅する者の視線とその視線の先にある対象、つまりモリスンのテキストにおける植民地の表象、自然、出会った人々の描写を分析してみよう。

「能動形と受動形を混ぜ合わせ、過去と現在を融合させるフロレンスの言葉は標準的な英語の文法と語法の変形である」（一四九）とバレル・バブが指摘しているが、フロレンスが話す言葉は移動と家族離散の経験に大きく関係している。フロレンスは「母親と一緒にいた時はポルトガル語を話すが、ラテン語もわかっている。それで私は彼女のすべての言語をまとめあげて彼女に個人の声を与えた」とモリスンがインタビューで語っている通り、黒人奴隷の子孫であるフロレンスは母語を持たず、複数の言語環境で育ち、その影響を受けている。彼女の人物像を通して、モリスンは植民地初期における複雑な言語文化状況を明らかにし、さらに、いくつかの主要言語の「はざま」で生きていた被植民者の経験を表象している。フロレンスの「視覚的」[6]言葉は植民地初期の白人男性中心の物語に黒人少女の視点を付け加えた。彼女の語りに、森の中で道を探し、また道に迷う場面が多く描写され、この部分に特有な緊張感が作り出されている。また、暗闇の中の木々、月の光、跳んで逃げる野うさぎ、匂いはするが姿の見えない獣などのイメージも多用されている。

旅することは、地理的、文化的、社会的など様々な境界を越えることである。また旅は他者と出会い、その経験を通して自己が変容するプロセスでもある。ジェイコブはドルテガに出会い新たな自己像を形成するのだが、フロレンスのアイデンティティも他者との出会いによって変容する。彼女は一緒に馬車に乗っていた白人の年季奉公人たち、森の中で水を飲ませてくれた先住民の男の子たち、未亡人のイーリング母娘とその村の人々など多様な文化、民族と人種の人々に出会い、新しい経験を得る。前述した通り、この最後の出会いは、彼女の自己認識を決定的に変えてしまう。

ジェィコブの旅の語りには、「未開」、「新世界」などの言葉が多数使われ、アメリカの起源の神話を想起させる描き方が読み取れる。チェサピーク湾から上陸した彼の目の前に広がる美しい大地と豊かな自然の描写がその好例である。「ひとたび入江の暖かい金色の霧を抜けると、ノアの時代以来人の手が触れたことのない森が見えてきた。海岸線は涙が出るほど美しく、野生の果物は取り放題だ」(一五)。

イギリス人ピューリタンがメイフラワー号に乗って大西洋を渡り、プリマス植民地を建設した歴史とともに生まれたのが「荒野」の概念である。「巡礼の始祖」たちは目の前に広がる広大な自然を荒野と呼び、また深い信仰心からこの自然に聖書の荒野をみたと言われている。「ピューリタンたちは、文明に汚されず、神がつくったままのようなこの原始的自然を『新しいエデン』とも呼んだ」(亀井 二七)。しかし、このアメリカ大陸は荒野でもなく未開でもない。この大陸の雄大な自然、地形と動植物ははるか昔から先住民の人たちの生活の一部であるのだ。ジェイコブが感動する「美しさ」、「果物は取り放題」という言葉の裏に隠されていたのは入植者の土地に対する欲望でしかない。モリスンはあえて支配的な語りを作品の中に取り入れ、作品の中でその矛盾を暴いている。例えば、ジェイコブは「そもそもこの土地はすべてネイティヴ・アメリカンの所有物だった」(一六)と語ったり、また旅の途中先住民の道を通る時に交渉したりしている。これらの描写から、支配的言説ではめったに語らない当時の複雑な人種と社会状況が伺える。

さらに、恋人に会いに行く道を暗記するしか仕方がないフロレンスに比べて、ジェイコブは道をよく知っている。そのうえ、旅の途中通る道に、彼は自分なりの名前をつけている。[7] 植民地初期のアメリカでは土地の所有権が常に流動的だったので、ジェイコブは「新旧の名前にほとんど注意を払わなかった」(一六)。「彼自身の地理によると、彼は今レナペイ街道を通り、チェサピーク経由で、アルゴキンからサスケハナまで移動していることになる」(一六)。ビル・アシュクロフトなどが「精力的に名付けることが植民地化の主たる方法である」(二一一)と指摘している。つまり、植民地化勢力は言葉によって、ある場所を「占有し、定義付け」る。その場所を「獲得する」(二一一)行為は名付けることである。ジェイコブが自分の農場を「ジェイコブの土地」と命名することも一例と言える。ジェイコブの旅は、ヨーロッパの白人は絶えず探検、貿易の旅を繰り返して、アメリカ大陸へ徐々に進入し、次から次へと新しい場所に命名し占有した歴史の縮図とも言える。

終わりに

この論文は『マーシイ』における様々な移動の形を分析し、その経験から生まれた家族離散、帰属の場の探求とアイデンティティの再構築について考察した。また、十七世紀後半アメリカ植民地の人種、民族、ジェンダー、階級などの問題が複雑に絡み合う状況を踏まえて、ジェンダーの視点から登場人物の旅の経験を分析することの重要性を論じた。フロレンスの旅を中心に、彼女の母、レベッカの移動の経験も取り上げて、ジェイコブの移動と比較しながら、旅の目的、他者との出会い、旅の中の風景の表象、自己の変容などを分析した。そのようにして、支配的男性の語りに拘束されていない女性、マイノリティの声が多様なものとなり、十七世紀アメリカ植民地の複雑な移民社会を映し出していることを証した。

注

1 モリスンの作品における移動、旅に関する考察は、ヨヘ二〇九―一五参照。
2 例えば、ヴァレリー・バブ、モンゴメリー、またコナーが論文の中で支配的言説の語り直しや女性の旅について考察している。
3 十七世紀アメリカ植民地の女性、ジェンダーについて、ジュリー・リクターの「植民地ヴァージニアの女性」を参照。さらに、メアリ・ノートンの著作は十七世紀植民地における性別役割分業について詳しく分析している。
4 この部分の詳細は、リクター一―四を参照。
5 奴隷制法の整備についてコープ四―一五参照。

6 モリスンはクリスティーン・スモールウッドによるインタビューの中でフロレンスの言葉と声について語っている。
7 命名 (naming)、地形と支配について、コナーが詳しく論じている。コナー一四七―五五を参照。

参考文献

Adams, Tim. "Return of the Visionary." *The Guardian*, October 26, 2008, https://www.theguardian.com/books/2008/oct/26/mercy-toni-morrison

Ashcroft, Bill, and Gareth Griffiths and Helen Tiffin. *The Empire Writes Back*. 2nd ed., Routledge, 2002.

——. *Key Concepts in Postcolonial Studies*. Routledge, 1998.『ポストコロニアル事典』木村公一編訳、二〇〇八年。

Babb, Valerie. "E Pluribus Unum? The American Origins Narrative In Toni Morrison's *A Mercy*." *MELUS*, vol. 36, No.2 2011, pp. 147–64.

Bakerman, Jane. "The Seams Can't Show: An Interview with Toni Morrison." *Conversations with Toni Morrison.*, edited by Danille Taylor-Gutgire. Jackson: University Press of Mississippi, 1994.

Cope, Robert S. *Carry Me Back: Slavery and Servitude in 17th Century Virginia*. Pikville College Press of the Appalachian Studies Centre, 1973.

Conner, Marc C. "'What lay Beneath the Names': The Language and Landscapes of A Mercy." *Toni Morrison: Paradise, Love, A Mercy.*, edited by Lucille P. Fultz. London: Bloomsbury, 2013.

Fiedler, Leslie A. *The Return of the Vanishing American*, Stein & Day, 1973.

Fultz, Lucille P. "The Grace and Gravity of Toni Morrison." Introduction. *Toni Morrison: Paradise, Love, A Mercy*, edited by Fultz, London: Bloomsbury, 2013, pp. 1–19.

Montgomery, L. Maxine. "Got on My Traveling Shoes: Migration, Exile, and Home in Toni Morrison's *A Mercy*." *Journal of Black Studies*, vol. 42, No.4, 2011, pp. 627–37.

Morrison, Toni. *A Mercy*. New York: Knopf, 2008.『マーシイ』大社淑子訳、早川書房、二〇一〇年。
——. *Playing in the Dark*. New York: Vintage, 1993.『白さと想像力』大社淑子訳、朝日新聞社、一九九四年。
Norton, Mary Beth. *Separated by Their Sex: Women in Public and Private in the Colonial Atlantic World*. Ithaca, New York: Cornell University Press, 2011.
Richter, Julie. "Women in Colonial Virginia." *Encyclopedia Virginia*. Virginia Foundation for the Humanities, 21 Nov. 2013. Web. 6 Nov. 2016.
Roynon, Tessa. "Miltonic Journeys in *A Mercy*." *Toni Morrison's A Mercy: Critical Approaches*, edited by Shirley A Stave and Justin Tally, Newcastle Upon Tyne, 2011, pp. 24–45.
Smallwood, Christine. "BackTalk: Toni Morrison." *The Nation*. November 19, 2008, https://www.thenation.com/article/back-talk-toni-morrison/
Stout, Janis P. *Through the Window, Out the Door: Women's Narrative of Departure*. University of Alabama Press, 1998.
Wardi, Anissa. "The Politics of "Home" in *A Mercy*." *Toni Morrison's A Mercy: Critical Approaches*, edited by Shirley A Stave and Justin Tally, Newcastle Upon Tyne, 2011, pp. 24–45.
Yohe, Kristine. "Migration" in *The Toni Morrison Encyclopedia*, edited by Elizabeth Ann Beaulieu, Greenwood Press, 2003.
亀井俊介『アメリカン・ヒーローの系譜』研究社、一九九三年。
川本三郎『フィールド・オブ・イノセンス』河出書房、一九九一年。

第十一章　「わたしたちは二度と死なない」
――『デズデモーナ』におけるポスト歴史の場としての死後の世界

ハーン小路恭子

はじめに

二〇一一年にウィーンで初演され、翌年には戯曲としても出版された『デズデモーナ』は、モリスンと米国を代表する演出家ピーター・セラーズ、そしてマリ出身の歌手ロキア・トラオレのコラボレーション作品である。[1] タイトルから明らかなように、シェイクスピアの『オセロー』を、妻デズデモーナ（初演時はエリザベス・マーヴェル、それ以降はティナ・ベンコーが演じている）の視点から語り直すというのが本作の主軸である。この語り直しにはふたつの意義がある。ひとつは、すでにシェイクスピア研究の分野でも数多く行われてきている、フェミニスト的視点による既存の戯曲の再検討としての意義である。[2] モリスンは、伝統的にはか弱く従属的な若妻としての側面ばかりが強調され、自立した登場人物としての存在が軽視されがちであった妻デズデモーナに焦点を当て、彼女を深い内面性とリアリティをもった人物として再創造した。また、従女としてデズデモーナに仕え、夫イアーゴーの陰謀を暴いた末に自らも殺されるエミリアや、間接的にしか登場しないデズデモーナの母親も重要な人物として作中に登場させ、過去のモリスン作品がしばしば展開してきたような女性同士の共同体を描いている。ピーター・エリクソンが指摘しているように、オセローによるデズデモーナの殺害方法が絞殺であることは、彼女が劇中で声を奪われていることそのものを象徴的に表しているが、モリスンは彼女や他の女性登場人物たちを長きに渡る沈黙から救い出し、声を与えている。しかも、ふたりの女性演者とコーラスしか登場しない舞台上では、デズデモーナ役の俳優がオセローやほかの男性人物の台詞を話す。女性が男性に奪われた声を奪回するのみならず、ある種霊媒のように劇中の発話をオーガナイズするという、斬新な演出だ。

またモリスンはそのようなフェミニスト的な原作の再構築を、「人種」の観点を導入することで一層複雑化させている。『デズデモーナ』の登場人物の中でももっとも中心的な役割を担っているのは、トラオレが演じる女奴隷バーバリーだ。原作では第四幕第三場のデズデモーナの台詞の中にわずかに登場するのみで、余りにも有名な「柳の歌」――恋人に捨てられたバーバリーは悲嘆に暮れてこの歌を歌い、やがて死んでしまう――を最初に彼女に歌って聞かせた人物であるにもかかわらず、ほぼ存在を消し去られている。モリスンの戯曲においては、バーバリーはデズデモーナにならぶ主要なキャラクターであり、モリスンは彼女の存在に思いを馳せることを通じて、オセローとデズデモーナの夫婦の物語を大胆に再構築している。もちろん人種の主題の導入の背景には、そもそもオセローがシェイクスピアの作品群でもっとも有名な「ブラック」キャラクターであって、文学研究におけるポストコロニアリズムの発展とともに一層注目度が増していることがある。シェイクスピアの原作が書かれたのは中間航路を通した奴隷貿易が全盛期を迎える以前のことであり、十七世紀初頭における「人種」の概念は今の我々が持つそれとはドラスティックに異なっていたことは書き添えておかねばならないが、オセローという人物をめぐる批評の歴史そのものが、モリスンが『デズデモーナ』を執筆する上でのインスピレーションになったことは確かである。ニューヨーク・タイムズの劇評によれば発端となったのはモリスンとセラーズの会話の中で、セラーズが『オセロー』を酷評し、モリスンがそれに異議を唱えたことにあるという。この会話はやがて二〇〇九年のセラーズ演出による、同年のオバマ大統領就任をはじめとした現代アメリカの文脈を取り入れた『オセロー』の上演に結実する。二〇一一年の『デズデモーナ』は、これに対するモリスン側からの更なるレスポンスであると言えるだろう。

『デズデモーナ』にせよセラーズ版『オセロー』にせよ、その根底にあるのは、中間航路後の歴史的想像力である。奴隷制を経た現在においてヨーロッパが生み出したキャノニカルな文学テクストを読み直す手立てとしてトランスアトランティック的な視点を導入することには、単なる修正主義を超えた意義がある。ポール・ギルロイはいまや古典となった著書『ブラック・アトランティック』において、奴隷貿易とディアスポラの経験に端を発する越境的な黒人文化が西洋近代の知に対して与えたインパクトについて論じているが、西洋近代の文学的キャノンとしてのシェイクスピアを、現代のアメリカ（モリスン、セラーズ）とアフリカ（トラオレ）のアーティスト間のコラボレーションのもとに再解釈した『デズデモーナ』もまた、ギルロイの仕事に連なるような近代歴史・文化地図の書き換えとも言える試みなのだ。

一　「黒さ」と想像力

数多く存在するシェイクスピア作品の翻案・再演の中で『デズデモーナ』が突出しているのは、原作にすでに仄見えるヨーロッパ／アフリカの二項対立にモリスンが持ち込んだアメリカ的文脈においてである。一九九二年出版の『白さと想像力――アメリカ文学の黒人像』において、モリスンはキャノニカルなアメリカ文学に繰り返し現れる「永続的な、黒いアフリカニストの存在」（五）、つまりは、白人作家が想像するアフリカ人、もしくはアフリカ系アメリカ人の姿というものを看破し、いかにアメリカン・ルネサンス以降の作家たちが「黒さ」を想像することを通してアメリカ的な自己を構築してきたかを考察している。シェイクスピアの戯曲の基底にある「黒さ」を中心に据えることで発展した『デズデモーナ』は、人種と文学的想像力をめぐるモリスンの思索の延長線上に位置づけることができるだろうし、彼女がアメリカ文学に関して行ってきた仕事をさらにトランスアトランティック的なスケールに拡大するものである。モリスンによる『オセロー』再読においてもっともラディカルなのは、オセローとデズデモーナの夫婦関係の基底に、オセローその人の「黒さ」ではなく、「黒いアフリカニスト」であり、かつ女性であるバーバリーの存在を据えたことにあるだろう。シェイクスピアの原作においては、第一幕第三場でオセローとデズデモーナのなれそめが、オセローによって語られている。それによればオセローがデズデモーナを惹きつけたのは、軍人として彼が赴いた様々な場所や出会った異人種についてのエキゾチックで奇想天外な物語であり、また彼自身の半生の物語であった。これらの物語にいたく感銘を受けたデズデモーナは、間接的な形ではあるが、「もしもオセローの友人が彼女を愛したら、オセローの物語をさせればよい。そうすれば彼女の心はなびくだろう」と答える（四一）。[3] ここではオセローによるストーリーテリングがデズデモーナにとってかつてない他者性との出会いをもたらし、それが彼女にとっての文化的他者である「ムーア人」オセローへの愛につながっていくことが明白に示されているが、モリスンのヴァージョンでは、デズデモーナに初めてそのような出会いをもたらしたのは、オセローではなくバーバリーであることになっている。

合計十のセクション（「幕」や「場」によって分割される伝統的な戯曲とは見かけが異なっているのであえてこう記す）に分かれた『デズデモーナ』の第二セクションでは、デズデモーナが道徳的な母親に厳しくしつけられた幼少時をふりかえっている。十歳にも満たない彼女は、裸足で池に入りドレスの裾を濡らしながら水遊びしていたのを母親に咎められる（一七）。この出来事を通して彼女は、センシュアルな喜びに身をひたすことへの欲望や想像力を隠して生きることを学ぶが、そのような抑圧的な生活の中での唯一の慰めとなるのが、乳母バーバリーとの関係だった。

バーバリーだけがわたしの味方で、わたしが自由に想像力を働かせるのを許してくれた。彼女は別の人生、別の国についての物語を聞かせてくれた。神が雷鳴のような静けさの中で語り、人間のような顔かたちをしている場所のこと。そこでは自然は丹念に作り出された美しいものではなく、野性的で、神聖で、啓発的なものだった。かしこまって背筋を伸ばしたわたしの国の女たちと違い、彼女は白鳥や柳の木の葉だけが持つ、流れるような優美さで動いた。バーバリーの歌を聴くと、フルートやパイプの退屈さを思わずにはいられなかった。わたしが知っている誰よりも生き生きとして、愛情深い人物だった。彼女は生みの母のようにわたしの世話をしてくれた――病のときは慰めてくれ、元気になれば一緒に踊ってくれた。（一八）

モリスンの戯曲では、オセローとの出会いに先立って、バーバリーが異郷の地（彼女の故郷であるアフリカを指していることは明白だろう）の物語をデズデモーナに語り聞かせ、その地の独特の官能性と優雅さを記憶に焼き付けている。実の母によって否定されたセンシュアルな体験を、デズデモーナはバーバリーの物語を通して再度手にする。こうした代理母と娘ともいうべき二人の関係は、数多くのアメリカ文学・文化が描いてきた奴隷と主人の関係、とりわけ黒人の乳母と白人の子どもの関係を強く喚起させるものである。十九世紀の感傷小説から現在にいたるまで、裕福な白人家庭において育児をしない母親と子の関係が希薄になる一方で、黒人乳母と子どもがある種特殊な親密さを育む過程は、多くの文学作品で繰り返し描かれてきた（近年では映画化もされたキャスリン・ストケットの『ヘルプ』が記憶に新しい）。ただこの物語の型を再利用するに当たって問題となるのは、視点がどこにあるか、である。モリスンの戯曲ではデズデモーナとバーバリーの視点が対置される形でふたりの関係が語り直されていき、主人である白人が想像する「黒さ」と、奴隷である黒人の経験との間にあるギャップが浮き彫りになる作りになっている。もちろんこのような視点の転換そのものは、ジーン・リースの『サルガッソーの青い海』(一九六六)以降ポストコロニアル批評の隆盛期に至るまで数えきれないほど行われてきているものであり、その手法自体に新しさがあるわけではない。ただし注意すべきなのは、『デズデモーナ』の重点は主人の想像力の錯誤を断罪することではなく、むしろその先にある対話への可能性を提示することにある。その意味ではモリスンの戯曲は、バーバリーとデズデモーナの関係を通して、中間航路後のあらゆる歴史をふまえながらもその歴史を超え、ポストコロニアルな関係性の先にどのような語りが存在し得るのかを模索する試みでもある。全体で六十ページにも満たない長さであるが、各セクションはしばしばシェイクスピアの原作にも現れるモチーフやテーマを含みつつ、モリスン独自のエピソードやキャラクター解釈もふんだんに盛り込まれており、作者の目指すところである「歴史の書き換え」の試みをはっきりと示している。

二　女性の共同体としての「死後の世界」

冒頭のデズデモーナの語りは、モリスンによる歴史の書き換え作業を最も明確に実践している。

わたしの名前はデズデモーナ。その言葉は悲惨さを、不幸を、破滅を意味する。わたしが生まれたとき、両親はおそらくわたしの運命を信じていただろう。あるいは、こうなるだろうと思い描いていたか、あらかじめ知っていたのだろう。女に生まれたというだけで、彼らはわたしの人生がどうなるか、すでにわかっていたようなものだったろう。年長者や男たちの気分次第でどうとでも転ぶ人生。間違いなくそれは、わたしが少女だったころのヴェニスでは普通のこと、いいえ、女の勤めだった。男が規則を作り、女は従う。道を踏み外せば破滅と、安堵のない不幸が待ち受けている。［中略］

両親は間違っていた。彼らはシステムのことはよく知っていたけど、わたしのことは知らなかったのだ。わたしは、自ら選んだのではない名前の意味を体現しはしない。（一三）

この冒頭の一節は、ある意味モリスンによるシェイクスピア作品の読み直しを集約している。デズデモーナが語っている自らの悲惨な運命とは言うまでもなく、Des-demon-aという名に埋め込まれた「死」(death)や「悪魔」(demon)といった、ネガティブな語によって象徴されており、さらには男性が支配権を持ち女性はそれに従うというヴェニスの家父長的社会によっても決定づけられている。しかしモリスンのデズデモーナはここにおいてすでに、システムに対する反逆者として立ち現れ、両親と社会が彼女に与えた名に付きまとうネガティビティを否定してみせる。むろんこの一節の重要性は、原作では十代のむすめとして登場するデズデモーナの成熟（皮肉なことにそれは彼女の死後起こる成熟なのだが）を印象付け、かつ戯曲のフェミニスト的な視点を提示している点にあるのだが、モリスンによるデズデモーナ像は実のところシェイクスピア作品におけるそれを覆すものであるというよりは、夫に（ほぼ無抵抗で）殺され声を奪われる悲劇のヒロインとしての彼女の最期がしばしば覆い隠してしまうような、彼女自身がもともと持っていた反逆性と雄弁さに再度注意を促すようなものである。そもそもデズデモーナは父ブラバンショーの反対も押し切って「ムーア人」オセローと駆け落ちし、軍人である夫とともに戦地に赴く勇敢さと決断力を持った人物でもある。『オセロー』第一幕第三場におけるブラバンショーの台詞が示しているように、「システム」の側からすればデズデモーナの行動は狂気の沙汰であり、彼女は「まじないとあやしげな魔力の力」によって「たぶらかされ、かどわかされ、汚され」て「死んだも同然」ということになる（六〇—六五）。ブラバンショーは「まじない」や「魔力」といった言葉を使って黒人であるオセローとその背景にあるプリミティブで謎めいたアフリカ文化を揶揄するばかりでなく、オセローとの関係におけるデズデモーナの受動性を暗示しているが、逆にモリスンのテクストは、一連の駆け落ち劇と結婚生活においてデズデモーナは受動的でも服従的でもなく、自らの選択によって生き、命を落としたという点を再三強調している。

モリスンの戯曲におけるデズデモーナの最初の意思表示は、自らの名の否定、より正確には、自らの名に重層的に加えられた歴史的コンテクストの否定を通して行われる。この否定は、モリスンが『白さと想像力』で提起した、文学言語に意識的に、もしくは無意識的にまとわりつく言外の意味やその政治性といった問題ともリンクしている。この点は今作の要ともいえるバーバリーの名の再解釈にもつながっていく。デズデモーナはここで強い意志と主体性を持った大人の女性として現れるばかりではなく、自らに押し付けられたイメージを否定することを通してほかの女性たちとつながっていこうと試みている。

このような女性同士の共同体と常に対置されるのは、男性キャラクターを通して反復的に表現される暴力と戦争と死であり、また男性間のホモソーシャルな関係性である。今作においてモリスンが付け加えた個所のうちでも印象深いもののひとつは、孤児としてのオセローの生い立ちと、のちに母親代わりのまじない師の女に出会って育てられながら、誘拐されてアフリカから連れ去られ、少年兵士として訓練されたというディアスポラ経験を語った一連のサイド・ストーリーだろう。戯曲の第六のセクションでオセローは初めての戦闘の日をこう振り返っている。「わたしは自分でも驚くような大胆さで子供っぽい怒りをぶつけて見せた。わたしは幸福で、息もつけぬほどにさらなる暴力的な出会いに飢えていた。兵士としてのみ、わたしは卓越した存在であり、内面の孤独を高揚感に変えることができた」(三一)。ここに表れているのは、オセローの男性性と暴力性との強いつながりであり、また暴力的な手段によって故郷と母親を喪失したオセローが暴力の連鎖に加担してしまうことの皮肉でもある。

さらにオセローとイアーゴーをはじめとする他の兵士たちの関係もまた、このような暴力の連鎖を象徴するものとして描かれる。オセローにとって戦闘の喜びは、自分と同じ境遇の兵士たちと経験を共有することにあり、彼らは「力強く、流血や苦痛の叫びや堕落を気にもせず、命というものには、それが自分たちのものであっても、無関心であった。機械的に強姦し、死を兄弟だと考えていた」(三六)。デズデモーナとオセローの結婚生活における最大の障壁は、単にイアーゴーという人物の底知れぬ邪悪な企てに起因するのではなく、彼とオセローの間にある並々ならぬ親密さである。第七セクションの冒頭で、イアーゴーが浮気について嘘をついていたと知っていたにもかかわらず、二人の間に存在する「兄弟愛」(三七)のためにオセローはあえて騙されて見せたのだ、とデズデモーナは指摘している。「ロマンスは腕力によって陰に追いやられてしまう」(同)とデズデモーナが言うように、男性同士の暴力の共有を軸としたホモソーシャルな関係は、デズデモーナとオセローの異性愛に先立つ重みを持ち、それがやがて夫婦関係を崩壊させるに至る。そのことを示すためにここでモリスンは、オセローがイアーゴーと共有し、やがてデズデモーナに告白するに至った忌まわしい「秘密」、つまり、彼がイアーゴーとともに老婆二人を輪姦した経験を創作している。このグロテスクな場面を一層耐え難いものしているのは、その場に居合わせた少年の存在である。恐怖のあまり立ち尽くす少年を「傷つけたのか」というデズデモーナの問いを即座に否定した上で、オセローは、目撃者がいることによっていや増す倒錯的な快楽を彼とイアーゴーが沈黙のうちに共有していたと語る。ここで重要なのは、作中の男女の二項対立に沈黙というキーワードが加わる際にあえてモリスンが加えたねじれだろう。オセローやイアーゴーが沈黙し秘密を守ることで権力構造を維持し暴力的行為を反復する一方、デズデモーナは秘密を開示し、発話することによってそのような行為を糾弾するとともに、男性の暴力に対して、安易な赦しではなく起こったことを受け入れた上での愛を説く。

男性の作り出す世界が暴力に満ちている一方、それに対するオルタナティブとしてモリスンが創造したのは、女性同士の共同体、さらに言えば、死んだ女性同士が出会うアフターライフ＝死後の世界だ。冒頭の第一セクションにおいてデズデモーナはそのような死後の世界をこう表現する。「わたしは水底の女たちに合流する。暗い光の中を共に歩き、きらめく深みの中で彼女たちの音楽を聴く。水底には太陽が生み出すよりずっと激烈な色彩があり、わたしは木の根の中やてっぺんで生活する。わたしは芸術や仮面の中に、人物画や太鼓の音や炎の中に立ち現れる」（一四）。ここで「水底」(underwater) という言葉が使われているのは偶然ではないだろう。かつてモリスンは『ビラヴド』（一九八七）において、アメリカ大陸にたどり着く前に沈んだ奴隷船とともに命を落としたとされる「六千万余りの人々」に献辞を捧げたが、それと同じ連想がここでも働いていると言っていいのではないか。「亡霊」ビラヴドが水底の人々を代表して立ち現れるように、デズデモーナは死んだアフリカの女たちに同化しようとする。ただここで注意しなければならないのは、モリスンの戯曲では白さの側からの歩み寄りは、常にそれに相対する視点によって見返されることになるということだ。

デズデモーナによる雄弁なアフリカの表象とは対照的に、アフリカの女は、言葉で「アフリカ」を表現しようとはしない。この点は実際のパフォーマンスでもおそらく演出上もっとも気を配られている点だろう。トラオレの作り出す音楽に太鼓の音は存在せず、ギター一本とコーラスのみという極めてシンプルな構成である。劇中の音楽を詳細に論じているセリーナ・グアラシーノは、トラオレの楽曲は、「アフリカの人々や文化としばしば結び付けられる本質性とプリミティブネスの比喩を解体する試み」（六八）と評している。舞台上には人物の文化的背景を説明するようないかなる小道具も存在せず、一切の虚飾がそぎ取られて、シェイクスピアの翻案というよりは現代劇を彷彿とさせるセッティングになっている。デズデモーナもバーバリーも同じシンプルな白いドレスをまとい、人種的差異と文化的な「黒さ」「白さ」とが視覚的に接続される可能性はあらかじめ排除されている。

三　対立から対話へ

女性の共同体における「白さ」と「黒さ」の対峙はデズデモーナとバーバリーの再会においてクライマックスを迎えるが、それに先立ってモリスンは、重要な背景として、第五セクションにおけるデズデモーナの母ブラバンショー夫人と、オセローの母スーンの死後の世界における出会いを描いている。互いの子が誰であるかを知った二人は即座に「敵」同士として互いを定義するが、彼女たちの会話はそこでは終わらない。「悲しみよりも煮えたぎる復讐心」（二七）を抱えながらも、彼女たちはともに子を失くした経験を共有し（「どちらも愛しあって、愛のために死んだのだ」〔同〕）、スーンが語るアフリカの伝統的な方法で、祭壇のもとに喪に服す。この母親たちの対話は、のちに描かれるデズデモーナとバーバリーやエミリアとの、またデズデモーナとオセローとの憎しみと死を経た末の再会の下敷きとなっている。

イアーゴーの妻エミリアは、シェイクスピアの原作では夫の邪悪な意図を知らずにデズデモーナのハンカチーフをキャシオーに渡す役割を持っている。その結果としてキャシオーとデズデモーナの浮気というまことしやかな嘘をオセローは信じてしまうことになる。しかしエミリアはデズデモーナの死後、自分が知らず知らずのうちに重大な罪に加担させられていたことに気づき、イアーゴーの陰謀を暴き出した末に、彼に殺される。モリスンの戯曲の死後の世界においてエミリアとデズデモーナは再会するが、その会話は（スーンとブラバンショー夫人のものと同様）互いに対する敵意に満ちたものとして始まる。デズデモーナはエミリアが自らの友人であるにもかかわらず、夫の要求に応えようとして適切なタイミングで真実を語ることをせず、それが自らの死につながったと彼女を非難する。一方エミリアは、デズデモーナの「友人」という言葉の欺瞞性を糾弾する。「『ピンをはずしてちょうだい、エミリア』『ベッドのシーツを整えてちょうだい、エミリア』そんなのは友達に対する態度じゃないね。召使いに対する態度さ。自分より、自分の階級よりずっと下の人間だから、献身的に仕えてもらって当たり前だと思ってる」（四三）。ここで初めて、二人の関係は対等な友人同士のそれではなく、階級差によって生じる圧倒的な権力関係に彩られていることに思い至ったデズデモーナは、孤児であるエミリアと、母親の愛を受けずに育った自分との間に共通点を見出すことで彼女を理解しようとする。こうした歩み寄りはもちろん簡単に赦され受け入れられはせず、エミリアは「あたしたちは同じじゃないよ」と釘を刺す。しかしそれでもデズデモーナは答える。「あなたの言うとおりよ。独善的にならずに理解しようとしなければいけなかったのね」（同）。「敵」であり異なる文化を背景に持つ「他者」として死後の世界で出会い直す女性人物たちが、沈黙ではなく対話を通して互いを理解しようとするプロセスが、ここでも繰り返されている。

この直後のセクションにおけるバーバリーとデズデモーナの再会にも、同様のパターンが見て取れる。再会の歓喜のうちに彼女の名前を呼びかけるデズデモーナに対し、バーバリーはこう答える。「あんたはわたしの名前も知らない。バーバリー？　バーバリーとはアフリカのこと。異国の、野蛮人の地のこと。何としても征服しなければならない忌まわしくて邪悪な敵のこと。バーバリーとは、あなたが存在し栄えるためにはなくてはならない者の名前」（四五)。バーバリーとは十七世紀当時のアフリカ北部沿岸地域を指す語であり、イントロダクションでセラーズが指摘しているように、当時多くのイギリス船がバーバリー諸国の海賊の被害に遭っていたという(八)。シェイクスピアの原作中にはキャラクターとしてのバーバリーの人種を明示する記述は存在しない。しかしセラーズの解釈ではバーバリーとは「アフリカ」であり、モリスンは原作にただ一度登場するこの名前のイメージを大きく増幅させ、バーバリーをアフリカから連れてこられた黒人奴隷の女性として再創造している。バーバリーによる自分に押し付けられた名の否定は、もちろん冒頭におけるデズデモーナによる自身の名の否定を思い出させる。自分の名に他者が付与した否定的なイメージを拒絶するデズデモーナが、なんのてらいもなくバーバリーという名前でかつて母のように慕った女性を呼ぶことの皮肉が、ここで明るみに出る。サラーン(ギニアやコートジボワールの言語で「喜び」を意味する)という本名を明らかにしたバーバリーに向け、デズデモーナは「あなたの名前が何であれ、わたしたちは一番の親友だったわね」と語りかけるが、そのナイーブな問いもまたサラーン／バーバリーにより即座に否定される。「わたしはあなたの奴隷だった」(同)。二人の一連のやり取りは、デズデモーナの「白さ」に基づく認識の盲点がサラーン／バーバリーの「黒さ」によって逆照射される形で進んでいく。幼少時の親密さを取り戻そうと「柳の歌」を歌うデズデモーナを制止して、サラーン／バーバリーはいかに親密であってもそこには奴隷と主人の関係性が常に存在したことを指摘する。ただそこで驚きとともに投げかけられるのが、デズデモーナによる次の問いだ。「わたしはあなたを傷つけたことがあった?」(四八)。それに対しサラーン／バーバリーはこう答える。「いいえ、傷つけたことも、乱暴したこともないわ。」この抜き差しならぬやり取りこそ、「黒さ」と「白さ」、アフリカとヨーロッパ、奴隷と主人といったあらゆる対立を包摂しつつ新しい対話につながるような、作品のクライマックスとも言える瞬間である。このやり取りの直後、サラーン／バーバリーはこう語る。「もう「柳」はいらない。死後の世界とは時間であり、時間のあるところには変化がある。わたしの歌は新しい。」そして彼女は、新しい歌を歌うのだ。「……突然わたしの肌に息がかかり／流した涙をいやしてくれる／そして呼びかける声が聞こえる、はっきりと、とてもはっきりと／『あなたは二度と死なない』と／何という至福の喜びか／わたしはもう二度と死なない」（四九）。「柳の歌」が原作においても、モリスンのヴァージョンにおいても悲嘆と来るべき死を表しているとするなら、それに対するアンサーソングといえるこの歌は、死のあとにやってくる喜び（それはサラーンの名前の意味でもある）の表現である。デズデモーナはこの新しい歌を聞き、あたかも自らもその喜びの波に合流するかのように、サラーンの言葉を複数形で反復する――「わたしたちは二度と死なない」（同）。

おわりに

『デズデモーナ』におけるモリスンの語りの戦略とは、歴史的に文学作品でほとんど反復的に用いられてきた「黒さ」と「白さ」の鏡像的なイメージを使いながらも、その差異をヒエラルキー的な関係に帰結させるのではなく、対話の出発点として提示することにあった。デズデモーナはしばしば人種や階級に関するナイーブさを露呈するが、にもかかわらずここで最後に確認しておかなければならないのは、デズデモーナにとってオセローの、そしてバーバリーの「黒さ」はあらかじめネガティブな価値を持ってはいない、ということだ。このシンプルな事実はしかし、歴史的に「黒さ」に対してなされた重層的な、もっぱらネガティブな意味付け（それはデズデモーナの「白さ」が無垢さと結び付けられる過程とちょうど反比例している）によって覆い隠されてしまいがちだ。戯曲『デズデモーナ』は、この重層的な意味付けの間隙に、歴史のあとにやってくる空間に、二度と死なない女たちの世界に、「黒さ」と「白さ」の意外な類似性や親密さを見出し、対話の可能性を探る。そこには時間はなく、ゆえに時効という形で訪れる、「白さ」にとって都合のよい赦しも存在しない。すべての時間のあとに来る変化への可能性と、共に歌われる歌があるのみなのだ。

注

1　二〇一七年三月現在、本作は米国とヨーロッパのみで上演されており、その他の地域では動画で内容のごく一部を確認できるだけであるが、複数の劇評とジョー・エルドリッジ・カーニーのパフォーマンスに関する詳細な解説を含む論文が大まかな演出や舞台設定、音楽についての情報を与えてくれる。また、二〇一一年にカリフォルニア大学バークリー校で行われたモリスン、セラーズ、トラオレのインタビューおよび研究者を交えたパネルディスカッションはYoutubeで視聴可能である。

2　この成果のひとつがマリアンヌ・ノーヴィー編のアンソロジーであるが、興味深いことにイントロダクションにおいてノーヴィーは、モリスンを含むアフリカン・アメリカンの女性作家によるシェイクスピアの読解について詳しく論じている。

3　『オセロー』のテクストはArden Shakespeare版を使用し、引用文には白水Uブックス版の小田島雄志訳を使用し、必要に応じて一部改変した。

引用・参考文献

Dow, Steve. "Peter Sellers: Shakespeare wasn't racist, He was an 'unbelievably subtle' writer." *The Guardian*, 4 Aug 2015, https://www.theguardian.com/culture/2015/aug/04/peter-sellars-shakespeare-wasnt-racist-he-was-an-unbelievably-subtle-writer. Accessed 9 March 2016.

Erickson, Peter. "'Late Has No Meaning Here': Imagining a Second Chance in Toni Morrison's *Desdemona*." Borrowers and Lenders: The Journal of Shakespeare and Appropriation, vol.8, no. 3, 2013, http://www.borrowers.uga.edu/710/show. Accessed 20 Apr. 2016.

Gilroy, Paul. *The Black Atlantic: Modernity and Double-Consciousness*. Reissued ed., Harvard University Press, 1995.

Guarracino, Serena. "Africa as Voices and Vibes: Musical Routes in Toni Morrison's *Margaret Garner* and *Desdemona*." *Research in African Literatures*, vol. 46, no.4, 2015, pp. 56–71.

Jo Eldridge Carney. "'Being Born a Girl': Toni Morrison's *Desdemona*." *Borrowers and Lenders: The Journal of Shakespeare and Appropriation* vol. 9, no. 1, 2014, http://www.borrowers.uga.edu/1217/show. Accessed 9 March 2016.

Morrison, Toni. *Beloved*. Reprint ed., Vintage, 2004.

——. *Desdemona*. Oberon Books Ltd., 2012.

——. *Playing in the Dark: Whiteness and the Literary Imagination*. Vintage Books, 1993. 『白さと想像力――アメリカ文学の黒人像』大社淑子訳、朝日新聞社、一九九四年。

Novy, Marianne, ed. *Cross-Cultural Performances: Differences in Women's Re-Visions of Shakespeare*. University of Illinois Press, 1993.

Shakespeare, William. *Othello*. Reprinted ed., Bloomsbury Arden Shakespeare, 1996. 『オセロー』小田島雄志訳、白水社、一九八三年。

Sciolino, Elaine. "'Desdemona' Talks Back to 'Othello'" *The New York Times*, 25 Oct. 2011, http://www.nytimes.com/2011/10/26/arts/music/toni-morrisons-desdemona-and-peter-sellarss-othello.html?_r=0. Accessed 28 April 2016.

UC Berkeley Events. *Desdemona Takes the Microphone: Toni Morrison and Shakespeare's Hidden Women*. October 28 2011, https://www.youtube.com/watch?v=G73AhP7Sfpg. Accessed 9 March 2016.

Column

オセローを取り戻す

常山　菜穂子

トニ・モリスンの戯曲『デズデモーナ』（二〇一二）はシェイクスピアの悲劇『オセロー』を書き換える試みだったが、アメリカ演劇史を振り返ってみれば、そもそも『オセロー』の上演はアフリカ系アメリカ演劇の系譜においてとりわけ大きな意味を持っていた。それは、この白人社会ヴェニスで身を立てて白人妻をめとる黒人武将の物語を黒人役者が演じることが、アメリカの地では長く叶わなかったからである。

「新大陸」における『オセロー』の初演は早い。一七五〇年に初めてプロ劇団がシェイクスピア作品（『リチャード三世』）を上演した翌年にはすでにニューヨークでの公演記録が残っており、その後も十九世紀から二十世紀にいたるまで、上演回数がもっとも多く人気の高い演目のひとつであり続ける。

それら公演の中で黒人役者が参加した初期の稀少な例が、アフリカン・シアター劇団の活動だ。一八二〇年までにニューヨーク市が抱える自由黒人は一万人を超えていたものの、娯楽の場はいまだ白人に独占されていた。そこで一八二一年、西インド諸島出身のウィリアム・アレクザンダー・ブラウンは、黒人観客のために、アメリカ史上初の黒人劇団を作って『リチャード三世』で旗揚げ、二番目の演目として『オセロー』を上演した。その際に、チャールズ・タフトという名の解放奴隷が主役を演じたのである（タフトはその後、悲劇役者としての体面を保とうと窃盗を犯して十年の懲役刑を受けてしまった）。公演の人気はあったようだが、ブラウンは一八二三年に破産し、翌年夏に劇団もわずか三シーズンで解散している。

このアフリカン・シアター劇団に参加していた役者のひとりアイラ・オールドリッジ（一八〇七―六七）は、一八二四年に差別の強いアメリカを逃れてイギリスへわたり、一八二六年にブライトン市でオセローを演じた。一八三三年四月には名優エドマンド・キーンの代役としてコヴェント・ガーデン劇場でオセローを演じ、のちに「ロンドンでオセローを演じた最初の黒人」と称される。一八五〇年代にはヨーロッパ巡業を成功させるなど、国際的スターへと成長していった。アメリカ人の黒人役者が、外国の地ではあったものの、十九世紀にオセローを演じて、しかも高い支持まで獲得し得た貴重な事例である。

十九世紀に人気を博した大衆演劇のミンストレル・ショーではシェイクスピアのパロディが盛んに上演され、数々の名場面がつぎはぎされた上にオセローの有名なせりふも面白おかしく作り替えられては観客の笑いを誘っていた。南北戦争前は白人の芸人が黒人を揶揄するような歌やダンス、パロディや短い芝居を見せていたが、戦後になると黒人みずからがミンストレル・ショーの舞台に上がって、オセローに扮したりもした。

このように初期の例は散見されるものの、二十世紀に入ってからも黒人俳優にとって難しい状況は続く。黒人が小劇場や大衆演劇の舞台ではなく「ブロードウェイの正統な劇場」で、たとえそれが黒人登場人物の役であっても「西洋の古典的演劇伝統であるシェイクスピアの主役」を演じることはかくも容易ではなかったのである。だからこそ、一九四三年にポール・ロブスン（一八九八―一九七六）がシューバート劇場で、白人女優ウタ・ヘイゲンを相手にオセローを演じたことは大きな事件だった。ロブスンはコロンビア・ロースクールを卒業し、生涯を通じて積極的に政治社会活動を行う一方で映画・演劇界でも活躍した。一九二四年にユージーン・オニールによる黒人の心理を深く描き出す実験劇『皇帝ジョーンズ』の主役で高い評価を得ると、一九三〇年にロンドンでオセローを演じ、ついにその十三年後に「ブロードウェイでオセローを演じた最初の黒人」となった。その公演は大人気で、二百九十六回のロングランを記録するほどだったという。これぞ、アメリカ演劇の長い歴史において、黒人役者がオセローを取り戻した瞬間であった。

第十二章　ヘンゼルとグレーテルの変容
——『ホーム』における兄妹の闘争

鵜殿　えりか

フランクとシーは忘れられたヘンゼルとグレーテルのようにしっかり
手をつなぎ、沈黙の中を歩いていった。

はじめに

トニ・モリスンの第十作目の長編小説『ホーム』(二〇一二)にはいくつかの挑戦的試みが見られる。第一に、兄妹間の近親姦的欲望のテーマが取り扱われている。唐突に聞こえるかもしれないが、モリスンの著作全体を眺めると、作家がこのテーマを取り上げるに至る明らかな流れがあるように思われる。兄妹/姉弟の関係は、『青い眼がほしい』(一九七〇)、『ソロモンの歌』(一九七七)、『ビラヴド』(一九八七)、『マーシイ』(二〇〇八)等で描かれてきたが、『ホーム』ではそれがメイン・プロットとなっている。[1] 第二の挑戦的試みは、朝鮮戦争(一九五〇~五三)のさなか、主人公が朝鮮人の幼女を惨殺するというショッキングな状況が描かれていることである。幼女惨殺は『ビラヴド』でも取り扱われたが、殺害の残酷さはそれ以上ともいえる。本論では、朝鮮人幼女殺害と兄妹間の性的関係という二つのテーマに着目し、『ホーム』においていかにそれらのテーマが、一方が他方に貢献しつつ、相互に共鳴しあいながら物語の展開を促し、独自のメッセージを構築しているかを考えてみたい。

典型的な批評としてジャン・ファーマンの批評を紹介したい。彼女は、モリスン自身この小説が「ハッピー・エンディング」であると認めていることを紹介し、物語は「快活な調子で終わる」としている（一四一）。ファーマンは、主人公のフランク・マネーとシー（イシドラ）の兄妹は「新しい解放的な知識を獲得し、愛に満ち変化可能な関係と、共同体における場所を獲得」し（一四二）、「最終的に互いのためのホームを作ることができる」（一四四）と述べている。幼女殺しについては、ファーマンは「モリスンは罪自体にはあまり関心がなく、それにどう対応するかの方に関心があると言わねばならないだろう。つまり、登場人物が生き抜けるかどうか、いかに生き抜くかに関心があるのだ」（一四三）と言い、また、この小説は「フランクの成熟の物語である」（一五一―五二）とも言っている。また、イレーヌ・ヴィスルは『ホーム』は「モリスンの全作中もっとも楽観的」だと述べている。本論はこのような解釈への反論となるだろう。[2]

『ホーム』では前述のテーマを展開するために、フォルム上でも新しい試みがなされている。主要登場人物による独白のパートと叙述のパートが交互に現われる構成は、『青い眼がほしい』、『ラヴ』（二〇〇三）、『マーシイ』における構成と同じである。全十七章中八章（全百四十七ページ中二十ページ）を占めるフランクの独白部分はすべて斜字体で書かれ、叙述部分と区別することができる。彼がホモディエゲーシス的語り手（物語内容に関与する語り手）であることは前掲作と同じだが、語り手が作者に対して「あなた」と語りかけることが特徴的である。『ジャズ』の語り手や『ラヴ』の語り手L（エル）は読者に対して「あなた」と語りかけたが、フランクは作者（含意された作者）に語りかける。語りかけるだけではなく、説得したり恫喝したりして作者のライティングに影響を与えようとする。

第一章では、フランクは、「わかってくれ、埋葬については本当に忘れていたんだ」（五）と言い訳し、第三章では、テキサスとルイジアナの夏の暑さがどんなに厳しいものか「あなたにはわからないだろう。それを言い表す言葉を見つけることなんかできっこないさ［中略］できるものなら書いてみろよ」（四一）と作者を挑発する。第五章では、書かれた内容について作者に注文をつける。以前、シカゴ行きの汽車の中でフランクは、夫が白人に殴られるのを助けようとして負傷した妻の姿を見、夫は帰宅したら妻を打つだろうと考えた――「誰が打たずにいられよう。人前で辱められても男は前に進むことができる。耐えられないのはそれを女に見られることだ。それなのに、妻は見ただけでなく夫を助けようとした。石が彼女の顔に当たった。夫は自分の身を守ることができなかったばかりか、妻を守ることもできなかったのだ」（二六）。この考え方は『青い眼がほしい』のチョリーとダーリーンの場面において見られた。チョリーは白人たちに、彼らの眼の前でダーリーンと性交することを強要されるが、その時の怒りを白人にではなく、彼の恥を目撃し彼が守ってやることのできなかったダーリーンにぶつけた。しかし、第五章においてフランクは、「ぼくはそのようなことは考えなかった」と先の叙述を否定し、「ぼくが考えたのは、夫は妻を誇りに思っているが、どんなに誇りに思っているかを他の男に見せたくなかったということだ。あなたは愛というものがよくわかっていないね」（六九）と、作者に抗議している。しかし、この訂正要求は彼の「愛」の内実を明らかにしている。つまり、彼の「愛」とは、女性を独占し男性支配の内側に閉じ込めておこうとするイデオロギーから来ているのである。また、第七章では、フランクは、作者はロータスに住んだことがないのだから、そこがどんなにひどい所かわかりはしないのだと言う。第九章では、「あなたは朝鮮に行ったことがないのだから、想像することさえできないさ。あなたは見たこともないのだから、その荒寥とした光景を描きだすことなどできはしない」と断定する（九三）。第一四章では、フランクはこれまで「あなたに嘘をついていた」と告げ、「あなたは何が真実かを知るべきだ」と言う。こうして、語り手フランクは全編にわたって作者に語りかけ、物語に影響を及ぼそうとし続ける。

朝鮮戦争からの傷ついた黒人帰還兵を同胞が批判的に描くことは難しい。フランクの作者への語りかけは、語り手と作者は同一人物ではないことを明確に示すのみならず、作者であるモリスンがつねに大きな内的外的圧力と戦いながら物語を書いていることを示す装置となっている。重要なことを語らない語り手、感情に支配され事実を正確に把握していない語り手等、「信頼できない語り手」はモリスンの過去の小説に数多く登場したが、作者を恫喝する語り手は今回初めて現れた。『ホーム』においては、登場人物が作者の描写に注文をつけるという仕掛けにより、通常であれば作者の意図の下にある存在に最大限の公平が担保されている。そうしなければならないほど作者と語り手の溝は深いのである。

一　兄と妹

『ホーム』は兄妹の物語である。『ソロモンの歌』では、兄と妹、姉と弟の間柄は険悪であった。兄メイコンと妹パイラットは幼い頃の争いが元でまったく行き来がなくなり、最後まで彼らが和解することはなかった。また、ミルクマンの姉リーナは弟の身勝手な男性的ふるまいに対して激しい怒りをあらわにした。姉たちは幼い頃から弟に奉仕させられ、弟の犠牲になり続け、今、ミルクマンにおしっこをかけられ続けた楓の木のように、立ち枯れようとしているのだと言う（二一二―一六）。『ビラヴド』では、母セサが殺害したのは男の子たちではなく妹のビラヴドだった。また、『マーシイ』では、フロレンスは母の愛を独占する弟に対する嫉妬と怒りを抑えることができない。フロレンスは、弟の化身ともいうべきマレイクを誤って傷つけてしまうが、マレイクをかばい彼女を殴打した鍛冶職人に対して怒り狂う。その他の小説においても、兄妹／姉弟には姉妹のような親密さは見られない。兄妹の葛藤はこれまでサブ・プロットとして描かれるだけであったが、『ホーム』においてモリスンの長年にわたるこのテーマがとうとう前景に現れた。

『ホーム』の主筋は、フランクが収容されているワシントン州シアトルの精神科病棟から始まる。フランクはこの時点で二十四歳、三年間朝鮮戦争に従軍し、その後一年間シアトル郊外にある米軍基地フォート・ロートンで軍務に就いていた。一つにはこの小説は、帰還兵フランクが恋人リリー（リリアン）と共に住む家から去り、途中収容された病院を抜け出し、乗物を乗り継いでジョージア州の小村ロータスへと帰還する旅の物語である。フランクが多くの黒人たちのネットワークに助けられて、アメリカを北から南へ、西から東へと縦横断する様は、奴隷制時代の「地下鉄道」のルートを逆にしたものである。『スーラ』（一九七三）では、ヘリーンは、帰郷を拒絶していた人種差別のある南部の町へと屈辱に満ちた列車の旅をした。彼女同様、フランクも、妹が危機にあることを告げる手紙が届いたためにいやなロータスに帰らざるを得なくなった。彼は一九四九年に軍隊に入隊して以来ロータスには一度も帰っていないし、村への嫌悪を幾度も表明している。例えば、ロータスは「世界で最悪の場所だ。どんな戦場よりもひどい。戦場では少なくとも目標、興奮、勇気」があるが、ロータスに「未来はなく、あるのは延々と続く時間潰しだけ。息をする以外目標もなく、勝ち取るべき何ものもない」（八三）と言う。「軍隊があったことを神に感謝する。この村には星より他に懐かしいものは何もない」（八三）とも言っている。しかし、「ぼくは［ロータスへ］行かなければならないが、行くのが怖い」（八四）と言っているように、彼のロータスに対する嫌悪は恐怖と表裏一体である。何が彼を怖がらせているのだろうか。フランクは戦場で友人たちが戦死した時の凄惨な様を見た。前出引用の言葉は、戦闘の残酷さと友を失った辛さを語るフランクの言葉と矛盾している（九八―九九頁参照）。客観的に見れば、フランクにとって戦場はロータスよりもひどい場所であったことは間違いない。明らかに戦場がひどい場所であるにもかかわらず、ロータスの方がひどいというのは、いったいどういう意味なのだろうか。

フランクが四歳の時、ルーサーとアイダ・マネー一家五人はテキサス州バンデラ郡から他の十四家族とともに強制追放され、祖父セイラムを頼ってロータスにやってきた。[3] その時期は、フランクが軍隊に入隊した一九四九年から逆算すると、アメリカ合衆国全体に不況が吹き荒れた一九三四年頃のことである。セイラムの二番目の妻レノアは突然やってきた貧しい一家を自分が所有する家にしぶしぶ受け入れはしたものの、彼らに辛くあたり、特に末娘のシーを嫌った。しかし三年後、一家は自分たちの借家に移り、祖父たちと暮らすことはそれきりなくなった。したがって、フランクやシーがロータスを嫌う理由をすべてレノアに帰すことには無理がある。グリム童話のヘンゼルとグレーテルは両親の家に帰るしかなかったが、フランクとシーはいやな祖父母の家に戻る必要はない。意地悪な継母の役割を担わされたレノアだが、彼女のための一章（第八章）があり、それほど悪い人間ではないことがわかるようになっている。アラバマ州ハーツヴィルに住んでいた時、レノアは最愛の最初の夫をリンチによって殺され、難を逃れるためにこの地にやって来、便宜上寡夫セイラムと再婚した。また、レノアは居候の一家に金銭の支払いを求めず、赤ん坊のシーの世話も引き受けた。そのおかげでマネー一家は独立するための金を貯めることができた。後にレノアは脳卒中になり、身体不自由になり、言葉も喋れなくなる。彼女が貯蓄した財産を彼女自身はもはや使うことができず、セイラムに自由に使われている。セイレムはレノアが言うことをわざと理解できないふりをする。総合的に見ると、レノアはむしろ不運な普通の人間である。こうして、おとぎばなしに現われる邪悪な「継母」は、『ホーム』では共感可能な人間性を与えられている。兄妹の両親は一日十六時間の労働のため子どもの世話を十分にする余裕はなかったが、当時のアフリカ系アメリカ人家庭の多くがそうだったのであり、特別に悪い親というわけではなかった。両親の不在によりフランクは四歳の時からシーの「実の母親」役を担った。

小説は、兄妹が雄馬を見にゆく場面を語る一人称の語りから始まる。彼らのいる放牧場はいくつもの立ち入り禁止の警告のある場所であったが、フランクはどうしてもシーに馬を見せたかった。この時フランクは九、十歳、シーは五、六歳である。[4] 物語は彼と妹を指す「ぼくら《ウィ》」で語られ始める。

> 馬たちは男らしく起ち上がった。ぼくらは見ていた。馬たちは男らしく立っていた。ぼくらはあの場所の近くには行ってはならなかった。ジョージア州ロータス周辺のたいていの農場のように、ここにも恐ろしい警告が書かれたたくさんの看板があった。［中略］ぼくらは誘惑に打ち勝つことができなかった。ぼくらはほんの小さな子どもだった。（三、傍点筆者）

「ぼくら」を強調した語りから兄妹の密接な関係が暗示される。しかし、第一章は「ぼくら」で語られ始めはするものの、結局この語りはフランクの独白であることがわかる。以下はこの章の最終箇所である。

> あなた［作者］はぼくの物語を語ることにとりかかっているのだから、何を考えるにしろ書くにしろ、このことは知っておいてくれ。ぼくはこの埋葬のことは本当に忘れていたんだ。ぼくが憶えていたのは馬のことだけ。馬たちはとても美しくとても荒々しかった。馬たちは男らしく起ち上がった。（五、傍線筆者）

つまり、「ぼくら」と「ぼく」は同一の主語を意味しているのである。

フランクは、雌馬の専有をかけて争う雄馬たちの男らしい様をシーに見せようとした。彼は勝ち誇る黒馬の姿を見せることにより、自己の男性性への妹の承認と信頼を得ようとした。何故そうする必要があったかは後に触れよう。しかし、彼の意に反し、そこでは白人による黒人男性の秘密の埋葬が行われ、彼はこの埋葬を妹に見せるはめになってしまう。その光景を見るやシーの体全体はぶるぶると震え始める。フランクは妹の肩を抱きしめその震えを「自分の骨へと吸収しよう」とするが、できなかった。妹に雄の優越性を見せつけるという試みは崩れ、逆にリンチによって殺害されたと思われる黒人男性の死体を見せて妹を恐怖へと突き落とすことになってしまう。先に引用したように、彼は馬の荒々しい様子は記憶しているのに、自分にとって都合の悪い埋葬については「本当に忘れていたんだ」と言い訳している。このように冒頭から成功しているとは言えない兄妹の関係が示されている。

二 「家」と「帰還」

この小説が『ホーム』というタイトルであることから、まず家に言及している冒頭の題辞《エピグラフ》を見てみよう。題辞は「これは誰の家 (house) なのか?」という問いかけで始まる。

言ってくれ、この家は誰のものなのか
私の家ではない
私が夢見ていたものは、別のもっとやさしくて明るい家［中略］
だが、この家は奇妙だ
影が差す

教えてくれ、何故その錠が私の鍵に合うのかを

この題辞を、フランクの独白からなる十行しかない第一七章（最終章）と比較してみよう。

ぼくはあの木を見つめながら長い間そこに立っていた［中略］
シーは私の肩に触れた
軽く
フランク？
何？
さあ、帰りましょう *(go home)*（一四七）

この「中央に傷を負っている」木は小説中五回にわたって言及される悲惨《レッチド》川河畔の月桂樹である。小説の序盤では「落雷で頂上が焼け落ちた」（五二）とのみ説明されているので、この木はフランクを象徴していると思われたが、小説の終り近くでは「中央が裂け、頂上がない」（一四四）と説明が付け加えられていることから、子宮を破壊されたシーとフランクの双方を指していると考えられる。この両者が合体した木のイメージの出現により、物語は「ぼくら」で語られた冒頭の場面へと一巡して接合される。

エッセイ「ホーム」（一九九七）においてモリスンは、人種差別のある社会が「ハウス」であるとすれば、そうでない社会を「ホーム」として両者の違いを説明した――「『ホーム』は適切な言葉であるように思える。何故なら、第

一に、それは『ハウス』の比喩と『ホーム』の比喩の違いをはっきりさせ、人種構成についての私の考えをはっきりさせるのを助けてくれるからである」(三)。小説『ホーム』においても基本的にこの考え方が貫かれているが、次の点が特徴的である。この小説では、「ハウス」という単語は六十四回、「ホーム」という単語は三十三回使われているが、「ハウス」が具体的な家を指しているのに対して、「ホーム」は、get home, go home, come home, sent home, back home, walk home, come back home, take home 等の「帰還」を表す使用が半数を占めている。つまり、「ホーム」は実在ではなく回帰の運動を意味する言葉であることがわかる。この事実によりシーが帰宅を誘う最後の場面の意味は変化する。このことについては最終項で触れることにしよう。

題辞に描かれた「家《ハウス》」は何を意味していたのだろう。この暗く不気味な家は、祖父とレノアの家や、シーを実験台にしていかがわしい手術を行う医師ボーリガード・スコットの家や、その他の家ではなく、自分の鍵が合うことから確かに自分の家であるらしいのである。この小説では、小説中に言及されてもいるので、グリム童話「ヘンゼルとグレーテル」が物語の枠組みとなっているようにみえる。「ヘンゼルとグレーテル」では、継母は兄妹を追い出そうと父親をそそのかし、父親は妻に逆らうことができない。兄妹は森の中で道に迷い、そこで出会った魔女にヘンゼルは格子の中に閉じ込められてしまうが、グレーテルは魔女を騙してかまどで焼き殺し、兄を救い出す。宝物を持って家に帰ると、継母は死んでおり、その後は三人で幸せに暮らす、というのが粗筋である。ヘンゼルとグレーテルの父母の関係はフランクとシーの祖父とレノアの関係と同じであることからも、一見このおとぎばなしが『ホーム』の物語の枠組みとなっているようにみえる。しかし、これは表面的な枠組みに過ぎない。結局、「ヘンゼルとグレーテル」の枠組みは別の物語の枠組みへと変換させられてしまうのである。

ヘンゼルとグレーテルの家では親たちが子を死なせようと秘かに謀をしたが、フランクとシーの両親はそうではない。一家は三年間レノアの家に居候したが、その後自分たちの家に移り住み、良い隣人にも恵まれた。物語後半に現れるシーの恢復を手助けする村の女たちはフランクの憎悪に値しない人々である。ヘンゼルとグレーテルは恐怖の家であるにもかかわらずその家に帰っていったのだから、兄妹の幸せが長く続く保証はない。一方、フランクとシーはロータスへは帰ろうとしなかった。シーの夫プリンスがレノアから借りた車を盗んで逃げてしまったこともあり、シーは村に帰りづらいのである。その上、シーは優性学的実験を行う南部連合支持者の白人スコット医師にだまされ、子宮の手術を受け、妊娠不能にされてしまう。つまり、シーにとってロータスの外部はロータスよりひどい場所であった。「ヘンゼルとグレーテル」ではヘンゼルが魔女の罠にかかり妹に窮地を救われるのだが、『ホーム』のフランクは、「眠り姫」の王子さながら、スコット医師の病院に突入し、シーをベッドから救出し、ロータスに連れ帰るという英雄的なふるまいをする。ここにおいて、「ヘンゼルとグレーテル」の物語の枠組みは「眠り姫」の枠組みに転換される。「眠り姫」とは、能動的な王子が受動的な姫を救出するという男性優位的な物語である。

三　英雄の二面性

おとぎばなしの王子さながら妹を救出したフランクだが、彼にはもう一つの顔がある。それは彼の持つ二つの名前に示されている。朝鮮戦争で功績を挙げた帰還兵フランクはアメリカ合衆国の英雄である。かつてモリスンは二つの顔を持つ「英雄」を数多く描いて来た。ソロモン（『ソロモンの歌』）、ヘンリー（『ジャズ』）、モーガン兄弟（『パラダイス』）、ビル・コージー（『ラヴ』）らがそれにあたる。[5] ヘンリーがヘンリー・レストーリィとヘンリー・レストロイという二つの名前を持っていたように、フランクにはフランク・マネーの他にスマート・マネーという名前がある。本名はフランクであるが、故郷の人たちの間では彼はスマートというニックネームで呼ばれていた(一一六)。つまり、彼は「率直(フランク)」であるより「抜け目がない(スマート)」と思われていた。フランクはシーを連れ、ロータスで民間医療を行うミス・エセル・フォーダムを訪れる。村の女たちは一致して「彼の男性性が妹の状態を悪化させる」と考え、彼を妹の側に近づけないようにする(一一九)。

「どこかに行ってちょうだい」とエセルは言った。「呼ぶまでこっちに来ないで。」
フランクには彼女が本気で恐れているように見えた。[中略]
「出て行って。」彼女は手を振って彼を追い払う仕草をした。「あんたは何の助けにもならないのよ、スマート・マネーさん。そんな邪悪な心をもっていてはね。(一一九—一二〇)

妹を救出したにもかかわらずこのような扱いを受けることから考えると、フランクが妹に非常に悪い影響を与えていることは、村の女性たちの共通の認識であったようだ。

フランクとリリーとの関係においても同様のことが言える。彼はフォート・ロートンから除隊後、リリーと出会い同棲するようになる。彼女は彼を愛したものの、結局は愛せなくなる。というのも、フランクは彼女との日常生活において協力者/パートナーとなる努力を一切しなかったからである。初めリリーはそれを戦争の後遺症と考えようとし、色々と努力もしてみた。しかし「どんな小さな家事も彼女の仕事だった。床に投げ散らかされた服、流しに放置された食物がこびりついた皿、蓋が開けっ放しのケチャップ瓶、排水口に詰まった髪、バスルームのタイルに積まれた濡れたタオル。リリーはやって行こうと思ったし、我慢もした」(七八)。フランクは幼い頃シーの面倒を見ていたし、軍隊では身の回りのことはすべて自分で行わなければならない。それ故、彼がリリーの生活上の求めに応じないのはそうできないからではなく、そうする必要がないと思っていることの無意識の現れである。それは彼の男性性の中に滲みついた態度・習慣である。[6] 彼は女性の保護者(すなわち支配者)にはなろうとしても、パートナーになろうとはしない。リリーは、フランクが自分から彼女の家を出て行ってくれたことに安堵する。彼女は彼の態度が病気によるものではなく、彼の本質であることを見抜いたのである。そして、ジェイディーン(『タールベイビー』)がサンとの別れの際にしたように、リリーも孤独を積極的に引き受け、自立を宣言するのである。

以前に感じていた寂しさは解消され始め、その代わりに、自由、勝ち取った孤独、自分が選んで壁を乗り越えたことに対する震えるような興奮が来た。変な男を背負う重荷はもうない。邪魔もなく気もそがれなくなったので、リリーは本気で彼女の野心にふさわしい計画を押し進め、それに成功することが可能になった。それは両親が彼女に教え、彼女が彼らに約束したことだった——一度選んだら決して動じるな、彼らは語気強くそう言った。(八〇)

リリーだけでなく、ビリー・ワトスンの息子トマス少年はフランクの意地悪さに気付き、冷たい眼差しを向ける。フランクは、トマスが警官に銃を誤射され腕が動かないことを知っているのに、どんなスポーツをするのか訊ね、彼の生意気さを懲らしめようとした(三二)。一方で、フランクは通りすがりの女性とは軽口を楽しみ、小さな女の子とも触れ合う。例えば、教会の集まりに来ていた吊り目の少女は彼に微笑みかけ(七六)、ロータスの少女は彼が以前子犬の首輪を作ってくれたことを憶えていた（一一五―一六）。彼が小さい女の子に好かれることと朝鮮半島での事件とは関係があるだろう。というのも、朝鮮人の浮浪児の女の子は彼の元に毎日通って来ていたからである。いくら小さな女の子でも危険な人物だと思えば近寄らないであろう。フランクと女の子は、口をきかないながらも、親しい関係を形成していたと思われる。フランクも彼女の訪問を喜んでいた。

朝鮮戦争に従軍したフランクは「人種統合部隊」に入隊したが、そこでジョン・ロック牧師が指摘したような人種差別的な扱いを受けたわけではなかった。[7] フランクは次のように言う――「軍隊でひどい扱いを受けはしなかった。時々精神に不調を来すのは軍隊のせいではなかった。実際、除隊時の医師たちはとても親切にしてくれ、精神の不調はそのうちに直るよと言ってくれた」（一八）。つまり、彼の精神の不調は軍隊に入ってからでなく、それ以前からあったのである。しかし、前述したように、軍隊に入り戦闘に参加してから、フランクは残酷な殺戮を何度も目撃することになった――「若者が自分の内臓を、悪いお告げによって砕けた占い師の水晶玉のように両掌にもって、それを腹の中に戻そうとしているのを見た。顔下半分だけになった若者の唇がママと呼ぶのも聞いた」（二〇）。顔が破壊された若者は同郷の友人マイクである。同じく同郷のスタッフも戦場で「肉」と化した（九九）。そして、以下の引用が示すように、自らも殺戮を行った。

その後自らが行った殺戮についてはどうだ？　子どもを引きずりながら走って逃げる女たち。他の足の速い人たちの邪魔にならないように、道の端をよろよろ歩いていた松葉杖をついた片足の老人についてはどうだ？　お前［フランク］はじいさんの頭に一発ぶち込んだんだ［中略］そしてあの女の子。あの子が自分の身に起きたことに値する何をしたというんだ？（二一一―一二）

どれだけ北朝鮮人や中国人が死んでもフランクを満足させることはできなかった。銅に似た血の匂いを嗅ぐと気持が悪くなるどころか、食欲が増すようになった。（九八）

これらの記述から、フランクが民間人に対しても殺戮を行ったこと、彼が戦争の暴力性を好んでいたことがわかる。彼は以下のように言う——「戦闘は恐ろしいさ、だけど、生きている実感がある。命令が下ると腸《はらわた》が活気づくんだ。仲間が援護射撃をし、そして、殺し合いが始まる——はっきりしたものさ。深い思考は必要ない」（九三）。むしろ彼が耐えられないのは何もしないことであり、それによって「深い思考」に導かれることを恐れている。彼は何もせずに「待っている時間がもっとも辛い」と言う。フランクは深く考えることによって何と直面することを恐れているのだろうか。

四　物語の変容

語るにつれ、フランクの語りは物語初めに言及した「女の子」の記憶へと収斂してゆく。通常、「信頼できない語り手」は語りたくないことを語らないことによって語りの信頼性を喪失する。しかし、フランクは語らないだけでなく、あからさまな嘘をつく。歩哨の兵士が朝鮮人少女を惨殺したという嘘である。フランクは毎日長時間歩哨に立っていたが、ある日竹薮をがさごそさせて小さな女の子が軍の生ごみを漁りにやって来た。彼女の身振りはシーを思いださせた。フランクは女の子が毎日のように生ごみを漁るのを黙認しただけでなく、彼女の訪問を小鳥を見るかのように楽しんだ（九四—九五）。しかし、彼の語りによれば、別の歩哨の兵士が、女の子が兵士の股間に手を伸ばし「ヤム、ヤム（おいしい）」と聞こえる言葉を発し、股間に触れたことに驚き、彼女を至近距離から射撃し、バラバラ死体にしてしまったという。兵士がそうした理由として、フランクは次のように推測する――「今思い返してみると、歩哨は嫌悪以上のものを感じたのだろうと思う。歩哨は自分が誘惑されたと感じたのだと思う。彼が消し去らなければならなかったのはまさにそれなんだ」（九六）。このようにフランクは第九章では語っていた。

しかし、小説の終り近く（第一四章）になると、フランクは「あなた［作者］に嘘をついていた、そして、自分にも嘘をついていた」という告白を始める。彼は、「朝鮮人の少女を顔面から撃ったのはぼくなんだ。少女が触ろうとしたのはぼくなんだ」と告げる。戦死した友への哀悼が他の恥を覆い隠してしまっていたのだと言う。

> 少女が掻立てたのはぼくの欲望だ。［中略］
> あの子は死んだ方がいい。
> ぼくを自己の内部の認知しない場所へと連れて行ったのだから、どうして少女を生かしておくことができようか。
> ズボンのジッパーを下げ、少女にぼく自身を味わわせるあの場所へとぼくが身をゆだねたら、どうして自分を好きでいられようか。自分自身でいることさえどうしてできようか。（一三三―三四、傍点筆者）

フランクは小説の後半部になってようやくこの最も重要な事件について語り、さらに終り近くでようやく幼女殺しをしたのは実は自分なのだと告白する。彼は、シーによく似た幼女が自分の股間に触る仕草をすることによって、自己の内部の正当化されない性欲望に気づかせられたと言いたいようである。自らの内にあるその正当化されない欲望に恐れをなし、思わず銃を発射したのだと。しかし、幼女を殺す理由としての彼の説明には説得力がない。

朝鮮人の幼女は生き延びるために、これまで意味もわからないまま男たちに性的なサービスをして来たと思われる。幼女は、毎回食料を漁ることを黙認してくれるフランクへの感謝のために、自分ができる精一杯の好意を示そうとしたに違いない。前述のような正当化されない性的欲望はたいていの人間が持っているものであり、それを喚起させられたからといって通常人を殺すには至らない。少女はフランクの股間に小さな手を伸ばし、それに触れただけである。しかし、彼は、「ズボンのジッパーを下げ、少女にぼく自身を味わわせるあの場所」と、かなり具体的な描写をしている。何故少女の身振りがそれほどまでに彼を苦しめ、彼女の顔面を射撃し、手しか残らないようにするほどの暴力へと彼を駆り立てたのか。その理由として考えられるのは、フランクはかつて「あの場所」へ行った経験があるということだ。「あの場所」とはすでに知っている場所を指す。そして、かつて「ズボンのジッパーを下げ」、「ぼく自身を味わわせ」たその相手とは妹のシーをおいて他にいるだろうか。朝鮮人の幼女はシーに似ていたと彼は言っていた。幼女の身振りは、少年時の彼が幼い妹を守るという名目で妹のすべてを支配下に置き、彼に奉仕させた過去を思いださせるのである。したがって、朝鮮人幼女殺しが彼のトラウマの源なのではない。両親がいない家で、兄妹二人だけで残された「あの時、あの場所」で起きたことこそが、ジャスティン・ベイリーの言葉を借りれば、「彼の苦しみの真の源、彼の原初的トラウマ」に他ならないのである。フランクにとってロータスの「家」とは、幼い彼の近親姦的欲望が発現した場所なのだ。彼が自己の男性性の代替物たる雄馬をどうしてもシーに見せる必要があったのは、彼が行った保護者的でない、すなわち男性的でない行為を埋め合わせる必要があったからである。

ロータスの女たちやシーの反応から、フランクは物語の最終時点においても彼女たちの信頼をかち得ていないことがわかる。というのも、彼は物語冒頭の時点からまったく変化していないからである。第一六章で、フランクは、その昔惨殺され穴に埋められた黒人男性の骨をキルトに包んで埋葬し直すために、嫌がるシーを連れ出して再び雄馬のいたあの場所へと赴く。そのキルトは、シーが女たちのキルト・グループに入れてもらい、不妊となった心の傷を癒すために、初めて自分で作成した大切なものであるという事実は重要である。そのため彼女は最初キルトを渡すのを拒んだが、フランクは「しつこくそれを要求した」。つまり、幼い妹を危険な場所に無理やり連れ出した物語冒頭と同じふるまいが、ここで再び繰り返されている。シーは「他の人の望むことをする昔ながらの自分に逆戻りしたことに困惑していた」（一四二）。フランクは悲惨川河岸に垂直の穴を掘って男性の骨を埋葬し、「ここに男が立つ」と記した木の板の墓標を月桂樹の幹に打ち付ける。フランクの「男らしく立つ」ことへの執着は、幼い妹に雄馬が人間の男のように立つところを見せようとしたあの時から変化していない。シーが自分の意思を持とうとはするものの、大切なキルトを守りきれず兄に渡してしまったということは、彼女がすでに彼の支配に絡めとられていることを象徴的に示している。というのも、キルトはシーにとってのみならず、アフリカ系アメリカ女性にとって特別の意味を持っている。キルトは、奴隷であった黒人女性たちが端切れを少しずつ集め、想像力を凝らして縫い合わせ、一つの芸術作品へと昇華させた生活用品である。アリス・ウォーカーの短編小説「日用品」（一九七三）では、妹マギーからキルトを奪おうとする姉ディーに対し母はそのキルトを守り抜いたが、シーのキルトを守ってくれる人はいない。彼女のキルトは黒人男性の男性性を屹立させるために使われた。したがって、兄と妹がこれから帰ろうとする家は、彼らの家であるには違いないが、シーにとって危険な家である。

題辞に描かれた家はアッシャー館のような不気味な様相を呈していた。エドガー・アラン・ポーの「アッシャー家の崩壊」におけるロデリック・アッシャーと同じように、フランクは、妹が自分の唯一の家族であり、自己の「影」であると言う。

シー、イシドラ、わが妹よ。今ではただ一人の家族。あなた［作者］がこれを書く時、このことを知っておいてくれ。シーはぼくの人生の大半において影であったということを。彼女は彼女自身の不在を示す存在だった。ぼく自身の不在を示す存在であったかもしれない。だって、彼女なしにぼくは存在しないのだから。（一〇三）

この独白には兄と妹のただならぬ関係がほのめかされている。「アッシャー家の崩壊」は、兄と妹の間の近親姦的愛憎のテーマを内包する短編小説である。双子の兄ロデリックは、自己の分身であり「影」である妹マドリンの殺害を実行する。自らの欲望に恐れをなしたロデリックは、妹を生き埋葬することによりその欲望に蓋をしようとする。同じように、フランクが、妹の客観的相対者（objective correlative）である朝鮮人少女を殺害する行為は、己の近親姦的欲望に蓋をする行為である。「アッシャー家の崩壊」では復讐の鬼と化したマドリンは棺の蓋を破り、地下納骨堂の扉を破り、血だらけの姿でロデリックの前に現われ、兄を押し倒し、両者は息絶える。この短編小説の結末は『ホーム』のこれからを暗示する物語の枠組みを構成している。フランクが準備した家に戻ったフランクとシーの今後はいったいどうなるのだろうか。フランクは再びシーを自分の支配下に置くだろう。フランクの男性性はシーにやさしく包まれることによってしか成立しないから。彼は黒人男性の骨をシーが作ったキルトに包み、その人の男性性を回復させたかに見えたが、実はその骨はフランクの傷ついた男性性を象徴するものである。十五年前彼が妹に男性性の権化たる雄馬を見せようとして失敗したあの場所に赴き、黒人男性の骨をキルトに包んで埋葬し直し、過去の失敗を成功へと塗り替えることにより、彼は長年にわたるトラウマをとうとう乗り越えることができたのだろう。こうして振り出しに戻ったフランクとシーの家ではかつてと同じ物語が展開することになるだろう。兄は妹を「ぼくら」という主語の下に埋葬してしまうだろう。

しかし、もちろんそうならない可能性も小説の中では暗示されている。それは最終章の「さあ、帰りましょう（go home）」というシーの言葉に隠されている。彼女の言葉は具体的な「家」に帰ることを提案しているのではなく、「帰る」という運動を意味していると考えられる。シーはロータスの女たちの援助を受けて自立し、フランクの支配から脱却するかもしれない。物語のエンディング時点では、そうなる可能性（変化・展開）とそうならない可能性（回帰・反復）は相半ばしている。小説『ジャズ』のエンディングでは、変化のムーヴメントと回帰のムーヴメントの両方が存在した。『ジャズ』の場合同様、「帰還」をテーマとする小説『ホーム』においても、元いた場所に帰るのか（回帰・反復）、本来あるべき自己へと帰るのか（変化・自立）、複数のヴェクトルが存在する。主人公たちがどちらの方向に向かうのかは読者の想像に委ねられている。[8]

兄妹間の近親姦的関係と朝鮮戦争における残虐行為というまったく異なる二つの題材を接合するという離れ技により、モリスンが長年温めてきた兄妹のテーマが『ホーム』において見事に浮き彫りにされた。当初の「ヘンゼルとグレーテル」の物語の枠組みが徐々に「アッシャー家の崩壊」という隠された枠組みへと変換されるにつれて、最初普通の仲良し兄妹に見えたフランクとシーの関係が、実は危険で破壊的な関係であることが暴き出されていった。朝鮮人の幼女という第三項の存在の介入により、外部からは見えない兄妹関係の危険な内実が暴露され、兄による性支配という困難なテーマが提起されている。白人家庭より親が我が子を見守る時間が圧倒的に少なかった黒人家庭に、こうした問題がより多くあるという社会問題の提起でもあると同時に、戦争における残虐行為が加害者側の内的問題に起因する所が大きいという事実も示されている。親が機能せず自分の力で生き延びるしかなかった幼女を、同様の境涯に育った他国の青年が惨殺することの不条理が描きだされている。

注

1 このテーマを中心的に取り扱った論文は今のところ見つけられないが、風呂本惇子論文は兄妹間の「インセスト的な欲望」を指摘している。

2 朝鮮人幼女惨殺を戦争の不幸な背景としてしか捉えない姿勢は欧米の書評・批評の多くに共通している。例えば、『ガーディアン』紙セアラ・チャーチウェル（四月二七日）、『ワシントンポスト』紙ロン・チャールズ（四月三〇日）、『サンフランシスコゲイト』紙テイアリ・ジョーンズ（五月六日）、『ニューヨークタイムズ』紙ミチコ・カクタニ（五月七日）、同リー・ヘイガー・コウアン（五月一七日）の書評は、このことについて一言も言及していない。

3 父母の名前ルーサーとアイダは、アフリカ系アメリカ人の偉人、マーティン・ルーサー・キング・ジュニアとアイダ・ウェルズから来ている。

4
[年表]

一九三〇年　フランク、テキサス州バンデラ郡に生まれる
一九三四年　フランク四歳、家族は故郷を強制追放され、ジョージア州ロータスに移住する
一九三九／四〇年　フランク九／十歳、シー五／六歳、馬を見に行き、黒人が埋葬されるのを見る。同じ時期、ジェロームと父親が闘わされ、ジェロームは父を殺す
一九四九年　フランク十九歳、ロータスを出て、軍に入隊する
一九五〇年　フランク、朝鮮戦争に出兵する
一九五三年　フランク、朝鮮から帰還しフォート・ロートンに駐屯する
一九五四年（小説の現在）フランク二十四歳、シアトルの病院から脱出し、アトランタに行きシーを救出した後、ロータスへ帰る

5 「スマート・マネー」には（賭博等の）賭け金、賭け事に抜け目のない人等の意味がある。

6 リリーの章（第6章）に、左翼劇作家アルバート・モルツ（一九〇八―八五）の戯曲のタイトル『モリスン事件（*The*

Morrison Case)』（一九五二）が紛れ込んでいる（七二頁）のは単なる偶然なのかどうか興味深い。

7 例えば、フランクたちが人種統合部隊で行動を共にした白人青年レッドは、北部人を嫌い、黒人兵士たちと仲良くした。

8 兄妹にとってロータスは故郷ではない。フランクにとっての故郷はテキサス州バンデラ郡であり、移動の途中で生まれたシーには故郷と呼べる土地はない。

参考文献（主なもの）

Baillie, Justine. *Toni Morrison and Literary Tradition: The Invention of an Aesthetic*. Bloomsbury, 2013.

Bennett, Juda. *Toni Morrison and Queer Pleasure of Ghosts*. State U of New York P, 2014.

Furman, Jan. *Toni Morrison's Fiction: Revised and Expanded Edition*. U of South Carolina P, 2014.

Ibarrola, Aitor. "The challenges of recovering from individual and cultural trauma in Toni Morrison's *Home*." *IJES*, vol. 14, no. 1, 2014, pp. 109–24.

Morrison, Toni. "Home." *The House That Race Built*, edited by Wahneema Lubiano. Vintage, 1998.

——. *Home*. Knopf, 2012.『ホーム』大社淑子訳、早川書房、二〇一四年。

Roynon, Tessa. *Toni Morrison and the Classical Tradition: Transforming American Culture*. Oxford UP, 2013.

Smith, Valerie. *Toni Morrison: Writing the Moral Imagination*. Wiley-Blackwell, 2012.『トニ・モリスン――寓意と想像の文学』木内徹・西本あづさ・森あおい訳、彩流社、二〇一五年。

Poe, Edgar Allan. *Collected Works of Edgar Allan Poe*. 3 vols. Edited by Thomas Olive Mabbott. Harvard UP, 1978.『ポオ小説全集』四巻、創元社、一九七四年。

Visser, Irene. "Fairy Tale and Trauma in Toni Morrison's *Home*." *MELUS*, vol. 41, no. 1, 2016, pp. 148–64.

Wagner-Martin, Linda. *Toni Morrison and the Maternal: From the Bluest Eye to Home*. Peter Lang, 2014.

Walker, Alice. *Everyday Use*. Edited by Barbara T. Christian. Rutgers UP, 1994.「日用品」『アリス・ウォーカー短篇集――愛と苦

悩のとき』、風呂本惇子・楠瀬佳子訳、山口書店、一九九五年。

グリム『グリム童話集』五巻、金田鬼一訳、岩波書店、一九七九年。

平沼博子「声なき他者を悼むこと：ポスト9・11のアメリカの故郷喪失／発見の物語としてのトニ・モリスンの『ホーム』」、『黒人研究』八三号、二〇一四年、四一—四八頁。

風呂本惇子「『ホーム』を創る——トニ・モリスンの『ホーム』、一つの読み」、『エスニック研究のフロンティア』多民族研究学会編、金星堂、二〇一四年、二四〇—五〇頁。

第十三章　連鎖を解く力
——『神よ、あの子を守りたまえ』における「母代わり」の意味

風呂本　惇子

はじめに

モリスンの小説世界に登場する母親たちのほとんどは、世間が想定する母親の「規範」を外れている。育児を放棄する母、わが子を虐待する母、わが子を殺す母。そのような母親になってしまった経緯を、彼女を囲む環境に焦点を合わせながらたどることが小説の重要な構成要素となり、また、そのような母親との関係で心に傷を刻んだ娘や息子が送ることになる人生も重要なテーマになっている。

とはいえ、「規範」に外れた母親の登場がこれほど多いと、そのような母親を描きつづけること自体にモリスンの意図がある、とする批評家の意見に耳を傾けたくなる。たとえば、リーザ・C・ローゼンは、モリスンが「母親であることに社会的に課せられた制限をとりはらって、母親体験の普遍的な人間性を露わにする」ことにより、「母親の役割という境界を分解し、常に広がってゆく、世代間を超越した母親概念の定義を創りだしている」（二一八）と述べ、モリスンの姿勢に母親の「規範」そのものへの問いかけを見ようとする。一方、アンドレア・オライリーは、人種、性、階級差別と闘わねばならない現実にあって、母親のありようが子どもに及ぼす心理的影響は、政治にすら関わるほど深いものであることを分析していく。その上で、モリスンは母親の役割がうまく機能しない場合の状況を描くこ

とによって、母親のありようがもつ大きな意味を逆説的にあぶりだしている、と受けとめている(四四)。どちらの批評家も、モリスンの母親像が主流社会のそれではなく、アフリカ系アメリカ社会に特有な歴史・文化から生まれたと見る点では共通しているが、オライリーのほうは、視野を西アフリカにまで広げている。西アフリカ地域社会における共同生活的ライフスタイルでは、育児を生物学上の母親の役割とは必ずしも限定せず、相互依存的に柔軟に対応していた。大西洋を強制的に渡らされ、奴隷制社会に置かれてからは特に、この相互依存の伝統を継承していかなければ子どもは生き残れなかったであろう。生物学的な血のつながりはいつなんどきでも断ち切られる状況だったのだから。

この精神が奴隷制終了後もアフリカ系アメリカ社会に根付いていた、という観方は、オライリーだけでなく、母親像に焦点を置く多くの批評家に共有されているが、それらの批評においては、「アザーマザー」(othermother)および「コミュニティ・マザー」(community mother)という言葉がしばしば使われている。[1]「コミュニティ・マザー」は「共同体の母」と訳し得よう。モリスンの小説世界で言うなら、その明示的な例は、『ホーム』で瀕死のシーを回復に導いた女性たちであろう。共同体の世話をするという意味でなら、『ビラヴド』のベイビー・サッグスも(惨事の起こる前までは)これに相当していたし、『パラダイス』の修道院に集う女たちに対するコンソラータの役割もそうである。これに対し、「アザーマザー」は、一対一の関係で、生物学的には自分の子でない特定の誰かの世話をする。「アザーマザー」の最適な訳語を決めるのは難しいが、ここではひとまず「母代わり」としておく。モリスンの小説では、『タール・ベイビー』のジェイディーンに対する伯母オンディーン、『ジャズ』のドーカスに対する伯母アリスのような存在がまず考えられる。だが血縁関係が条件とも限るまい。また、年齢差が充分あるときもあまりないときも、世話をする期間が長い場合も短い場合も、あり得るのではないだろうか。そのように概念を広げて緩やかに考えれば、『ソロモンの歌』のミルクマンに対する叔母パイロット、『ジャズ』のヴァイオレットに対するアリス、『マーシイ』のフローレンスに対するリーナなども範疇に入ってくる。「母代わり」は確かに、モリスンの小説世界で重要な位置を占めている。

『神よ、あの子を守りたまえ』(二〇一五)にも、子どもに自分を「ママ」と呼ばせぬ問題のある母親が冒頭から登場しており、「母親概念」への作者の模索が続いていることを予測させる。その模索の重要な部分を占めると思われる「母代わり」の意味に注目しながら、この最新作を読み解いてみたい。

一　母と娘

一人称の語りと三人称の語りが入り混じる四部構成のこの小説の中で、子どもに自分を「スウィートネス」と呼ばせるその母親は計三回しか語らないが、その母親の語りで小説が始まり、終わっていて、全体の枠を形成している。第一部の冒頭で、スウィートネスは自分も夫も肌色が薄く、祖母は娘たち(スウィートネス自身の母や叔母)と絶縁して白人として生きる(パスする)ことを選んだほど白いのに、自分にブルーブラック(藍色をおびた黒)の肌の赤ん坊が生まれたことが受け入れられず、新生児の顔に「毛布をかぶせて押さえた」(五)ことや、児童保護施設かどこかへ捨てようと考えたことを告白する。色白の祖母が家族を棄てたときの娘たちの年齢は明記されていないが、その影響はスウィートネスの母ルーラ・メイの生き方に現れている。ルーラ・メイはパスこそしなかったが、やはり色白の夫ともども、「肌色は薄いほどよい」(四)という価値観を貫き、商店で物を買うときは白人としてふるまい、どんなにのどが渇いていても「黒人専用」の水飲み場は使わなかった、という。このような祖母と母の影響は、連鎖のようにスウィートネスにも及んでいた。

母親の第一の役割が子どもの命を守り、生き延びさせることであるなら、スウィートネスは「規範」を外れたわけではない。彼女は結局、赤ん坊を殺しも捨てもせず、赤ん坊の肌色が理由で離婚した元夫からの仕送り（月五十ドル）と病院の夜勤によって、一人でその子を育てたのだから。その子に頭を垂れ、いざこざを起こさず常に大人たちの望む通りにふるまうよう、ひたすら厳しく躾けたのも、彼女に言わせれば、黒い肌の子にふりかかる偏見の荒波をやり過ごす、自衛のための教育であった。かつてジェームズ・ボールドウィンは戯曲『アーメン・コーナー』（一九五五）で、子どもが人種トラブルに巻き込まれるのを恐れ、道徳の鎧で息子を束縛する極度に厳しい母親を描いたが、同様の恐怖ゆえに鞭をふるう母や祖母の姿は、リチャード・ライトの自伝『ブラック・ボーイ』（一九四五）やマヤ・アンジェロの自伝『歌え、翔べない鳥たちよ』（一九七〇）にも描かれ、特に珍しいものではなかった。観方によれば、スウィートネスもアフリカ系アメリカ社会に特有な一つの母親像をなぞっていると言えなくはない。だが、「肌の色が逆だったら子守もできたのだが」（七）と言って乳母車で赤ん坊を外へ連れていくことを避け、その肌に触れることすら嫌うとなると、彼女は「規範」を外れてゆく。躾という名目の行為に子どもへの嫌悪が混在すれば、それは限りなく虐待に近くなる。

赤ん坊の出生時が「九十年代」（七）と明記されているにもかかわらず、母が濃い肌色の娘を疎んじるこの設定は、四十年代を舞台とする初作『青い眼がほしい』のポーリーンとピコーラの関係と大して変わらない。出版直後に『ボストン・グローブ』（二〇一五年四月十八日付）で書評したスリティ・ウムリガルも、「子どもたちが貧困や人種偏見の真の犠牲者として、あらゆる社会病理の矢面にさらされる」ことを描いた点でモリスンの最新作は初作を思い出させると述べている。社会が急速に変わってきているのに伝来の価値観を連綿と引き継ぐこの母親像に違和感を覚える読者もいるであろう。だが「九十年代」といえども、たとえば一九九二年、白人警官の暴力をきっかけに起きたロサンゼルス暴動で五十三人の死者が出た。九十年代にかかわる記憶が薄れていたとしても、この小説の刊行から一カ月ほど後の二〇一五年の六月十七日、サウスカロライナ州チャールストンの教会で聖書の勉強会に加わっていた黒人九人が白人の若者に殺されたことや、二〇一六年七月には、ルイジアナ州、ミネソタ州と、二日連続して丸腰の黒人男性が白人警官に射殺され、これに怒った黒人によるテキサス州ダラスの白人警官襲撃事件に発展したことは記憶に新しい。[2]

こうした根強い人種差別の現実を考えれば、それを内面化して自らを呪縛しているスウィートネスのような存在は、一概に「時代錯誤」と片付けられない。

その一方、彼女が「この子が背負わねばならぬ十字架」（八）と見なした濃い肌色が、かつてと異なる力を発揮していることも、この直後に配置されたその子自身の語りによって証明される。ルーラ・アン・ブライドウェルは、子どものときは学校で肌色ゆえのいじめも受けたが、今ではその陰気な名前（ブライドウェルには留置所の意味がある）を捨て、「ブライド（花嫁）」と名乗り、黒い肌、なめらかにカールした髪、青みを帯びた黒い瞳を引き立てる白づくしの服装を常にまとって人目を引く魅力的な女性に成長しており、物語の現時点で二十三歳。カリフォルニアの化粧品会社の要職に就き、第一線で活躍中である。スウィートネスも二回目の語りでは娘の成功を認め、小説をしめくくる三回目の語りでは、今やブルーブラックの肌はテレビや映画や広告の世界で珍しくないし、娘の肌色を意識することもなくなったと語っている。

スウィートネスは二回目の語りで、ルーラ・アンが小学校二年のときのことを回想している。隣接する幼稚園の教師三人が小さな子たちに卑猥なことをさせようとした嫌疑で訴えられた。証言を予定されていた他の子たちが現われなかったり、現れても泣き出したりする中で、ルーラ・アンは証言台に立ってきちんと役目を果たし、周囲の大人たちの称賛を得た。スウィートネスは自分の教育の成果を肯定し、「小さな黒人の女の子が悪い白人をやっつけた」(四九)のを誇らしく思う。だからその日は「娘と手をつないで通りを歩いた」(四九)と回想しているのだが、裏を返せば、それは娘の手を握るのが彼女にはまれな体験であることの告白でもある。娘のほうもこれが「初めて」(三六)だったと記憶している。

実はこの証言経験がトラウマになったことがブライド自身の語りから明らかになる。彼女は自分の黒い身体にめったに触ろうとせず、笑顔を見せてもくれない母に気に入られたい一心で、母や周囲の大人たちの望んでいる通りに証言した。その証言のおかげで、訴えられていた三人のうちの一人である女教師ソフィア・ハクスリーは有罪とされ、二十五年の懲役を宣告された。ソフィアにかけられた嫌疑が正当だったのかどうかは明らかでないが、ルーラ・アンがソフィアの罪とされるものに確信がなかったのは明らかである。証言台で彼女が指差したとき、ソフィアは驚いていた(三五)。しかも、のちにブライドは会社の同僚である友人ブルックリンの問いに対して、ソフィアが「優しくて、おもしろくて、公平で、親切だった」(五五)という記憶さえ漏らしている。にもかかわらず八歳の少女がとったその行動には、母にほめてもらいたいだけでなく、もう一つ理由があった。彼女は六歳のとき、家主リーの、小さな男の子に対する性犯罪行為を目撃し、それを母に告げた。そのとき、母は娘を怒鳴りつけ、沈黙を強要した。だが娘は、ソフィアにかけられた嫌疑が家主のしていたことと同類であるのを感じ、裁判でその女性を指差したとき、「本当は家主を指差して」(六五)いたつもりかもしれない、と回想している。

母親が娘に沈黙を強要したのは、その白人家主に部屋を追い出されるのを恐れたためであった。ブライドにも「その時にはわからなかったが今ならわかる」(六二)のは、安全な地域に住居を見つけることの難しさである。作者は、安全な地域とは「人種の入り混じった」地域のことだとブライドに言わせている。色白の母と黒い娘がはじき出されずに暮らせる地域は限られてくるのだ。ここにもアメリカの現実が透かし見える。大塚秀之は、現在も解消されない居住地の人種分離に焦点を絞った論考において、ブラウン判決（一九五四）からオバマ大統領選出（二〇〇八）に至る、人種の平等を目指した闘いと成果は政治や司法の領域のものであり、雇用や居住地など「日々の生活と直接かかわる諸領域での差別や生活の向上には必ずしも直結しなかった」（一三三）事実を明らかにしている。

こうしてみると、『青い眼がほしい』との共振は母親の肌色コンプレックスだけではないことがわかる。どちらの作品でも母親は娘の訴えをしりぞけ、沈黙を守らせる。父親から受けたレイプを訴えても母親が信じてくれず、ピコーラは黙るしかなかった。目撃した犯罪を訴えても母親に叱られるのでルーラ・アンも黙った。さらに、家主のしていたことから、『青い眼がほしい』のソープヘッド・チャーチを思い出す読者も多いだろう。ただ、チャーチは男の子ではなく、小さな女の子にのみ性的執着をもった。理由として「女の子たちはたいてい扱いやすい」（一五四、傍点は筆者のもの）から、と語り、成人を対象にできない彼の卑怯さを露呈する。最新作では、家主リーが別の意味で卑怯さを露呈する。自分の行為がルーラ・アンに目撃されたのを知っているにもかかわらず、この男は他の大人たちと同じように彼女の証言をほめるふりをする（四九）。彼にとって黒人の女の子は、白人の大人の女は告発できても白人の大人の男を告発するはずがない「扱いやすい」存在なのであろう。スウィートネスはこの時の幼い娘の心の内を思いやるでもなく、小説をしめくくる語りの中でも「あの裁判のあと、あの子は反抗的になり、扱いにくくなった」と述懐するのみである。

そのとき二十歳だったソフィアが二十五年の刑を宣告されて以来、ルーラ・アンの心のざわめきは収まらなかったと思われる。なぜなら、成人後の彼女は、面会を求めるわけでもないのに、ソフィアの収監されている刑務所へ二、三回、車を走らせている（一六）。十五年後、ソフィアが仮釈放で出所するとわかると、五千ドル（一年に二百ドルで二十五年分のつもり）の現金、三千ドル相当の航空券、自社の化粧品一式を詰めたルイ・ヴィトンのバッグを持ち、高級車ジャガーを駆って迎えに行く。車に乗るために着替えをしたとき、彼女は陰毛がないことに気づく。このあと、物語が進むにつれ、耳たぶのピアス用の穴が消え（五八）、身体が細く小さくなり（九四）、乳房のふくらみが失われ（一〇七）、生理すらもとだえる（一六六）。これは彼女の精神がかつての無力な女の子に戻っていくことの象徴的な表現なのであろう。彼女自身はのちに、こうした身体の変化は恋人のブッカーが去ったから生じたことだと認識する（一〇八）。

一人の女性を十五年もの刑務所暮らしという過酷な人生に追いやった張本人が、お金や化粧品で埋め合わせをしようとして、ノコノコと相手に会いにいく。その子どもっぽい発想へのお返しは、ソフィアの強烈な殴打であった。ブライドは友人ブルックリンに助けを求め、医者の手当を受けるが、当分は仕事に復帰できないほどの大けがを負う。ようやく回復しても、仕事をブルックリンにまかせたまま、休暇延長願いを出してブライドが旅に出るところで小説の第一部は終わる。

第一部の最表層を成すのは肌色の異なる母と娘の確執のテーマであるが、その下に小児に対する性犯罪と、子どもの訴えを黙殺する母親というテーマが織り込まれている。子どもへの性犯罪は、いったん表に出ればソフィアのように重刑となるが、通常は見えにくい。被害者が無力なので加害者は容易に隠蔽できる。たまたま知った者がかかわりを避けて見過ごせば罪はさらに深い闇の中に潜る。このテーマが親子の確執と共に、小説の中で何度か繰り返されることの意味はあとで考えてみたい。

二　成長への旅路

第二部ではブライドが恋人ブッカー・スターバーンを探す旅、第三部ではブライドの知らなかったブッカーの過去、第四部では二人の再会と新しい門出が主筋となる。ブッカーは、ブライドがお金や贈りものを持って出獄者に会いに行くと知って突如彼女のもとを去った。陰毛に次いでピアス用の穴も消えたのを知ってうろたえた彼女は、見ず知らずの男と交わるような生活に陥るが、やがて、直接ブッカーに会って理由を聞こうと決意する。同棲して六カ月、経歴も背景も気にしたことがなく、どこを探せばよいか見当もつかなかったが、舞い込んできたトランペット修理の請求書のおかげで、彼が「カリフォルニア州ウィスキーのQ・オリーヴ」を転送先に指定していたことを知る。

ウィスキーへ向かう途中の田舎道で、ブライドは木に車をぶつけ、足を挟まれて壊れた車から出られぬまま孤独の一夜を過ごす。翌朝、十歳くらいの白人少女が覗き込む。この少女レインの養い親スティーヴとエヴリンの家に保護されたブライドは、骨折した足がなおるまでの六週間を彼らのもとで過ごすことになる。この五十代の白人夫婦は、「本物の生活」（一〇六）を送るためにカリフォルニアの田舎に引っ込んだという。ガス、水道、電気など文明の利器を排除したその暮らし方はブライドには居心地がわるく、「本物の」とは「貧しい」という意味なのか、と冷笑気味に問い、スティーヴに「貧しさ」の定義を逆に問われる。「お金がないってこと」と答えて、「お金が君をあのジャガーから救い出したわけじゃないだろ？」と指摘される。何の報酬も期待せず見知らぬ自分を世話してくれる人々の生活様式に不満を覚えるブライドの未熟さが、ふくらみを失った胸、レインのジーンズを借り着するほど小さく細くなった身体などに反映している。

レインは、母から追い出されてホームレス生活を送っていた六歳くらいのときに、エヴリン夫妻が見つけ、連れてきて養育している。ブライドが母から与えられたルーラ・アンという名を捨てて自ら新たな名を選んだように、元の名が不明のこの少女も、雨の日に見つけたからというのでエヴリンたちが与えた「レイン」という名を受け入れている。ブライドは子ども時代の自分と同じように母に愛されなかったこの少女に「仲間意識」(一二〇)を覚える。足を引きずりながらもなんとか歩けるようになったブライドがレインと一緒に散歩に出たとき、近所の悪童どもがトラックで追いかけてきて、そのうちの顔見知りの一人が「おまえの母ちゃんは誰だよ」とレインをからかう。レインの反抗的な態度に腹をたてたその少年が散弾銃を向け、とっさにブライドがレインの顔の前に自分の腕をおき、防壁にして傷を負う。このできごとはブライドの語りではなく、レインのただ一度の語りの中で明かされる。「危険も顧みず自分を守ってくれた」(一二三)ブライドに、この少女は姉に対するような慕情を抱く。モリスンの過去の小説の中に、白人の少女が自分の身を危険にさらして黒人の少女を守る例が、『ビラヴド』のエイミーとセス、『マーシイ』のジェインとフローレンスの間に見られ、鵜殿えりかはそれを「弱者どうしのきずなが奇跡のように成立し開花する瞬間」(三二五)と言い表している。今回は黒人の少女が、腕を血だらけにして白人の少女を守り、きずなが「開花」する。

オライリーを含む西アフリカを視野に入れた批評家たちの従来の観点に立てば、母に愛されなかったために精神にひずみを負ったレインが、他人のブライドから母親的な気遣いを与えられることによって回復してゆく可能性を、アフリカ系アメリカ人コミュニティに機能している「母代わり」の慣習と結びつけたいところである。だが、テクストから推測する限り、ブライドがそのようなコミュニティの恩恵を受け、自らもその慣習を身につけていたとは思えない。レインをとっさにかばったのは、彼女への共感もさることながら、六週間見ず知らずの自分を無償で世話してくれた白人夫婦を通して、人の人に対する気遣いというものを心身に吸収していたからではないだろうか。この夫婦はブライドの身体の異常にも気付いているはずだが、そのことには触れず、詮索はいっさいしない。

骨折の癒えた黒い肌のブライドは高級車を駆って去ってゆくが、白人夫婦と養女は原始的とも呼べる田舎暮らしの中にとどまる。ブライドが「母代わり」の気遣いを学んだのは黒人コミュニティではなくこの白人夫婦からである。そして、白人の少女が黒人の少女を守るのでなく黒人の少女が白人の少女を守る。従来のパターンを反転させたようなこの設定は、「母代わり」の概念に人種を超越した幅を生み出すためのものではないであろうか。なお、あとで触れることになるが、ブライドのとった瞬時の「母代わり」行為は、レインを癒しただけでなく、「少女」に退行していたブライド自身が「大人」になっていくための一歩であったと考えられる。

ブライドは田舎道を百七十マイルも運転し、トレイラー・ハウスやモービル・ホームがわずかに並ぶウィスキーのコミュニティでクイーン・オリーヴの住まいを見つけだす。クイーンはブッカーの親戚の一人で、メキシコ人、白人、黒人、アジア人など、八回も夫をとり換えたと噂される女性である。クイーンの子どもたちは、それぞれの父親の意志で引き取られていったのだが、母親が別の男と結婚するために捨てられたと思い、お金は送ってくるが誰も会いに来ない関係にある。その子どもたちの写真がモービルの壁一面に貼ってある。彼女は都会から田舎道をはるばるやってきた初対面の若い娘を懐に受け入れ、まず濃くておいしいスープと温かいパンをふるまう。次にブッカーが少年期に失った兄への執着のために家族と折り合いがわるくなった経緯を話し、彼が送ってきた書き物も読ませ、「会いに行っておやり」とうながす。この娘が必要としているものを察知し、背中を押してやったのである。この行為は「母代わり」の気遣いと呼べるであろう。ブッカーは、伐採の仕事を手伝っていて腕を折ったためトレイラー・ハウスで休養していた。ブライドが足を折り、ブッカーは腕を折る。この設定は、身体的不自由を通して、自身の一部にも等しい相手と離れたあと味わった互いの喪失感を表出するものではないだろうか。二人は猛烈なけんかを始めるが、その過程で、ブライドは母に好かれたかったために嘘の証言をしたことを告白し、そのあと深い眠りに落ちる。

一方ブッカーは、十数年前に亡くなった兄のアダムはおそらくクイーンが指摘していたように、「ぼくの重荷、責め苦であることに飽き飽きしている」（一八九）と気づき、それは自分自身の幻想に「兄を隷属させる」（一九〇）行為であったと認識する。クイーンが推察したように、恋人たちは共に幼い心に負わせられたそれぞれの古傷にしがみついて動きがとれなくなっていたのだ。だが、この激しい諍いのあと、初めて二人は相手への理解を深めることができたのだ。

翌朝、二人はブライドが持ってきたトランペットのことを思い出し、クイーンの住まいへ向かう。彼女のモービル・ホームは火災を起こしていた。彼らは炎の中に飛び込み、意識を失っていたクイーンを救い出す。外の芝生の上で、ブッカーが人口呼吸をしている間に、クイーンの髪が燃え始めているのに気づいたブライドはTシャツを脱ぎ、それを使って火を消そうとした。消防車と救急車が来たところ、取り囲んでいた群衆の視線はブライドのみごとな乳房にくぎ付けになっていた。ブライドの身体は大人の女性のそれに戻っていたのである。

クイーンが病院に収容されると、二人は交代で看護に通う。できるかぎりの優しさで黙々と洗浄し、マッサージをする彼らは今やクイーンの「母代わり」である。ようやく彼女の意識が戻りかけたころ、ブッカーは枕元に保管されていたクイーンの金のイヤリングを「回復するまで」ブライドがつけておくように、と手渡す。ブライドはピアス用の穴が戻っているのを確認する。クイーンに回復の兆しが見え、二人は彼女と三人で住む家を探すことを考えるのだが、クイーンは院内感染で衰弱してゆき、ついに命尽きた。ブッカーがクイーンの遺灰とトランペットを川に流したあと、ブライドは妊娠を告げる。失われていた大人の女性のしるしはすべて回復し、とだえていた生理の理由もわかった。クイーンの「母代わり」を担った今の二人は、その新しい命を悪や不幸から守ってやれる、と信じるだけの自信を築いている。

三　苛まれる子どもたち

ここで、先に言及したもう一つのテーマを振り返っておこう。母に愛されない娘のテーマは、ブライドとレインにとどまらない。ブライドが刑務所に送りこんだソフィアも、聖書、讃美歌、祈祷で律された生家で常に厳しく躾られ、二時間にもおよぶ親の叱責に耐えねばならぬ子ども時代を過ごしている。刑務所暮らしの間に、誕生日とクリスマスの贈り物以外、両親からの電話も面会も一度もない。母親の死を知らされたときの彼女の反応は、「わたしは悲しむべきだ」（八八）（傍点は筆者のもの）というものであった。ソフィアの語りは二度。最初の語りの中で、過酷な刑務所暮らしについて述べながら、彼女は一時期同室だったジュリーに心を慰められたことを回想する。この女性は身体障害者の娘を窒息死させた罪で収監されており、壁に娘の写真を貼って毎晩話しかけたりお伽話を聞かせたりしていた。それを聞きながら眠るのがソフィアは好きだったという。ジュリーはソフィアに「母代わり」の、ソフィアはジュリーに「娘代わり」の機能を果たし、弱者どうしのきずなが生じていた。

レインが母から家を追い出されたと聞いたとき、ブライドは「スウィートネスですらそれはしなかった」（一一七）と思うのだったが、さらにエヴリンも口にしなかったことをレイン自身から聞く。母親はどこかの男がレインの口にペニスを入れるのを許し、レインが噛んだのを詫びて二十ドルをその男に返し、彼女を追い出したのである。しかも母親が幼い娘を性商売の道具にしたのはその時だけではないようであり、レインも路上生活を生き延びるために性を使ったふしがある。

彼女は母親に殺意さえ感じたことをブライドに打ち明ける。スティーヴもエヴリンも、レインが母親の家でのことや路上でのことを告げると、「眉をしかめるか、目をそらす」（一二二）かして、そのことに触れさせようとしないが、

「黒いレデイ」は聴いてくれた（一一一）、とレインはただ一度の語りの中で回想する。レインがエヴリンを「良い母親代理」(good substitute mother)（一一三）であることは認めながらも、自分たちを「偽《にせ》家族」（一一一）と呼ぶ真意はここにあるのかもしれない。スティーヴとエヴリンは大学卒業後、世界のさまざまな土地を見てから今の「本物の生活」を選び、独自の価値観を貫く知的な夫婦であるが、性にかかわることは表沙汰にせず回避するお上品さを脱していないようだ。一方、ブライドは子どもの訴えを無視せず、沈黙も強要せず、真剣に聴いてやった。それがレインにもっとも必要なことであると、ブライドは自らの体験からわかったのであろう。このあとに来る散弾銃事件と合わせ、ブライドはレインを介して、徐々に成長していることが推測できる。

ブライドの会社の同僚ブルックリンの語りにも、類似のテーマが織り込まれている。彼女は子どものとき、叔父に弄ばれそうになり、酔いつぶれた母親を起こして注意を向けてもらうために、腹痛を装って叫んだという。十四歳のときに母のもとを逃げ出し、さまざまな仕事を転々としながら自身を強化し、今やブライドのポジションに野心を抱くほど、のし上がってきた。ブライドの髪がなめらかなカールであるのに対し、白人だがドレッドロックの髪型をトレードマークにしているところに、彼女の自己主張が現れている。にもかかわらず、ブライドが卑猥な行為を噂された幼稚園教師の話を始めると、「聞きたくない」と言い、まるで「ポルノに直面した尼僧のように目を閉じる」（五四）。彼女自身も被害者でありながら、この手の話に蓋をする点で、エヴリン夫妻と同類である。

ブライドの恋人ブッカーの少年期も、小児に対する性虐待のテーマと親子（彼の場合は父との）確執のテーマで彩られている。小説の第三部はすべてブッカーの半生を語ることに当てられ、彼の視点に立ってはいるが、初めから終わりまで一貫して三人称で語られる。家庭環境、大学教育、経済学の修士論文、音楽との関係、ブライドとの出会い。だが、この文脈のために抽出したいのは、ブライドと出会う前の彼の身に起きた二つのエピソードである。あるとき、講義に出席しようとしていた彼は、大学教員宿舎の近くの遊び場で一人の男をなぐり倒して気を失わせた。そこで遊んでいた子どもたちにその男が邪悪な意図をもって近づいたのがわかったからである。また別のあるとき、空き地に駐車した車の中で、後部座席で幼子が泣いているにもかかわらずコカインのパイプを交互に吸っていた男女をなぐりつけ、警察沙汰になった。怒りに我を忘れるこのような暴力行為に共通する起因は、無力な子どもたちを守りたいという思いであり、その源になっているのが少年時代の悲惨な体験である。

彼の少年時代、崇拝していた二歳年上の兄アダムが行方不明となり、やがて無残な遺体となって発見された。六年後、ブッカーが十四歳のとき、六人もの子どもを誘拐して殺した性倒錯者の男が逮捕され、アダムもその犠牲者の一人であったことが判明する。ブッカーが無力な子どもを守るために突発的に暴力的になる理由も、小児性愛の罪で服役したソフィアにブライドが贈りものを届けに行くと聞いて突発的に彼女のもとを去った理由も、ここにある。ブッカーの苦悩はそれだけではない。葬儀の後、数日経つと家族が徐々に以前の生活に戻っていくのが彼には耐えられなかった。そのとき集まった親戚のうち、クイーンだけが彼の思いを理解し、甥に「アダムのほうで用意ができるまで、行かせてはだめ。それまではしっかりしがみついていなさい。その時が来れば、彼が教えてくれるわ」(一三七)と言ってくれた。ブッカーだけがいつまでもアダムを忘れようとしないために彼は家族の反感を買い、成人後も父親と不和が続いている。支えになっていたのは、このときのクイーンの言葉であった。トランペットの修理店に実の家族ではなくクイーンの住所を残していたのは、ブッカーにとってクイーンが「母代わり」の存在だったからであろう。

瀕死のクイーンを看護しているとき、ブッカーは声をひそめてブライドに「一族の中の噂」を打ち明ける。今はテキサスの医大生である末娘ハナが、父親に触られると言って訴えたのだが、クイーンが信じようとせず「無視したか、はねつけた」(二〇一)かして、「以来、二人の間の氷は溶けたことがない」(二〇一)。これまでリフレインのように変奏を続けていた小児に対する性虐待のテーマと母娘の軋轢のテーマは、ここで一つに絡まり合ってはっきりと響く。ブルックリンの叔父や、ハナの父（おそらく義父）のように、家族の場合、いっそう罪は隠蔽されやすい。子どもの声を聴いてやれなかった「母」の悔いの念が、クイーンにブッカーの「母代わり」を引き受けさせたのではないだろうか。親の側に子どもの訴えに真剣に耳を貸す姿勢があれば、子どもの側が抱く親への信頼に大きな亀裂は生じないと思われる。たとえ親が社会的には無力でも、少なくとも子どもの恐怖や苦悩をいっしょに共有することはできる。それこそが、子どもに必要なものではないだろうか。

四　おわりに

小説の最後は、ブライドから妊娠を知らせる手紙が届いたことを語るスウィートネスがしめくくる。進行性の骨の病のため今は介護施設に暮らすスウィートネスは、赤ん坊の父親のことも、新しい住所のことも書かず、お金だけを送ってくる娘の心の内を理解し、それは自分の受ける「罰」（二〇九）だと認めている。彼女は自分のしてきたことを悔いているのである。それでもなお、「重荷」を背負わされた女がその「重荷」と共に生き延びていくためにとらねばならなかった方法を正当化しようとする姿勢は崩さず、娘の妊娠を「母親になってみれば、苦労がわかるよ」と半ば冷笑ぎみに受け止める。娘のために「幸運」(Good luck) を願い、「神よ、あの子を守りたまえ」(God help the child) と祈る最後の一行には、祖母、母、自分が引き継いできた肌色に左右される母子の関係から解放され、新しい方向へ人生を切りひらき始めた娘への祝福や、前作の『ホーム』と同じような和解と平穏のニュアンスも漂う。前作のシーが不妊の身体になったのに対し、ブライドには新しい命が宿り、希望のニュアンスすら加わっている。しかし、この二つの言葉には、皮肉な響きも感じられる。“Good luck”は試練に立ち向かう人にかけられる励ましの言葉として使われ、しばしば「がんばって」と訳される。“God help the child”は「かわいそうに」とも訳しえる。最後の一行には、祝福のポーズと同時に、あるいはそれ以上に、スウィートネスが知った母としての人生に不可避な責任の重さへの暗示が込められているようだ。

モリスンは、今回も「母親」の規範を外して、弱くもあり残酷にもなりえる人間のありのままの姿を描いた。スウィートネス、レインの母、ブルックリンの母、ソフィアの母だけに限らない。ブライドの世話をしてくれた親切な夫婦には、養女レインの訴えに向き合ってやれない弱さがあり、ブライドの背中を押して恋人に会わせてくれたクイーンにも、娘ハナの訴えを無視した過去がある。それでも、彼らの気遣いを受けたブライドは自然発生的にレインの「母代わり」を果たすことができたし、クイーンを看護して「母代わり」を果たした。人は誰かの気遣いを得れば、その気遣いを他の者にも示すことによって成長する。肌の色が理由で母の愛を得られなかったブライドであるが、今や人間的に成長し、生まれてくるわが子を愛する自信を築いている。

この作品では、生物学上の母に過大な期待は寄せられていない。この作品では、『青い眼がほしい』以来、幾つかの作品で描かれてきたテーマ、すなわち生物学上の母の愛がないと自分に自信がもてず否定的な人間になりがちである、という負の連鎖にではなく、「母代わり」のもつ力のほうに焦点が向けられている。「母代わり」は、人種とは関係なく、血のつながりがあってもなくても、年上だろうと年下だろうと、そして世話する期間が長くても短くても、人と人の間に成り立つきずなととらえられている。人はそのようなきずなを体験すれば、自力で自信を築いていける。そういうことを可能にする人間の心のしなやかさを描いて、作者は「母親」概念を拡大していこうとしたのではないだろうか。

注

1 リンダ・ワグナー＝マーティンは、西アフリカを視野に入れる研究者たちの名前を挙げた箇所で、この二つを社会学者パトリシア・ヒル・コリンズの造語と特定している（八）。

2 同種の事件、それが招いた人種暴動は二〇一六年九月にもノースカロライナ州シャーロットで起こっている。

参考文献

Angelou, Maya. *I know Why Caged Bird Sings*. 1970. Foreword by Oprah Winfrey. Random House Trade Paperbacks, 2009.『歌え、翔べない鳥たちよ』矢島翠訳、人文書院、一九七九年。

Baldwin, James. *The Amen Corner*. 1955. Samuel French, Inc. 2010.

Morrison, Toni. *The Bluest Eye*. 1970. Triad Grafton Books. 1986.『青い眼がほしい』大社淑子訳、朝日出版社、一九八一年。

——. *God Help the Child*. Random House Large Print, 2015.『神よ、あの子を守りたまえ』大社淑子訳、早川書房、二〇一六年。

O'Reilly, Andrea. *Toni Morrison and Motherhood: A Politics of the Heart*. State University of New York Press, 2004.

Rosen, Lisa C. "Motherhood." *The Toni Morrison Encyclopedia*. Edited by Elizabeth Ann Beaulieu. Greenwood Press, 2003.『トニ・モリスン事典』荒このみ訳、雄松堂出版、二〇〇六年。

Umrigar, Thrity. Review of *God Help the Child* by Toni Morrison. *The Bostton Globe*. April 18, 2015. http://www.bostonglobe.com/god-help-child/morrison

Wagner-Martin, Linda. *Toni Morrison and the Maternal*. Peter Lang. 2014.

Wright, Richard. *Black Boy*. 1945. A Perennial Classic Harper & Row, 1966.『ブラック・ボーイ——ある幼少期の記録』野崎孝訳、岩波文庫上・下、一九六二年。

鵜殿えりか『トニ・モリソンの小説』彩流社、二〇一五年。

大塚秀之「米国社会の人種的分裂——雇用と居住区を中心に」『経済』二〇一六年四月号、一三三—四三頁。

トニ・モリスンの魅力
――「あとがき」にかえて

松本　昇

一九七〇年に『青い眼がほしい』でアメリカの文壇に颯爽と登場して以来、トニ・モリスンは、世間の注目を浴びるなか、次々に小説を発表してきた。そして、それに呼応するかのように、二十世紀には数多くの論文が書かれてきた。二十一世紀になってからもこの傾向はおさまりそうにない。たとえば二〇一二年から一四年にかけて思いつくままに数えただけで、十二冊の研究書が発刊されている。これに大学生の卒業論文、大学院生の学位論文、研究者の論文などを加えると、世界各国で夥しい数の論文が量産されていることになる。これほどまでに人々を論文の執筆へと駆り立てるモリスンの魅力は何だろうか。

そのひとつに、小説のなかでいくつもの意味が含まれるように圧縮し研ぎ澄まされた言葉の用い方がある。あるいは、そこから発する重層的な意味、言葉や物語の力にあると言ってよい。端的な例は、『ビラヴド』（一九八七）の舞台となったブルーストーン・ロードが、そうだ。ブルーストーンは、切り方によってはブルーのストーン（青い石）とも、ブルースの調子《トーン》とも取れる。前者で解釈した場合、ブルーは、積み荷を軽くするために、黒人たちが奴隷船から捨てられたカリブの紺碧の海を連想させる。石（ストーン）は、アフリカでは記憶を象徴していると言われることから、海の藻屑となった人々を記憶に留めるということを意味していると取れる。後者で解釈したばあい、過去の過酷な体験から生み出され、生きのびる原動力になったブルースを彷彿とさせる。またロード（道）は、絶望の淵に突き落とされた、『ビラヴド』のセサのような黒人にとって、時空を越えて先祖へとつながる過去を意味すると同時に、希望の光がかすかに点滅する未来を暗示している。モリスンの小説世界では、意味を汲めども汲み尽くすことができない。それはまるで、見つけたと思った瞬間に消える蜃気楼のようだ。

モリスンのもうひとつの魅力は、政治的・社会的な行動力にある。モリスンは机に向かってひたすら小説を書きつづけるだけの作家ではない。もっとも、政治的な側面について言えば、主に文章を通してのことではあるが。

二〇一六年はアメリカ大統領選挙の年であった。移民の排斥を訴えたり、障害者や女性に対する差別的な発言をくり返したりしてきたドナルド・トランプが、予想に反して第四十五代大統領に選ばれた。トランプが当選した直後の十一月、早速モリスンは、『ニューヨーカー』誌（十一月二十一日付）に、ジュノ・ディアス、ピーター・ヘスラー、ジェーン・メイヤーら十六人の作家に交じって、今日の社会現象と次期大統領への懸念を表明するエッセイを寄せた。モリスンは「白さへの哀悼」というエッセイのなかで、「今日のアメリカでは、生まれながらにして優れているという白人たちの確信は、揺らぎつつある」としたうえで、次のように述べている。

この不本意な変化を食いとめ、ナショナル・アイデンティティとしての白さを以前の状態に戻そうとして、多くの白いアメリカ人たちはみずからを犠牲にしている。かれらは、本当はやりたくないことを行動に移しはじめた。臆病が露呈する危険を冒してまで、人間としての尊厳を捨てつつある。自分たちの行動が嫌だし、それがいかに臆病な行為であるか十分にわかっている。しかし、かれらは日曜学校に通う子どもを進んで殺害したり、白人少年を祈りに誘う教会員たちを虐殺したりしたのだ。

近年アメリカでは、ここに引用した事件にとどまらず、ミズーリー州ファーガソンで白人の警官が黒人青年を射殺したり、ルイジアナ州バトンルージュで白人の警官が黒人男性を地面に押さえつけながら撃ち殺すなどの事件が、相次いで起きた。時には、射殺事件が引き金となって暴動に発展することもあった。ある意味で、これは一種の社会現象であると言ってよい。モリスンは、そうした社会現象のなかに白人の心理を読みとった。そして、白人は黒人にたいして無差別な暴力をくり返してきたが、それは、白人優越思想が崩壊しつつあることへの恐怖の顕われであると指摘したのだ。長岡真吾の言葉を借りて表現すれば、「白人が今までその白さが保証してきたものから追われつつあり、その恐怖に心底怯えているのだと」(『図書新聞』十二月二十六日付)。だからこそ、白人はトランプに頼らざるを得ない、とモリスンは示唆したのである。

おそらく、今後もモリスンの魅力は色あせることはないし、この作家の小説に関する論文の執筆が途絶えることもないだろう。なお、副題に「小説世界」という言葉を用いたが、本書には戯曲に関する論文が一本含まれていることを断っておく。

最後に、出版事情がきびしい状況のなかでこの論集の出版を快諾してくださった金星堂社長の福岡正人氏、そして陰で編集作業を支えてくださった倉林勇雄氏に心からお礼を申し上げる次第である。

二〇一七年二月十四日

*『ニューヨーカー』誌は、島根大学教授の長岡真吾氏が提供してくださった。この場を借りて、感謝の意を表したい。

Margaret Garner（オペラ、英語版台本）

2005 *Margaret Garner*（オペラ）上演

2006 ルーヴル博物館における特別企画、“Etranger chez soi” (“The Foreigner's Home”) に参画

2007 *Who's Got Game? The Mirror or the Glass?*（児童書、Slade Morrisonとの共著）

2008 *What Moves at the Margin: Selected Nonfiction*（論文集）

A Mercy（小説第9作）

“Have Mercy!”（論文）

Toni Morrison: Conversations（インタビュー集）

2009 *Peeny Butter Fudge*（児童書、Slade Morrisonとの共著）

Burn This Book: Essay Anthology（論文集、編著）

Norman Mailer Prize（ノーマン・メイラー賞）

2010 *Little Cloud and Lady Wind*（児童書、Slade Morrisonとの共著）

The Tortoise or the Hare（児童書、Slade Morrisonとの共著）

Legion d'Honneur（レジオン・ドヌール勲章）

2011 *Desdemone*（演劇）上演

2012 *Home*（小説第10作）

Desdemona（戯曲）

Presidential Medal of Freedom（大統領自由勲章）

2014 *Please, Louise*（児童書、Slade Morrisonとの共著）

Ivan Sandrof Lifetime Achievement Award（イヴァン・サンドロフ賞）

2015 *God Help the Child*（小説第11作）

“Imagine—Toni Morrison Remembers”（BBCドキュメンタリー番組）

2016 PEN/Saul Bellow Award for Achievement in American Fiction（ペン・ソール・ベロー賞）

（文責：清水菜穂）

	American Book Awards（ビフォア・コロンブス賞）、Elizabeth Cady Stanton Award（エリザベス・ケイディ・スタントン賞）
1989	Princeton University ロバート・F・ゴヒーン人文科学教授 (~2006) MLA Commonwealth Award in Literature（MLA 学会文学賞） Harvard University から名誉学位授与 "Unspeakable Things Unspoken: The Afro-American Presence in American Literature"（論文）
1990	Chianti Ruffino Antico Fattore International Literary Prize（キャンティ・ルフィーノ・アンティコ・ファットーレ国際文学賞）
1992	*Playing in the Dark*（批評書） *Jazz*（小説第 6 作） *Race-ing Justice, En-gendering Power: Essays on Anita Hill, Clarence Thomas, and the Construction of Social Reality* (editor)（論文集、編著）
1993	The Nobel Prize in Literature（ノーベル文学賞） *The Nobel Lecture in Literature*（ノーベル賞受賞講演）
1994	Pearl Buck Award（パール・バック賞）受賞 *Conversations with Toni Morrison*（インタビュー集）
1995	"Honey and Rue"（作詞） *To die for the People: The Writings of Huey P. Newton*（編集）
1996	National Book Foundation's Medal of Distinguished Contribution to American Letters（全米図書賞） *The Dancing Mind*（全米図書賞受賞講演）
1997	*Paradise*（小説第 7 作） "*Home*"（論文） *Birth of a Nation'hood: Gaze, Script, and Spectacle in the O. J. Simpson Case*（論文集、編著）
1999	*The Big Box*（児童書、Slade Morrison との共著）
2001	*The Book of Mean People*（児童書、Slade Morrison との共著）
2002	*Five Poems*（詩集）
2003	*Love*（小説第 8 作） *Who's Got Game? The Ant or the Garasshopper?*, *Who's Got Game? The Lion or the Mouse?*, *Who's Got Game? Poppy or the Snake?*（児童書、Slade Morrison との共著）
2004	*Remember: The Journey to School Integration*（写真集）

トニ・モリスン関連年表

西暦年	事　項
1931	オハイオ州ロレインに生まれる（本名 Chloe Anthony Wofford）
1953	Howard University B.A. 取得
1955	Cornell University M.A. in English 取得
	Texsa Southern University 英文学講師 (~57)
1957	Howard University 英文学講師 (~65)
1958	Harold Morrison と結婚
1961	長男 Harold Ford 誕生
1964	次男 Slade Kevin 誕生、離婚
1965	Random House 社就職
1970	*The Bluest Eye*（小説第 1 作）
1971	State University of New York at Purchase 英文科准教授 (~72)
1973	*Sula*（小説第 2 作）
1974	*The Black Book*（前書き、歴史書・写真集）
1975	Ohioana Book Award（オハイオアナ文学賞）
1976	Yale University 客員教授 (~77)
1977	*Song of Solomon*（小説第 3 作）
	National Book Critics Circle Award（全米図書批評家賞）、American Academy and Institute of Arts and Letters Award（アメリカ芸術院賞）
1981	*Tar Baby*（小説第 4 作）
1982	“Storyville”（ミュージカル歌詞）
1983	“Recitatif”（短編小説）
1984	“Rootedness”（論文）
	“Memory, Creation, and Writing”（論文）
	State University of New York at Albany シュヴァイツァー人文科学教授 (~89)
1986	“Dreaming Emmet”（戯曲）上演
1987	*Beloved*（小説第 5 作）
	“The Site of Memory”（論文）
1988	Pulitzer Prize for Fiction（ピューリッツァー賞）、RFK Book Awards（ロバート・F・ケネディ賞）Frederic G. Melcher Book Award（メルチヤー賞）、

わ行

ま行

や行

ら行

さ行

た行

な行

は行

索　引

あ行

か行

木内　徹（きうち　とおる）日本大学教授

著書に *The Critical Response in Japan to African American Writers* (New York: Peter Lang, 2003), with Yoshinobu Hakutani and Robert J. Butler; *Richard Wright: A Documented Chronology, 1908–1960* (Jefferson, NC: McFarland, 2014), with Yoshinobu Hakutani; Editor, *American Haiku: New Readings* (Boston: Lexington, forthcoming).

平沼 公子（ひらぬま　きみこ）聖徳大学専任講師

著書に『英語教師のための教養講座』（共著、開拓社、2017 年）。論文に "Is a Love Story Possible? Negation of Identity Politics and Anti-Racial Realism in Octavia E. Butler's "Bloodchild""（『筑波大学アメリカ文学評論』、2011 年）、"Death in the Life: Alienated Labor and Black Life in Ann Petry's "Like a Winding Sheet""（『筑波大学アメリカ文学評論』、2014 年）ほか。

常山　菜穂子（つねやま　なほこ）慶應義塾大学教授

著書に『アメリカン・シェイクスピア』（単著、国書刊行会、2003 年、アメリカ学会清水博賞および慶應義塾大学法学部賞受賞）、『アンクル・トムとメロドラマ』（単著、慶應義塾大学出版会、2007 年）、『モンロー・ドクトリンの半球分割』（共著、彩流社、2015 年）ほか。

清水 菜穂（しみず　なお）宮城学院女子大学非常勤講師

著書に『バード・イメージ——鳥のアメリカ文学』（共著、金星堂、2010 年）。訳書にヒューストン・A・ベイカー・ジュニア『ブルースの文学——奴隷の経済学とヴァナキュラー』（共訳、法政大学出版局、2015 年）、ヘンリー・ルイス・ゲイツ・ジュニア『シグニファイング・モンキー——もの騙る猿／アフロ・アメリカン文学理論』（監訳、南雲堂フェニックス、2009 年）ほか。

浅井　千晶（あさい　ちあき）千里金蘭大学教授

著書に *Aspects of Science Fiction since the 1980s: China, Italy, Japan, Korea*（共著、Nuova Trauben, 2015 年）、『オルタナティヴ・ヴォイスを聴く――エスニシティとジェンダーで読む現代英語環境文学 103 選』（共編著、音羽書房鶴見書店、2011 年）、『エコトピアと環境正義の文学――日米より展望する　広島からユッカマウンテンへ』（共著、晃洋書房、2008 年）ほか。

深瀬　有希子（ふかせ　ゆきこ）実践女子大学准教授

著書に『アメリカン・ロードの物語学』（共著、金星堂、2015 年）、『ソローとアメリカ精神――米文学の源流を求めて』（共著、金星堂、2012 年）。訳書にヘンリー・ルイス・ゲイツ・ジュニア『シグニファイング・モンキー――もの騙る猿／アフロ・アメリカン文学批評理論』（共訳、南雲堂フェニックス、2009 年）ほか。

程　文清（てい　ぶんせい）帝京大学専任講師

論文に「『猿狩り』における孫悟空の精神」（『エスニック研究のフロンティア』、多民族研究学会創立 10 周年記念論集、金星堂、2014 年）、「フクロウ、オウムとキューバの鳥たち――『猿狩り』におけるアイデンティティとホームの構築」（『バード・イメージ――鳥のアメリカ文学』、金星堂、2010 年）、"Narratives of History and Memory in Toni Morrison's Novels"（『境界を越えて――比較文明学の現在』第 7 号、2007 年）ほか。

ハーン小路　恭子（はーんしょうじ　きょうこ）上智大学助教

論文に *Narratives of Southern Contact Zones: Mobility and the Literary Imagination of Zora Neale Hurston and Marjorie Kinnan Rawlings*（博士論文、The University of Mississippi, 2013 年）、「"What an Unusual View!"――『ダンボ』におけるカウンターセンチメンタル・ナラティブとしての『ピンクの象のパレード』」（上智大学文学部英文学科紀要『英文学と英語学』、第 53 号、2017 年）ほか。

コラム・年表担当

峯　真依子（みね　まいこ）日本女子大学非常勤講師

著書に『エスニック研究のフロンティア』（共著、2014 年、金星堂）、『亡霊のアメリカ文学――豊穣なる空間』（共著、2012 年、国文社）、『バード・イメージ――鳥のアメリカ文学』（共著、金星堂、2010 年）。

古川　哲史（ふるかわ　てつし）大谷大学教授

著書に『囚われし者たちの〈声〉――オハイオ州立刑務所の中から』（編著、国文社、1998 年）、『日本人とアフリカ系アメリカ人――日米関係史におけるその諸相』（共著、明石書店、2004 年）。訳書にジェフ・バーリンゲーム『走ることは、生きること――五輪金メダリスト ジェシー・オーエンスの物語』（共訳、晃洋書房、2016 年）ほか。

執筆者

宮本　敬子（みやもと　けいこ）西南学院大学教授

著書に『アメリカン・ロードの物語学』（共著、金星堂、2015年）。論文に“Toni Morrison and Kara Walker: The Interaction of Their Imaginations,” *Japanese Journal of American Studies*, No. 23 (2012)（日本アメリカ学会）。訳書にベル・フックス『オール・アバウト・ラヴ――愛をめぐる13の試論』（共訳、春風社、2016年）ほか。

戸田　由紀子（とだ　ゆきこ）椙山女学園大学教授

著書に *The Bakhtinian Concept of Chronotope and Toni Morrison's Novels*（単著、英宝社、2009年）、『英語文学とフォークロア――歌、祭り、語り』（共著、南雲堂フェニックス、2008年）、『二〇世紀アメリカ文学を学ぶ人のために』（共著、世界思想社、2006年）ほか。

山野　茂（やまの　しげる）大阪大学非常勤講師

論文に「『ラヴ』――ホテルに囚われた愛」『黒人研究』No.82 (2013)（黒人研究の会）、「文字を刻む家――『マーシイ』論」*NEW PERSPECTIVE*. No.196 (2013)（新英米文学研究会）、「『青い眼がほしい』論」*NEW PERSPECTIVE*. No.152 (1990)（新英米文学研究会）ほか。

西本　あづさ（にしもと　あづさ）青山学院大学教授

著書に『ターミナル・ビギニング――アメリカの物語と言葉の力』（共著、論創社、2014年）。論文に「奴隷体験記における個人の物語と集団の歴史――ハリエット・A・ジェイコブズの『ある奴隷女の人生の出来事』」『アメリカ研究』35（2001年）。訳書にP・R・ハーツ『アメリカ先住民の宗教』（青土社、2003年）ほか。

時里　祐子（ときさと　ゆうこ）同志社大学非常勤講師

論文に「Make Me, Remake Me――*Jazz*におけるトラウマの再配置」関西学院大学『英米文学』第57巻（2013年）「ジェンダー闘争を超えて――Gloria Naylorの民族神話解体の戦略」（関西学院大学英文学科創設70周年記念論文集『英米文学』、2005年）。訳書にリディア・マリア・チャイルド『共和国のロマンス』（共訳、新水社、2016年）ほか。

小林　朋子（こばやし　ともこ）鹿児島県立短期大学准教授

著書に『環大西洋の想像力――越境するアメリカン・ルネサンス文学』（共著、彩流社、2013年）、『身体と情動――アフェクトで読むアメリカン・ルネサンス』（共著、彩流社、2016年）。訳書にアン・フリードバーグ『ウィンドウ・ショッピング――映画とポストモダン』（共訳、松柏社、2008年）ほか。

執筆者紹介

編著者

風呂本　惇子（ふろもと　あつこ）アメリカ文学研究者

著書に『カリブの風――英語文学とその周辺』（編著、鷹書房弓プレス、2004年）。訳書にリディア・マリア・チャイルド『共和国のロマンス』（監訳、新水社、2016年）、ウィリアム・ウエルズ・ブラウン『クローテル――大統領の娘』（単訳、松柏社、2015年）ほか。

松本　昇（まつもと　のぼる）国士舘大学教授

著書に『ジョン・ブラウンの屍を越えて――南北戦争とその時代』（共編著、金星堂、2016年）。訳書にゾラ・ニール・ハーストン『マグノリアの花――珠玉短編集』（共訳、彩流社、2016年）、ヒューストン・A・ベイカー・ジュニア『ブルースの文学――奴隷の経済学とヴァナキュラー』（共訳、法政大学出版局、2015年）ほか。

鵜殿　えりか（うどの　えりか）愛知県立大学教授

著書に『トニ・モリスンの小説』（単著、彩流社、2015年、日本アメリカ文学会賞受賞）、『ハーストン、ウォーカー、モリスン――アフリカ系アメリカ女性作家をつなぐ点と線』（共編著、南雲堂フェニックス、2007年）。訳書にジュディス・フェタリー『抵抗する読者――フェミニストが読むアメリカ文学』（共訳、ユニテ、1994年）ほか。

森　あおい（もり　あおい）明治学院大学教授

著書に『トニ・モリスン「パラダイス」を読む』（単著、彩流社，2009年）。論文に、"Reclaiming the Presence of the Marginalized: Silence, Violence and Nature in Paradise." *Toni Morrison: Paradise, Love, A Mercy* (Continuum, 2012)。訳書にヴァレリー・スミス『トニ・モリスン――寓意と想像の文学』（共訳、彩流社、2015）ほか。

新たなるトニ・モリスン
その小説世界を拓く

2017年3月31日　初版発行

編著者　風呂本惇子
松本　昇
鵜殿えりか
森　あおい

発行者　福岡　正人

発行所　株式会社 金星堂
(〒101-0051) 東京都千代田区神田神保町3-21
Tel. (03)3263-3828 (営業部)
(03)3263-3997 (編集部)
Fax (03)3263-0716
http://www.kinsei-do.co.jp

編集協力／ほんのしろ
装丁デザイン／岡田知正
印刷所／モリモト印刷　製本所／牧製本
Printed in Japan
落丁・乱丁本はお取り替えいたします
本書の内容を無断で複写・複製することを禁じます

ISBN978-4-7647-1166-2 C1098